suhrkamp taschenbuch 2499

Eine aktuelle Aufgabe hat sich der türkische Erfolgsautor mit seinem Roman aus dem Jahre 1984/85 gestellt: eine Parabel über das Drama der west-östlichen Beziehungen zu schreiben, die ihre Figuren in den obligaten und heiklen Machtkampf verstrickt, sie verwandelt und dennoch fast heiter entläßt.

Schauplatz der Handlung ist Istanbul unter der Herrschaft des Großwesirs Koprülü. Die Türken sichern sich den Sieg über Venedig und später über Siebenbürgen. Beim Aufbringen venezianischer Schiffe fällt der Ich-Erzähler in türkische Hände und landet als Sklave bei einem Hodscha, der ihm verblüffend ähnlich sieht. Eine abenteuerliche Beziehung beginnt zwischen Herr und Knecht, denn der Knecht ist der Born westlicher Wissenschaft, und der Herr, naiv, neugierig, ehrgeizig, will alles wissen. Wie aber soll Wissenschaft sich behaupten in einem Land, das von Allah und einigen Intriganten regiert wird?

»Der Leser kann dieses Buch als politische Parabel lesen, wenn er sich nicht nur in ein traumhaft schönes orientalisches Märchen entführen lassen will.« *Süddeutsche Zeitung*

Orhan Pamuk wurde 1952 in Istanbul geboren. Er besuchte die amerikanische Schule und studierte Architektur und Zeitungswissenschaften. Nach mehrjährigem Aufenthalt in den USA lebt er heute wieder in Istanbul. Seine Romane sind in der Türkei Bestseller.

Orhan Pamuk

Die weiße Festung

Roman

Aus dem Türkischen übertragen
von Ingrid Iren

Suhrkamp

Originaltitel: *Beyaz Kale*
Die Übersetzung wurde vom Kulturkreis
im Bundesverband der Deutschen Industrie e.V., Köln,
angeregt und gefördert.
Umschlagfoto: Stephan Erfurt

Für Nilgün Darvinoğlu
(1961–1980)
ein guter Mensch,
eine gute Schwester

suhrkamp taschenbuch 2499
Erste Auflage 1995

Lizenzausgabe mit freundlicher Genehmigung
des Insel Verlags Frankfurt am Main und Leipzig
Suhrkamp Taschenbuch Verlag

Druck: Nomos Verlagsgesellschaft, Baden-Baden
Printed in Germany
Umschlag nach Entwürfen von
Willy Fleckhaus und Rolf Staudt
ISBN 3-518-38999-8

2 3 4 5 6 7 – 08 07 06 05 04 03

Die weiße Festung

Sich vorzustellen, daß eine Person, die uns interessiert, Zugang hat zu einer unbekannten Lebensweise, die ihres Mysteriums wegen für uns um so attraktiver ist; zu glauben, daß wir zu leben beginnen werden nur durch die Liebe dieser Person – was anderes ist dies, als die Geburt einer großen Leidenschaft?!

Marcel Proust nach einer
Fehlinterpretation von
Y. K. Karaosmanoğlu

Einführung

Dieses Manuskript fiel mir 1982 in die Hände. Ich fand es tief am Boden einer mit Verordnungen, Grundbucheinträgen, Gerichtsakten und amtlichen Registern vollgestopften staubigen Truhe, als ich, wie gewöhnlich jeden Sommer, für zwei Wochen in dem verrotteten »Archiv« des Landratsamtes Gebze herumstöberte. Da das Manuskript einen traumhaften, blauen *ebru*-verzierten Einband hatte, gut leserlich geschrieben war und zwischen den verschossenen Amtspapieren hervorleuchtete, erregte es sofort meine Aufmerksamkeit. Eine vermutlich fremde Hand hatte, wie um meine Neugier zu steigern, auf die erste Seite einen Titel gesetzt: »Steppdeckenmachers Stiefkind«. Weitere Überschriften gab es nicht. Ich habe das Buch sofort mit großem Vergnügen gelesen. Auf Ränder und freie Stellen der Seiten hatte eine Kinderhand Männchen mit winzigen Köpfen in dichtgeknöpften Kleidern gemalt. Das Manuskript gefiel mir sehr, doch da ich zu faul war, es zu kopieren, mißbrauchte ich das Vertrauen des Amtsdieners, der mich aus Respekt unbeaufsichtigt ließ, und stahl es aus diesem Abfallhaufen, den nicht einmal der junge Landrat noch als »Archiv« bezeichnen konnte, indem ich es kurzerhand in meine Tasche stopfte.

Zuerst wußte ich mit dem Buch nicht viel mehr anzufangen, als es wieder und wieder zu lesen. Da Geschichte für mich immer noch etwas Zweifelhaftes war, wollte ich weniger auf den wissenschaftlichen, kulturellen, anthropologischen, ja, schlechthin »historischen« Wert des Manuskripts eingehen als vielmehr auf die Erzählung an sich. Und das führte mich natürlich zu dem Verfasser der Erzählung. Da wir, meine Freunde und ich, die Universität hatten verlassen müssen, war ich auf den Beruf meines Großvaters, eines Enzyklopädikers, zurückgekommen. Damals kam mir der Gedanke, einen Paragraphen über den Verfasser des Buches in der »Enzyklopädie bekannter Persönlichkeiten« unterzubringen, für deren historischen Teil ich verantwortlich war.

So habe ich dann jene freien Stunden, die enzyklopädische Tätigkeit und der Alkohol mir übrigließen, dieser Arbeit gewidmet. Aus den einschlägigen Quellen der Periode ersah ich sofort, daß manche der geschilderten Ereignisse in der Erzählung wohl kaum der Wahrheit entsprechen konnten. So war in den fünf Jahren Amtszeit Köprülüs als Großwesir in Istanbul zwar ein großer Brand ausgebrochen, doch für eine nennenswerte Seuche, besonders wie die im Buch beschriebene, lagen keinerlei Anhaltspunkte vor. Die Namen einiger Wesire dieser Periode waren falsch geschrieben, manche miteinander verwechselt, einige sogar ganz geändert worden! Was die Namen der Sterndeuter betraf, so stimmten sie nicht mit denen in der Serail-Registratur überein, doch mit Rücksicht auf die Bedeutung, die gerade diesem Punkt innerhalb des Buches zukam, ging ich darüber hinweg. Andererseits wurden die geschilderten Ereignisse im allgemeinen durch unser »historisches Wissen« bestätigt. Sogar im kleinen Detail erkannte ich manchmal diese »Richtigkeit«, denn die Hinrichtung des Sterndeuters Hüseyin Efendi oder auch die Hasenjagd Mehmets IV. in der Umgebung des Mirahor-Schlößchens z. B. sind bei Naima in ähnlicher Weise beschrieben. Ich erwog auch die Möglichkeit, daß der Autor, dem Lesen und Wunschträumen offensichtlich besonders gelegen hatten, diese Art von Quellen sowie etliche andere Bücher für seine Geschichte herangezogen und ihnen so manches entnommen haben könnte. Vielleicht hatte er von Evliya Çelebi, den er zu kennen vorgab, nur die Schriften gelesen. Dann aber meinte ich wieder, wie man auch aus anderen Beispielen ersehen wird, das Gegenteil könne zutreffen, und versuchte mich an die Hoffnung zu klammern, daß ich die Spur des Verfassers meiner Geschichte doch noch finden würde, aber meine Nachforschungen in den Istanbuler Bibliotheken enttäuschten diese Erwartungen. Von all den zwischen 1652 und 1680 Mehmet IV. gewidmeten Abhandlungen oder Büchern konnte ich kein einziges Exemplar finden, weder unter den Beständen des Topkapi-Serails noch in irgendeiner der anderen Bibliotheken, auf die sie meiner Ansicht nach hätten verstreut sein können. Lediglich auf einen Hinweis bin ich gestoßen: Andere Werke des in der Erzählung erwähnten »linkshändigen Kalligraphen« befanden sich in diesen Bibliotheken. Für einige Zeit ging ich der Sache nach, doch schließlich wurde mir das alles zuviel. Die Antworten der von mir mit Briefen überhäuften italienischen Universitäten waren entmutigend. Meine Nachforschungen auf den Friedhöfen von Gebze, Cennethisar und Üsküdar nach dem Namen des Autors, der aus dem Buch selbst hervorging, ihm aber nicht vorangestellt war, blieben ebenfalls ohne Erfolg. So gab ich die Spurensuche auf und schrieb den Paragraphen für die Enzyklopädie aufgrund der Geschichte selbst. Wie ich befürchtet hatte, wurde er nicht gedruckt, doch nicht etwa wegen des fehlenden wissenschaftlichen Nachweises, sondern weil die beschriebene Person zu unbekannt war.

Vielleicht wurde dadurch meine heftige Liebe zu dem Buch gesteigert. Einmal dachte ich sogar daran zu kündigen, doch ich hing an meiner Tätigkeit und an meinen Freunden. So kam es, daß ich meine Geschichte eine Zeitlang jedem, der mir begegnete, voll Begeisterung erzählte, als hätte ich sie nicht *ge*funden, sondern *er*funden. Um das Interesse zu mehren, sprach ich von ihrem symbolischen Wert, sagte, sie berühre im Grunde genommen unsere heutige Wirklichkeit, ich hätte unsere Gegenwart erst durch diese Geschichte verstanden und dergleichen mehr. Die sich eigentlich eher für Themen wie Politik, Gewalt, Ost-West und Demokratie interessierenden jungen Leute wurden zwar aufmerksam, doch, wie meine Trinkgenossen, hatten auch sie nach kurzer Zeit die Geschichte wieder vergessen. Ein befreundeter Professor, der auf mein Drängen hin das Manuskript durchgesehen hatte, meinte bei der Rückgabe, in den Holzhäusern der Hintergassen von Istanbul gäbe es Zehntausende von Handschriften, die vollgepackt wären mit Geschichten dieser Art. Falls die Bewohner sie nicht im Glauben, es sei der Koran, hoch oben auf einen Schrank geschoben hätten, würden sie Seite um Seite davon ausreißen und den Ofen damit einheizen.

So beschloß ich, ermutigt auch von einem bebrillten Mädchen mit ewig brennender Zigarette in der Hand, diese Erzählung, die ich immer und immer wieder gelesen hatte, zu veröffentlichen. Um einen besonderen Stil habe ich mich beim Übertragen des Buches nicht bemüht, wie der Leser sehen wird. Wenn ich ein, zwei Sätze des vor mir auf einem Tisch aufgeschlagenen Manuskripts durchgelesen hatte, ging ich in ein anderes Zimmer, wo ich an einem anderen Tisch in heutigen Worten sinngemäß zu Papier zu bringen versuchte, was mir im Gedächtnis haften geblieben war. Der Titel des Buches stammt nicht von mir, sondern wurde von dem Verlag bestimmt, der sich zur Veröffentlichung bereit erklärte. Vielleicht wird, wer die voranstehende Widmung liest, fragen, ob sie von besonderer Bedeutung ist oder nicht. Nun, alle Dinge in wechselseitiger Beziehung miteinander zu sehen, ist wohl die Krankheit unserer Tage. Da auch ich von dieser Krankheit befallen bin, veröffentliche ich diese Geschichte.

Faruk Darvinoğlu

I.

Von Venedig nach Neapel ging unsere Fahrt, als wir von türkischen Schiffen aufgebracht wurden. Wir waren zu dritt, bei ihren aus dem Nebel auftauchenden Galeeren aber war kein Ende abzusehen. Sogleich herrschten Furcht und Verwirrung an Bord, unsere Ruderer, Türken und Maghrebiner zumeist, stießen Freudenschreie aus, unser Gleichmut versagte. Wie die anderen beiden, so wandte auch unser Schiff den Bug landwärts nach West, doch beschleunigten wir nicht, wie sie, unsere Fahrt. Unser Kapitän fürchtete die Bestrafung, sollte er sich ergeben müssen, so zögerte er, die Rudersklaven mit der Peitsche antreiben zu lassen. Viele Male dachte ich später daran, daß die Feigheit unseres Kapitäns mein ganzes Leben verändert habe.

Heute aber meine ich, in Wirklichkeit hätte sich mein Leben wohl damals verändert, wenn unser Kapitän nicht von dieser kurzwährenden Feigheit befallen worden wäre. Die meisten Menschen wissen, daß es im Leben keine Vorherbestimmung gibt, daß in der Tat alle Begebenheiten nichts weiter sind als eine Kette von Zufällen. Dennoch beurteilen auch die Wissenden jene wie zufällig erlebten Dinge als notwendige Fügungen, wenn sie Rückschau halten in einer Phase ihres Lebens. Auch für mich traf das zu: Jetzt, während ich versuche, hier an einem alten Tisch mein Buch zu schreiben und mir die Farben der im Nebel so gespenstisch auftauchenden türkischen Schiffe vorzustellen, jetzt, denke ich, ist die rechte Zeit für eine solche Lebensphase gekommen, um meine Geschichte von Anfang bis Ende aufzuzeichnen.

Als unser Kapitän erkannte, daß unsere beiden anderen Schiffe zwischen denen der Türken hindurchgeschlüpft und im Nebel verschwunden waren, schöpfte er Hoffnung und brachte endlich, auch von uns dazu gezwungen, den Mut auf, die Galeerensklaven schärfer antreiben zu lassen, doch es war zu spät, zumal die Peitschenhiebe bei den von heftigem Freiheitsdurst erregten Sklaven nichts mehr auszurichten vermochten. Buntschillernd durchstießen plötzlich mehr als zehn türkische Galeeren die unheimliche Nebelwand und kamen auf uns zu. Jetzt entschloß sich unser Kapitän zum Gefecht, nicht, um den Feind zu besiegen, nehme ich an, sondern die eigene Furcht und Schande. Erbarmungslos ließ er die Sklaven peitschen und befahl, die Geschütze zu laden, doch die spät erwachte Kampfeslust erlosch sehr schnell. Wir erhielten eine heftige Breitseite, und falls wir uns nicht sofort ergaben, würde unser Schiff versenkt, weshalb wir beschlossen, die weiße Fahne zu hissen.

Während wir draußen auf ruhiger See das Kommen der türkischen Schiffe erwarteten, stieg ich in meine Kabine hinab und ordnete meine Sachen, als kämen einige Freunde zu Gast und nicht der Feind, der mein ganzes Dasein verwandeln sollte. Ich öffnete die kleine Truhe und kramte gedankenverloren zwischen meinen Büchern herum. Beim Aufschlagen der Seiten eines Bandes, den ich für recht viel Geld in Florenz erstanden hatte, wurden mir die Augen feucht. Von draußen hörte man hastig laufende Schritte und Lärm, ich wußte, sehr bald würde ich mich von diesem Buch trennen müssen, doch daran wollte ich nicht denken, sondern vielmehr an das, was auf den Seiten stand. Als befände sich unter Gedanken, Sätzen, Gleichungen des Buches meine ganze Vergangenheit, die ich nicht aufgeben wollte, als wollte ich, die mir zufällig ins Auge springenden Zeilen im Lesen wie ein Gebet vor mich hinmurmelnd, das ganze Buch in mein Gedächtnis eingraben, damit ich, wenn sie kamen, nicht sie und das, was sie mir antun würden, in meiner Erinnerung behielte, sondern die liebevoll auswendig gelernten, mir so teuren Worte dieses Buches als die bunten Töne meiner Vergangenheit.

Zu jener Zeit war ich ein anderer Mensch, den seine Mutter, seine Angelobte und seine Freunde mit anderem Namen riefen. Hin und wieder sehe ich jene Person, die ich einst war oder jetzt meine, gewesen zu sein, noch in meinen Träumen und wache schweißgebadet auf. Der Mensch, der blaßfarbig an die träumerische Buntheit unserer später jahrelang erdichteten, nicht vorhandenen Länder, nie dagewesenen Tiere, unbegreiflichen Waffen erinnerte, dieser Mensch war damals dreiundzwanzig Jahre alt, hatte in Florenz, in Venedig »Wissenschaft und Kunst« studiert und glaubte, etwas von Astronomie, Mathematik, Physik und Malerei zu verstehen; er war natürlich sehr von sich eingenommen, meinte, fast alles, was vor seiner Zeit gemacht worden war, bis ins kleinste zu begreifen, und fand das alles nicht so bedeutend, denn er war zweifellos imstande, es viel besser zu machen, er war einmalig, wußte, daß er klüger und erfindungsreicher war als jeder andere, kurz, er war ein ganz gewöhnlicher junger Mann. Jedesmal, wenn ich Vergangenes mit meinem Selbst in Einklang bringen muß, widerstrebt es mir zu glauben, daß ich dieser junge Mensch gewesen sein soll, der, was ich so häufig tat, mit seiner Geliebten über seine Leidenschaften, seine Pläne, die Welt und das Wissen sprach und es ganz in Ordnung fand, von seiner Verlobten angebetet zu werden. Doch es tröstet mich, daß einige der Leute, die eines Tages meinen hiesigen Aufzeichnungen geduldig bis zum Ende folgen, verstehen werden, daß ich jener junge Mann nicht gewesen bin. Vielleicht auch werden diese geduldigen Leser – gleich mir jetzt – meinen, daß jener junge Mensch seine Geschichte von dort an, wo er die geliebten Bücher studierend sein ihm eigenes Leben unterbrochen hatte, eines Tages dennoch fortsetze.

Als die Enterer an Bord kamen, legte ich meine Bücher in die Truhe zurück und trat hinaus. Chaos herrschte auf dem Schiff. Man hatte alle an Deck geholt und riß ihnen jedes Stück vom Leibe. Mir kam der Gedanke, den Wirrwarr zu nutzen und ins Meer zu springen, dann aber dachte ich an die Pfeile, die sie mir nachsenden würden, um mich wieder einzufangen und sogleich zu töten, zumal ich nicht wußte, wie nahe wir der Küste waren. Mich ließ man zunächst in Ruhe. Die von ihren Ketten befreiten muselmanischen Sklaven schrien vor Freude, manche von ihnen waren jetzt schon dabei, Rache zu nehmen an ihren peitscheschwingenden Antreibern. Wenig später dann fanden sie mich in meiner Kabine, drangen ein und plünderten meine Sachen. Sie durchwühlten meine Truhe nach Gold, nahmen einige meiner Bücher und alles übrige, als einer kam, der diesen und jenen der mir verbliebenen Bände recht nachdenklich durchblätterte, mich dann ergriff und zu einem der Kommandierenden brachte.

Dieser Kapitän, ein genuesischer Renegat, wie ich später erfuhr, behandelte mich gut. Auf was ich mich verstünde, fragte er. Um nicht auf die Ruderbank zu kommen, erwähnte ich meine astronomischen Kenntnisse, sagte, ich könne des Nachts die Richtung weisen, doch niemand war beeindruckt davon. Im Vertrauen auf das mir verbliebene Anatomiebuch behauptete ich daraufhin, Arzt zu sein. Ein Chirurg aber sei ich nicht, mußte ich einschränken, als sie mir gleich darauf jemand brachten, der den Arm verloren hatte. Das machte sie zornig und sie waren drauf und dran, mich auf die Ruderbank zu schicken, als der Kapitän nach einem Blick auf meine Bücher fragte, ob ich etwas vom Harn und vom Puls verstehen würde, und ich antwortete ja, womit ich vor der Ruderbank bewahrt blieb und auch einige meiner Bücher retten konnte.

Doch dieses Absondern kam mich auch teuer zu stehen. Die übrigen zum Rudern verurteilten Christen ließen mich ihren Haß sogleich spüren. Wär's ihnen möglich gewesen, sie hätten mich umgebracht dort im Lagerraum, in den wir nachts zusammen eingesperrt wurden, doch weil ich gleich mit den Türken ins Gespräch gekommen war, fürchteten sie mich auch wieder. Unser kleinmütiger Kapitän, den man gepfählt hatte, war kurz zuvor gestorben, den peitscheschwingenden Antreibern aber hatte man Nase und Ohren abgehackt und sie als warnendes Beispiel auf einem Floß im Meer ausgesetzt. Nachdem ich, weniger meine anatomischen Kenntnisse als vielmehr meinen Verstand gebrauchend, einige Türken behandelt hatte und sich ihre Wunden von selber schlossen, glaubte jeder an meine ärztliche Kunst. Selbst einige meiner eifersüchtigen Feinde, die den Türken einreden wollten, daß ich kein Heilkundiger sei, kamen nachts im Laderaum mit ihren Verletzungen zu mir.

Wir fuhren mit großem Gepränge nach Istanbul ein. Der kindliche Padischah, so hieß es, schaue uns zu. Banner wurden hoch an allen Masten gehißt, darunter befanden sich unsere Fahnen, Marienbilder und Kreuze, das oberste zuunterst aufgehängt, und man ließ das grobe Gesindel mit Pfeilen darauf schießen – da begannen auf einmal die Kanonen zu donnern. Sehr lange dauerte diese Festlichkeit, davon ich später noch viele voller Trauer, Überdruß und Freude vom Lande aus mit ansehen sollte, und die Sonnenhitze ließ so manchen in Ohnmacht sinken. Gegen

Abend warfen wir Anker vor Kasimpascha. Man fesselte uns in Ketten, da wir dem Herrscher vorgeführt werden sollten, unseren Soldaten aber wurden, damit sie recht lächerlich wirkten, die Panzer verkehrt herum angelegt, Kapitänen und Offizieren legte man Eisenringe um den Hals, und, voll spöttischer Lust unsere auf dem Schiff gefundenen Hörner blasend und Trommeln schlagend, brachte man uns in übermütiger Laune zum Serail. Das Volk am Straßenrand schaute uns neugierig und heiter zu. Der Sultan wählte sich, ohne daß wir ihn sahen, den ihm zustehenden Anteil an Sklaven aus, dann brachte man uns hinüber nach Galata und warf uns in die Verliese des Sadik Pascha.

Ein miserabler Ort war dieser Kerker, in den winzigen, feuchten und finsteren Zellen verkamen Hunderte von Gefangenen im Dreck. Dort fand ich Menschen in Hülle und Fülle, um meine neue Profession anzubringen, konnte auch manchem zur Heilung verhelfen. Den Wärtern verschrieb ich Arzneien für ihre Schmerzen im Rücken und an den Beinen. So aber sonderten sie mich wieder ab von den übrigen und gaben mir eine ordentliche Zelle, in die das Sonnenlicht einfiel. Die Lage der anderen bedenkend, versuchte ich, dankbar zu sein für die meine, als sie mich eines frühen Morgens wie die übrigen weckten und sagten, ich würde jetzt zur Arbeit gebracht. Mein Einwand, ich sei doch Arzt, verstünde mich auf's Heilen, auf die Wissenschaft, brachte sie nur zum Lachen: Die Mauern um des Paschas Garten würden erhöht, dazu brauche man Leute. So wurden wir morgens vor Sonnenaufgang in Ketten gefesselt aus der Stadt geführt. Wenn wir des Abends nach einem ganzen Tag voll Steineschlepperei wieder aneinander gefesselt zu unserem Kerker zurückgebracht wurden, kam mir stets der Gedanke, wie schön die

Stadt Istanbul sei, doch man sollte hier Herr und nicht Sklave sein.

Gleichwohl war ich kein gewöhnlicher Sklave. Ich betreute nicht nur die in den Verliesen dahinsiechenden Gefangenen, sondern nun auch andere, die von meinem Ruf als Heilkundiger hörten. Einen großen Teil des Geldes, das ich für die Behandlungen einnahm, mußte ich an die Sklavenaufseher und Wächter abgeben, die mich heimlich aus dem Gefängnis schafften. Mit dem, was ich vor ihnen retten konnte, nahm ich Unterricht im Türkischen. Mein Lehrer war ein gutherziger alter Mann, der für den Pascha kleine Geschäfte erledigte. Er freute sich über meine raschen Fortschritte und glaubte, ich würde bald ein Moslem werden. Das Honorar für eine Lektion nahm er jedesmal recht verlegen an. Ich gab ihm außerdem Geld, damit er mir Eßbares brachte, denn ich hatte mir vorgenommen, gut auf mich zu achten.

An einem nebligen Abend kam der Vorsteher in meine Zelle: Der Pascha wolle mich sehen. Ich staunte, geriet in helle Aufregung, machte mich sogleich zum Gehen fertig. Vielleicht, dachte ich, ist es jemand aus meiner Heimat gelungen, ein Lösegeld zu schicken, womöglich meinem Vater oder meinem Schwiegervater in spe. Während wir im Nebel durch das Gewirr der engen Gassen liefen, glaubte ich, wir würden auf einmal vor unserem Hause ankommen und ich würde, wie aus einem Traum erwachend, den Meinigen gegenüberstehen. Dann wieder dachte ich, sie hätten einen Vermittler gefunden und hergeschickt, und man würde mich jetzt gleich durch diesen Nebel zu einem Schiff bringen und in mein Vaterland zurückschicken, doch als wir des Paschas Residenz betraten, begriff ich, so leicht gäbe es kein Entkommen. Die Leute dort bewegten sich auf Zehenspitzen.

Man brachte mich zunächst in eine Vorhalle und nach einigem Warten wurde ich in ein Gemach geführt. Ein liebenswürdiger, kleiner Mann lag ausgestreckt unter einer wollenen Decke auf einer Polsterbank. Bei ihm war ein großer, kräftiger Mensch. Der Ruhende – er war der Pascha – rief mich zu sich heran. Wir sprachen miteinander, und er sagte dies und das. Eigentlich hätte ich Astronomie, Mathematik und ein wenig auch das Ingenieurwesen studiert, sagte ich, doch verstünde ich mich auch auf die Medizin und hätte schon so manchen geheilt. Er fragte weiter und ich hätte noch mehr erzählt, als er einwarf, ich müsse wohl ein kluger Mensch sein, da ich das Türkische so schnell gelernt habe. Er hätte ein Leiden, keinem der anderen Ärzte wäre es gelungen, dem abzuhelfen, und da er von mir gehört habe, wolle er es mit mir versuchen.

Der Pascha begann, sein Leiden auf eine solche Weise zu schildern, daß ich denken mußte, nur ihn allein auf dem ganzen Erdenrund habe eine ganz besondere Krankheit befallen, weil es seinen Feinden gelungen war, ihn vor Allah mit Verleumdungen anzuschwärzen. Dabei war, was ihm zusetzte, nichts weiter als das uns gut bekannte Asthma. Ich erkundigte mich genau, horchte sein Husten ab und stieg dann hinunter in die Küche, wo ich mit dem, was ich vorfand und Pfefferminze grüne Pillen anfertigte, außerdem bereitete ich noch einen Hustensirup zu. Da der Pascha sich vor dem Vergiftetwerden fürchtete, trank ich vor seinen Augen einen Schluck von dem Sirup und schluckte auch eine der Pillen. Ich solle, so trug er mir auf, sehr vorsichtig und, ohne daß ein Auge mich erblickte, die Residenz verlassen und in den Kerker zurückkehren. Wie ich dann von dem Vorsteher erfuhr, wollte der Pascha vermeiden, daß die anderen Ärzte eifersüchtig würden.

Auch am nächsten Tag besuchte ich ihn, horchte wieder auf sein Husten und gab ihm die gleiche Medizin. Er freute sich wie ein Kind über die bunten Pillen, die ich in seine Hand drückte. Nach der Rückkehr in meine Zelle betete ich um seine Genesung. Der Nordwind wehte am nächsten Tag, eine kühle, leichte Brise. Bei solchem Wetter muß es wohl jedem von alleine besser gehen, dachte ich, und niemand fragte nach mir.

Als ich nach einem Monat wieder um Mitternacht gerufen wurde, war der Pascha auf, munter und beweglich. Mit Freude hörte ich ihm zu, wie er, ohne Atemnot, lauthals irgend jemand ausschalt. Er war zufrieden, als er mich erblickte, und sagte, ich hätte seine Krankheit geheilt und wäre ein guter Arzt. Was ich mir von ihm wünsche? Ich wußte, daß er mich nicht sofort freilassen und davonschicken würde, so beklagte ich mich über meine Zelle und meine Fesseln, betonte, ich könne doch in der Medizin, der Astronomie, also in den Wissenschaften tätig und damit von Nutzen sein, und wies darauf hin, daß man mich für nichts und wieder nichts mit schweren Arbeiten ermüde. Wieviel er von alldem verstand, weiß ich nicht. Den größten Teil des Geldes aber, das er mir in einem Beutel überließ, nahmen mir die Wächter wieder ab.

Eine Woche darauf kam eines Nachts der Vorsteher und löste meine Ketten, nachdem ich hatte schwören müssen, nicht zu entfliehen. Wieder wurde ich zur Arbeit geholt, doch nunmehr begünstigten mich die Aufseher. Als mir der Vorsteher drei Tage später noch neue Kleider brachte, begriff ich, daß der Pascha mich in seine Obhut genommen hatte.

Und weiter rief man mich nachts in die Residenzen. Alten, vom Rheumatismus geplagten Korsaren, jungen Soldaten mit Magenbrennen gab ich Heilmittel, denen mit

Hautjucken, Bleichsucht oder Kopfweh zapfte ich Blut ab. Als der stotternde Sohn eines Dieners eine Woche nach dem Einnehmen meiner Tränke zu sprechen begann, sagte er mir ein Gedicht auf.

So verging der Winter. Zu Beginn des Frühjahrs erfuhr ich, daß der Pascha, der mich seit Monaten nicht mehr hatte rufen lassen, mit seiner Flotte ins Mittelmeer abgesegelt sei. Einige Leute, die im Laufe der heißen Sommerzeit Zeuge meiner Hoffnungslosigkeit und meines Zornes wurden, erklärten mir rundheraus, ich hätte gute Einnahmen als Heilkundiger und damit kein Recht, mich über mein Schicksal zu beschweren. Und ein ehemaliger, vor vielen Jahren zum Islam konvertierter, hier verheirateter Sklave riet mir davon ab zu fliehen. Nützliche Sklaven würde man hinhalten, wie es mit mir geschähe, und ihnen niemals die Rückkehr in die Heimat erlauben. Wenn ich Moslem würde, wie er selbst, könne ich meine Freilassung erreichen und nichts weiter. Da ich es für möglich hielt, daß er mir das alles nur erzählte, um mich auszuhorchen, versicherte ich, an eine Flucht nicht zu denken. Nein, nicht an der Absicht fehlte es mir, es fehlte mir an Mut. Alle, die zu fliehen versuchten, wurden wieder eingefangen, ohne weit gekommen zu sein. Die Wunden dieser Unglückseligen, die man stets heftig verprügelte, pflegte ich dann des Nachts in den Kerkerzellen mit Balsam.

Vor Anbruch des Herbstes kehrte der Pascha mit seiner Flotte von der Ausfahrt zurück, er grüßte den Padischah mit Kanonendonner, versuchte, Frohsinn und Lustbarkeiten in die Stadt zu bringen wie im Vorjahr, doch es stand fest, daß sie die Jahreszeit diesmal nicht gut überstanden hatten. Sie brachten auch nur wenige Gefangene in den Kerker. Wir hörten später, die Venezianer hätten ihnen sechs der Schiffe verbrannt. Ich wollte unbedingt mit den

Gefangenen sprechen, vielleicht konnte ich etwas aus der Heimat erfahren, doch es zeigte sich, daß die meisten von ihnen Spanier waren, stille, unwissende, schüchterne Wesen in einem solchen Zustand, der ihnen gerade erlaubte, um Hilfe und um Nahrung zu bitten. Nur einer ließ mich aufmerken. Obwohl er seinen Arm eingebüßt hatte, war er guter Dinge. Einem seiner Vorfahren wären die gleichen Abenteuer zugestoßen, er sei aber freigekommen und hätte dann mit der ihm verbliebenen Hand einen Ritterroman geschrieben. Er wäre, wie er sagte, ganz fest von seiner Befreiung überzeugt, um später das Gleiche tun zu können. Wenn ich in den folgenden Jahren Geschichten erfand, um zu überleben, erinnerte ich mich an jenen Mann, der zu leben wünschte, um Geschichten zu erfinden. Nicht lange danach brach in den Verliesen eine ansteckende Krankheit aus. Diese unheilvolle Seuche, vor der mich nur eine über alle Maßen reichliche Bestechung der Wärter bewahrte, brachte, ehe sie vorüberging, mehr als die Hälfte der Gefangenen um.

Die sie heil überstanden hatten, wurden bald wieder zu neuen Arbeiten fortgeschickt. Ich aber ging nicht mit ihnen. Abends berichteten sie dann. Bis ganz zum Ende des Goldenen Horns wurden sie gebracht, dort wurden sie den Schreinermeistern, den Schneidern und Färbern unterstellt und mußten ihnen zur Hand gehen, um aus Pappkarton Schiffe, Festungen, Türme zu bauen. Wir hörten alsbald, daß der Pascha seinen Sohn mit der Tochter des Großwesirs verheiraten und ein prächtiges Hochzeitsfest ausrichten lassen wollte.

Eines Morgens rief man mich zu des Paschas Residenz. Ich dachte an seine Atemnot, die wieder begonnen haben mochte, und begab mich auf den Weg. Der Pascha sei beschäftigt, ich müsse warten, sagte man und führte mich in ein Zimmer, wo ich mich niederließ. Kurz darauf öffnete sich eine andere Tür, ein Mann, fünf, sechs Jahre älter als ich, trat ein, ich schaute in sein Gesicht und war verblüfft, ja, verängstigt sogar!

II.

Der Eintretende glich mir in schier unglaublicher Weise. Als stünde ich dort, war mein erster Gedanke. Es war, als wolle mir jemand einen Streich spielen und mich noch einmal durch die andere Tür gegenüber der, die ich zuvor durchschritten hatte, hineinschieben und dabei sagen: Schau, im Grunde genommen hättest du so sein müssen, so hättest du zur Tür hereinkommen müssen, so hättest du Arme und Beine bewegen müssen, so hättest du den anderen hier Sitzenden anschauen müssen! Als unsere Augen sich trafen, grüßten wir uns. Er aber schien nicht besonders erstaunt zu sein. So kam ich zu dem Schluß, so groß könne die Ähnlichkeit mit mir wohl nicht sein, er trug einen Bart und außerdem schien ich mein eigenes Gesicht längst vergessen zu haben. Während er mir gegenübersaß, fiel mir ein, daß ich ein Jahr lang nicht in den Spiegel geschaut hatte.

Wenig später öffnete sich die Tür, durch welche ich eingetreten war, und er wurde gerufen. Nein, überlegte ich während des Wartens, es ist doch kein gut gemachter Streich, sondern nur eine Ausgeburt meines gequälten Hirns. Hatte ich doch in jenen Tagen ständig Trugbilder vor Augen, trostreiche Märchen wie diese: Ich kehre nach Hause zurück und jeder begrüßt mich – sie lassen mich sofort gehen – eigentlich schlafe ich noch auf dem Schiff in meiner Kabine, das alles ist nur ein Traum. So meinte ich, auch das hier sei nur eines der Märchen, doch während ich noch erwog, ob es vielleicht schon wirklich geworden oder aber ein Zeichen dafür sei, daß sich alles mit einem Schlag ändern und die alte Ordnung wiederhergestellt werde, da ging die Tür auf und man rief nach mir.

Der Pascha stand etwas entfernt hinter dem mir so Ähnlichen. Er ließ sich den Rocksaum küssen und als er nach meinem Ergehen fragte, wünschte ich von den Bedrängnissen zu sprechen, denen ich in meiner Kerkerzelle ausgesetzt war, und von dem Verlangen, in mein Heimatland zurückzukehren, doch er hörte mir gar nicht zu. Er, der Pascha, erinnere sich an meine Erklärung, etwas von den Wissenschaften, der Astronomie, dem Ingenieurwesen zu verstehen, nun gut, ob ich denn auch von diesen gen Himmel geschleuderten Feuerwerksraketen, vom Schießpulver irgend etwas wüßte? Sogleich bestätigte ich das, doch als mein Blick für einen Lidschlag den jenes anderen traf, befiel mich der Argwohn, man habe mir eine Falle gestellt.

Die von ihm auszurichtende Hochzeit würde einmalig werden, so meinte der Pascha, auch ein Feuerwerk ließe er vorbereiten, was aber so großartig sein müsse, daß es alles bisher Dagewesene übertraf. Der mir Gleichende, vom Pascha nur »Hodscha« genannt, habe schon früher einmal mitgetan bei diesem Schauspiel, das ein danach verstorbener Malteser mit den Feuerwerkern bei der Geburt des Sultans vorbereitet hatte, er kenne sich also ein wenig aus in diesen Dingen, ich aber wäre vielleicht imstande, ihm dabei zu helfen, so meinte der Pascha. Wir würden einander gut ergänzen können! Und wenn wir ein gutes Feuerwerk machten, würde der Pascha uns eine Freude bereiten. Jetzt ist der richtige Zeitpunkt, sagte ich mir, und begann, um die Erlaubnis zur Rückkehr in mein Vaterland zu bitten, als der Pascha mich fragte, ob ich seit meiner

Ankunft hier schon mit den Frauen geschlafen hätte und auf meine Antwort hin äußerte, wozu wohl die Freiheit tauge, wenn ich dieses nicht täte! Er drückte sich in der Sprache der Wärter aus, und ich muß wohl recht dumm dreingeschaut haben, weil er lauthals lachte. Dann wandte er sich meinem »Hodscha« genannten Ebenbild zu: Jener habe nun die Verantwortung. Wir gingen.

Während ich morgens zum Hause des mir so Ähnlichen ging, meinte ich nichts zu wissen, was ich ihn lehren könne. Doch seine Kenntnisse schienen nicht größer zu sein als die meinen. Unser Wissen stimmte zudem überein. Das ganze Problem war, ein gut mit Kampfer durchsetztes Gemisch herzustellen. Um das zu erreichen, mußten wir die mit Waage und Gewichten bemessenen, sorgfältig zubereiteten Mixturen bei Nacht unter der Stadtmauer zünden und daraus unsere Schlüsse ziehen. Und wie wir desgleichen viel später bei Tage tun sollten, im Laufe der Arbeit für die unglaubliche Waffe, so stellten wir uns jetzt unter die dunklen Bäume und warteten gespannt auf das Ergebnis, während wir die von uns gemachten Raketen unter den bewundernden Blicken der zuschauenden Kinder von unseren Leuten entzünden ließen. Anschließend versuchte ich, manchmal bei Mondlicht, manchmal im Finstern, das Beobachtete in ein Heftchen einzutragen. Bevor wir des Nachts auseinandergingen, kehrten wir noch einmal zu des Hodschas Haus zurück, das aufs Goldene Horn schaute, und sprachen des langen und breiten über die Ergebnisse.

Klein, unbehaglich und keineswegs anheimelnd war dieses Haus. Man erreichte es über eine krumme, winklige Gasse, die voll Schlamm war vom Zufluß schmutzigen Wassers, dessen Herkunft zu entdecken mir niemals mehr möglich sein wird. In seinem Innern war es kaum möbliert, dennoch überfiel mich bei jedem Eintritt eine merkwürdige Beklemmung, die mir das Herz abschnüren wollte. Vielleicht gab mir dieser Mann, der den ungeliebten Namen seines Großvaters trug und deswegen von mir nur Hodscha gerufen werden wollte, dieses Gefühl. Er beobachtete mich, verhielt sich wie einer, der etwas von mir lernen will, doch gerade in diesem Moment nicht weiß, was dieses Etwas ist. Da mir die Art des Sitzens auf den Polsterbänken an den Wänden ganz ungewohnt war, blieb ich während unserer Dispute über die Experimente stehen, oder ich lief zuweilen recht gereizt im Zimmer auf und ab. Ich glaube, dem Hodscha gefiel das, er saß und konnte mich auf diese Weise sattsam betrachten, selbst beim Schein der nur matt leuchtenden Lampe. Daß ihm die Ähnlichkeit zwischen uns nicht auffallen sollte, irritierte mich sehr, wenn ich seinen Blick auf mir ruhen fühlte. Ein paarmal glaubte ich, er wisse darum, täte aber so, als nähme er's nicht wahr. Er schien sein Spiel mit mir zu treiben, mich einem kleinen Versuche auszusetzen und daraus etwas zu lernen, das mir verschlossen blieb; weil er mich stets in diesen ersten Tagen so anschaute, als lerne er etwas Neues und würde mit jedem neu Erlernten nur noch wißbegieriger. Doch dann schien er Skrupel zu haben, einen Schritt weiter zu tun, um jene Kenntnisse zu vertiefen. Und dieses ungereimte Abbrechen, das war es, was mich bedrückte, was dem Inneren des Hauses die erstickende Atmosphäre verlieh! Obwohl mir seine Befangenheit Mut machte, wurde mir das Herz nicht leichter. Er fragte mich im Laufe eines der Gespräche über unsere Versuche und auch ein andermal, warum ich noch kein Moslem geworden sei, doch ich erkannte seine Absicht, mich nur in ein ungewisses Wortgefecht zu verwickeln, und hielt mich zurück. Er fühlte meine Scheu und ich begriff, daß er mich deswegen verachtete, was mich wiederum sehr zornig machte. Das einzige Thema, über das wir uns einig waren in jenen Tagen, muß wohl unser beider füreinander empfundene Verachtung gewesen sein. Aber, so hoffte ich, wenn wir dieses Feuerwerk erfolgreich ohne Zwischenfälle zustande brächten, dann würde man mir vielleicht erlauben, in meine Heimat zurückzukehren, und so beherrschte ich mich. Als dann einer der Feuerwerkskörper plötzlich in einer Nacht zu ganz ungewöhnlicher Höhe aufstieg, sagte der vom Erfolg hingerissene Hodscha, er könne sogar eine Rakete bauen, die eines Tages zum Mond fliegen würde, das Problem wäre lediglich die richtige Mischung des Schießpulvers und der Guß eines Magazins dafür. Der Mond wäre sehr weit weg, bemerkte ich, doch er fiel mir ins Wort: Er wüßte auch, daß der Mond sehr weit entfernt wäre, aber sei er nicht gleichwohl der unserer Erde am nächsten stehende Stern? Wider Erwarten beschwichtigte ihn meine Zustimmung nicht, er wurde noch gereizter, sagte aber nichts mehr.

Zwei Tage darauf um Mitternacht begann er von neuem: Wie ich so sicher sein könnte, daß der Mond tatsächlich der nächstliegende Stern sei? Vielleicht würde uns eine optische Täuschung verleiten. Da sprach ich zum ersten Mal von meinen Kenntnissen in der Astronomie und beschrieb in Kürze die Grundsätze der ptolemäischen Kosmographie. Ich sah, wie gespannt er lauschte, doch er zögerte, etwas zu äußern, was seine Neugier offenbaren könnte. Ptolemäus sei ihm nicht unbekannt, erklärte er, als ich dann schwieg, doch es würde nichts ändern an seinen Zweifeln, ob nicht doch ein näherer Stern als der Mond vorhanden sei. Gegen Morgen sprach er von diesem Stern, als wären die Beweise für dessen Existenz bereits fest in seinem Besitz.

Am folgenden Tage drückte er mir ein schlecht geschriebenes Buch in die Hand. Ich verstand trotz meiner mangelnden Kenntnisse des Türkischen, worum es ging: Ein zweiter Auszug eines Auszuges aus dem Almagest, ich denke übrigens, nicht von ihm selbst gemacht. Mich interessierten daran nur die arabischen Bezeichnungen der Planeten, aber auch das erhitzte mein Gemüt im Moment nicht besonders. Als der Hodscha sah, wie ich das Buch unbeeindruckt beiseite legte, wurde er zornig. Sieben Goldstücke habe er gegeben für diesen Band, es wäre nur recht und billig, meine Hochnäsigkeit fahren zu lassen, die Seiten aufzuschlagen und einen Blick hineinzuwerfen. Als ich, wie ein folgsamer Schüler, das Buch in aller Geduld von neuem aufschlug, stieß ich auf ein primitives Schema. Die Planeten waren im Verhältnis zur Erde in ihre mit einfachen Strichen gezeichneten Sphären placiert. Obwohl die Positionen der Sphären stimmten, hatte der Zeichner von ihrer Größenordnung untereinander nicht die geringste Vorstellung gehabt. Dann aber fiel mir ein winziger Planet zwischen Mond und Erde ins Auge, doch bei näherem Hinschauen ließ sich an der Frische der Tinte erkennen, daß er dem Manuskript nachträglich hinzugefügt worden war. Nach Durchblättern der Schrift bis zum Ende gab ich sie dem Hodscha zurück. Er werde diesen kleinen Stern finden, versicherte er mir, und es war ihm bitterernst damit. Ich sagte kein Wort und tiefes Schweigen herrschte, beklemmend in gleicher Weise für ihn und für mich. Da es uns nicht noch einmal gelang, eine Rakete so hoch aufsteigen zu lassen, daß sie unsere Gespräche auf die Astronomie gelenkt hatte, berührten wir dieses Thema nicht wieder. Unser ganz eigener kleiner Erfolg blieb ein Zufall, dessen Geheimnis wir nicht enträtseln konnten.

Was aber Stärke und Glanz der flammenden Lichter

anging, so kamen wir zu sehr schönen Resultaten, und dieser Erfolg barg für uns kein Geheimnis. Der Hodscha hatte bei einem der Krämer, die er der Reihe nach in Istanbul aufsuchte, ein Pulver gefunden, dessen Name auch der Ladenbesitzer nicht kannte. Wir kamen zu dem Schluß, dieses gelbliche Pulver, welches ein herrlich strahlendes Funkeln ergab, müsse eine Mischung sein aus Schwefel und Kupfervitriol. Damit das Funkeln auch Farbe bekam, mischten wir alles nur Erdenkliche bei, konnten aber nichts weiter erreichen als zwei verwandte Farben, ein Braun und ein verwaschenes Grün. Wie der Hodscha meinte, waren diese sogar das Beste, was man bisher an Farbpulvern in Istanbul gemacht hatte.

Das galt dann schließlich auch für unsere Darbietung in der zweiten Nacht des Hochzeitsfestes – wie man jedenfalls allenthalben verlauten ließ und was sogar unsere hinterrücks intrigierenden Feinde zugaben, die uns um unsere Arbeit bringen wollten. Als es hieß, der Padischah sei am anderen Ufer des Goldenen Horns als Zuschauer erschienen, geriet ich in heftige Aufregung und hatte große Besorgnis, daß etwas schiefgehen und ich für lange Jahre nicht in mein Vaterland heimkehren könne. Beim Befehl zum Auftakt fing ich zu beten an. Zuerst feuerten wir die senkrecht aufsteigende, farblose Rakete ab, um die Gäste zu begrüßen und auf den Feuerzauber einzustimmen; gleich danach setzten wir eine reifenförmige Anordnung in Bewegung, die der Hodscha und ich als »Mühle« bezeichneten. Der Himmel war plötzlich in Rot, Gelb und Grün getaucht, es krachte auch gehörig und war schöner, als wir erwartet hatten. Mit dem Fortschleudern der Raketen begann sich der Reifen zu drehen, drehte und drehte sich, hielt dann auf einmal an, und die ganze Umgebung war taghell erleuchtet. Einen Augenblick lang glaubte ich, in Venedig und acht Jahre alt zu sein, als ich zum ersten Mal eine solche Vorführung sah und genauso unglücklich war wie jetzt, denn mein neues rotes Kleid hatten sie nicht mich, sondern meinen größeren Bruder anlegen lassen, dem am Vortage bei einer Prügelei alles auf dem Leibe zerrissen worden war. In demselben Rot jenes dicht mit Knöpfen besetzten Gewandes, das ich in jener Nacht nicht tragen durfte und mir geschworen hatte, niemals mehr zu tragen, zerplatzten die Raketen. Und auch die Knöpfe des für meinen Bruder zu engen Kleides waren eben von diesem Rot gewesen.

Nun kam etwas in Gang, das wir den Brunnen nannten. Von einem fünf Mann hohen Gerüst floß ein feuriger Strom aus einer Mündungsöffnung herunter. Die Leute am anderen Ufer konnten die Flammenrinnen sicher noch besser sehen. Und sie waren vermutlich genauso erregt wie wir, als dann aus der Mündung noch Raketen zu fliegen begannen, doch wollten wir diese Erregung beileibe noch nicht abklingen lassen: Nun setzten sich die Flöße auf dem Goldenen Horn in Bewegung. Zuerst fingen die darauf befindlichen Türme und Festungen aus Pappe Feuer, während sie im Vorbeigleiten aus ihren Bastionen Raketen schleuderten. Dies war die Darstellung der in den letzten Jahren errungenen Siege. Als man dann die Schiffe aus dem Jahr meiner Gefangennahme vorbeiziehen ließ, nahmen die übrigen unseren Segler unter Raketenfeuer, womit ich den Tag noch einmal erlebte, an dem ich meine Freiheit verlor. »Allah, Allah!« schrien sie von beiden Ufern her, als die Pappschiffe brennend versanken. Nun kamen allmählich unsere Drachen an die Reihe: Sie spien Flammen aus den Nasenlöchern, dem Rachen und den Ohren, und wir ließen sie miteinander kämpfen. Keiner von ihnen konnte, ganz nach unserem Plan, sogleich einen

Sieg erringen. Raketen, vom Ufer her abgeschossen, machten das Kampfgewühl noch heißer. Als dann die Helligkeit nachließ, begannen unsere Männer auf den Flößen Räder zu drehen, und die Drachen stiegen langsam und schwerfällig gen Himmel. Da aber schrien die Menschen vor Verwunderung und Schrecken. Während die Ungeheuer nun von neuem mit Getöse übereinander herfielen, wurden alle Raketen auf den Flößen gezündet. Die in den Kreaturen verborgenen Lunten mußten genau zum rechten Zeitpunkt anbrennen, damit die Umgebung unserem Wunsche gemäß ganz und gar zu einem höllischen Ort würde. Daß wir damit Erfolg hatten, bestätigte mir das Heulen und Jammern eines Kindes, das ich aus nächster Nähe hörte. Der Vater hatte den Sohn vergessen und starrte mit offenem Munde hoch zu dem furchterregenden Firmament. Endlich werde ich in die Heimat zurückkehren! – dachte ich nun. Inmitten der Hölle erschien gleich danach über seinem schwarzen, für niemand sichtbaren Flößchen das von mir »Satan« benannte Geschöpf, mit so vielen Raketen bestückt, daß man befürchten mußte, das ganze Floß würde mitsamt unseren Helfern in die Luft fliegen. Doch alles ging gut. Während die kämpfenden Drachen ihre Flammen verbrauchten und verschwanden, schoß der Satan himmelwärts, dank seiner sich schlagartig entzündeten Feuerwerkskörper, dann versprühte er Feuerbälle aus seinem ganzen Rumpf, die in der Luft mit großem Lärm zerplatzten. Für einen Moment fesselte mich der Gedanke, daß wir ganz Istanbul in Angst und Schrecken versetzt hatten – war's doch, als ob selbst ich mich gefürchtet hätte, als ob ich nun endlich Mut gefaßt und die Dinge begonnen hätte, die ich tun wollte im Leben, als wäre es völlig belanglos, in welcher Stadt ich mich hier und jetzt befand – ich wünschte, der Satan würde die ganze Nacht über dort oben bleiben und auf alle sein Feuer speien! Doch er fiel, ohne Schaden anzurichten, nach einigem Schwanken nach rechts und links unter großem Freudengeschrei von beiden Ufern her ins Goldene Horn hinab. Er sprühte noch immer Flammen, als er im Wasser versank.

Am nächsten Morgen habe der Pascha, genau wie im Märchen, dem Hodscha einen Beutel voll Gold gesandt. Er sei mit der Darbietung sehr zufrieden gewesen, habe er sagen lassen, doch der Sieg des Satans habe ihn befremdet. Wir zeigten das Feuerwerk noch zehn Nächte lang. Tagsüber sorgten wir für das Reparieren der Modelle, entwarfen neue Spiele und ließen Gefangene, die auf unser Geheiß aus den Kerkern gebracht wurden, die Feuerwerkskörper füllen. Ein Sklave, der zehn Beutel Schießpulver in Brand steckte, versengte sein Gesicht und erblindete dabei.

Als die Feierlichkeiten der Hochzeit vorüber waren, sah und hörte ich nichts mehr vom Hodscha. Trotz meiner Erleichterung, den eifersüchtigen Augen dieses neugierigen Menschen, der mich den ganzen Tag über beobachtete, entkommen zu sein, wollte mich andererseits die Erinnerung an jene doch recht bewegte Zeit mit ihm einfach nicht loslassen. Wenn ich in mein Heimatland zurückkehrte, würde ich jedem von diesem Mann erzählen, der trotz der großen Ähnlichkeit mit mir nie ein Wort darüber verlor. Ich hockte in meiner Zelle oder pflegte die Kranken, um mir die Zeit zu vertreiben. Als mich der Pascha dann rufen ließ, eilte ich zu ihm, ganz aus dem Häuschen, ja, fast schon voller Glücksgefühl. Er beeilte sich zunächst einmal, mich zu loben, das Feuerwerk habe jedem gut gefallen, alle hätten sich prächtig unterhalten, ich sei sehr begabt und dergleichen mehr. Plötzlich aber sagte er, wenn ich Moslem würde, ließe er mich auf der Stelle frei. Wie vor den Kopf gestoßen, ganz konfus, entgegnete ich, ich wolle doch in mein Vaterland zurückkehren, ja, ich ließ mich in meiner Dummheit soweit herab, stotternd von meiner Mutter, von meiner Braut zu sprechen. Der Pascha fragte das gleiche von neuem, als hätte er mich überhaupt nicht gehört. Ich schwieg. Dabei kamen mir, wer weiß warum, meine faulen, ungebärdigen Kindheitsgefährten in den Sinn, verabscheuenswerte Kinder, die gegen ihre Väter die Hand erhoben hatten. Als ich ablehnte, meinen Glauben aufzugeben, war der Pascha sehr verärgert. Ich kehrte in meine Zelle zurück.

Drei Tage später rief er mich wieder zu sich. Diesmal war er guter Laune. Da ich nicht ausmachen konnte, ob dieser Glaubenswechsel wohl günstig sein würde für eine Flucht, war ich auch zu keinem Entschluß gekommen. Was ich davon hielte, wollte der Pascha wissen, wenn er mir hierselbst ein schönes Mädchen zur Frau gäbe. Als ich ganz kühn erklärte, ich würde meinem Glauben treu bleiben, staunte der Pascha erst ein wenig und erklärte mich dann für sehr dumm. Es gäbe doch niemanden in meiner Umgebung, vor dem ich mich eines Glaubenswechsels wegen schämen müßte! Dann trug er mir einiges über die Lehren des Islam vor. Als ich stumm blieb, schickte er mich in meine Zelle zurück.

Bei meinem dritten Besuch brachten sie mich nicht mehr vor den Pascha. Ein Haushofmeister fragte nach meiner Entscheidung. Vielleicht hätte ich meinen Entschluß geändert, aber doch nicht, wenn mich ein Hausverweser danach fragt! So erklärte ich, noch nicht zum Glaubenswechsel bereit zu sein. Der Verwalter ergriff meinen Arm und brachte mich nach unten, wo ich einem anderen überlassen wurde. Der war ein großer, feiner Mann, so fein wie die Traumgestalt, die mir häufig nachts erschien, und er hängte sich bei mir ein. Während er mich, einem Todkranken gleich, liebevoll-gütig zu einem Winkel im Garten führte, trat ein anderer hinzu, groß und kräftig und so wirklich, wie kein Traum ihn zeigen könnte. Am Fuße einer Mauer hielten sie an und fesselten mir die Hände. Sie hatten ein kleines Beil mitgebracht: Wenn ich nicht Moslem werden wollte, so hätt's der Pascha befohlen, sei mir sogleich der Kopf abzuschlagen. Ich stand wie versteinert.

So schnell doch nicht! mußte ich denken. Sie schauten mich voller Mitleid an. Ich brachte kein Wort heraus. Wenn sie wenigstens nicht noch einmal fragen würden, wünschte ich mir, doch kurz darauf fragten sie erneut. So sah ich plötzlich in meinem Glauben eine Sache, für die man ganz leicht sein Leben hergeben könnte, ich wurde mir meines Wertes gewahr und fühlte gleichwohl Bedauern, mit mir selbst und diesen beiden, die es mir, je mehr sie fragten, um so schwerer machten, von meinem Glauben abzulassen. Als ich mich zwingen wollte, an etwas anderes zu denken, wurde ein Bild vor meinen Augen lebendig, das der Blick aus dem Fenster unseres Hauses auf den Garten dahinter bot: Auf einem Tisch ein perlmuttverziertes Tablett mit Kirschen und Pfirsichen, hinter dem Tisch eine Ruhebank aus Rohrgeflecht, auf der Federkissen im grünen Farbton des Fensterrahmens ausgelegt waren, und weiter hinten ein Brunnen, auf dessen Rand ein Sperling saß, unter Oliven- und Kirschenbäumen. Dazwischen bewegte sich ganz leise in einem fast unmerklichen Lüftchen eine Schaukel, die mit langem Strick an einem hohen Ast des Walnußbaumes festgebunden war. Ich werde meinen Glauben nicht verleugnen, sagte ich, als sie von neuem fragten. Ein Klotz befand sich dort, sie hießen mich niederknien und drückten meinen Kopf darauf. Zuerst schloß ich meine Augen, öffnete sie dann aber wieder. Einer hatte das Beil ergriffen, der andere aber meinte, ich hätte vielleicht bereut. Sie richteten mich wieder auf. Ich solle mich noch ein bißchen besinnen.

Während ich mich besann, begannen sie gleich neben dem Klotz die Erde auszuheben. Dort werden sie mich sofort begraben, dachte ich, und die Furcht erwachte in meinem Herzen, nicht nur sterben zu müssen, sondern lebendig begraben zu werden. Bis das Grab fertig ist, werde ich mich entscheiden, redete ich mir zu, als sie schon nach dem Auswerfen einer recht flachen Grube zu mir traten. Da befiel mich der Gedanke, welch eine Torheit mein Sterben dort bedeuten würde. Jetzt war ich bereit, Moslem zu werden, doch es blieb keine Zeit mehr dafür. Wenn ich in den Kerker, in meine mir lieb gewordene Zelle zurückkehrte, dann könnte ich die ganze Nacht überlegen und den Entschluß zu konvertieren am Morgen fassen, aber nicht auf der Stelle!

Sogleich ergriffen und zwangen sie mich wieder in die Knie. Bevor mein Kopf den Klotz berührte, sah ich jemand zwischen den Bäumen vorbeihuschen und staunte. Was sich dort lautlos bewegte, ohne daß die Füße den Boden berührten, schien ich selbst zu sein, nunmehr mit lang gewachsenem Bart. Ich wollte meiner zwischen den Bäumen davonschwebenden Erscheinung zurufen, doch meine Stimme versagte, mein Kopf war auf den Klotz gesunken. Was nun auf mich zukam, würde nicht anders sein als der Schlaf, so tröstete ich mich, wurde ganz gelassen und wartete. Mein Nacken, mein Rücken froren mich, ich wollte nicht denken, doch ich fror und ich dachte. Etwas später hoben sie mich auf und murrten:

Schön ärgern würde sich der Pascha! Während sie meine Hände losbanden, schalten sie mich einen Feind Allahs und seines Propheten Mohammed. Sie brachten mich hinauf in die Residenz.

Nachdem sich der Pascha den Rocksaum hatte küssen lassen, versöhnte er sich wieder mit mir. Er liebe mich, wie er sagte, weil ich um den Preis des Lebens bei meinem Glauben geblieben sei, doch gleich darauf begann er wieder zu räsonnieren: Mein Starrsinn würde nichts einbringen, der Islam sei auch ein viel höherer Glaube und dergleichen mehr. Er redete sich so recht in Zorn: Er sei fest entschlossen, mich zu bestrafen. Dann aber nannte er ein Versprechen, das er jemand gegeben hätte, und ich begriff, dieses Wort hatte mich vor manchem Übel bewahrt, das mir sonst geschehen wäre, und am Ende stellte sich heraus, daß der Empfänger des Versprechens und, wie ich aus dem Gesagten entnahm, ein wohl etwas eigenartiger Mann, niemand anders als der Hodscha war. Plötzlich sagte der Pascha ganz offen, er hätte mich dem Hodscha geschenkt. Zuerst schaute ich nur verständnislos, so daß er's mir erklärte: Ich sei jetzt der Sklave des Hodschas, dem er auch ein Papier darüber gegeben habe und bei dem es nun läge, ob er mich freilassen würde oder nicht, und der mit mir jetzt tun und lassen könne, was er wolle. Danach verließ der Pascha das Gemach.

Der Hodscha sei auch in der Residenz, er warte unten auf mich. Da wurde mir klar, daß er es gewesen war, den ich zwischen den Bäumen erblickt hatte. Wir gingen miteinander zu ihm nach Hause. Er hätte, wie er sagte, von Anbeginn gewußt, daß ich von meinem Glauben nicht lassen würde. Eine Kammer seines Hauses sei schon für mich bereit. Ob ich hungrig sei, erkundigte er sich. Die Todesangst lag noch auf mir, ich hatte nicht den geringsten Appetit. Trotzdem vermochte ich einige Happen von dem mir vorgesetzten Brot und Joghurt herunterzubringen. Während ich an meinen Bissen kaute, betrachtete mich der Hodscha wohlgelaunt. Er schaute mich an, wie ein Bauer beim Füttern seines soeben auf dem Markt erstandenen schönen Pferdes mit Freude an die Arbeitslasten denkt, die er ihm aufbürden wird. Ich sollte mich noch häufig auf diesen Blick besinnen, bis zu der Zeit, da sich der Hodscha in die Einzelheiten der Uhr und der kosmographischen Theorie vergrub, welche er dem Pascha zu unterbreiten gedachte, und mich darüber vergaß.

Anschließend forderte er von mir, ihn alle Dinge zu lehren, er habe mich deswegen vom Pascha erbeten, und erst danach könne er mich freilassen. Monate mußten vergehen, um zu erfahren, was »alle« diese »Dinge« einschloß. Es sei alles, was ich auf den Schulen, in der *Medresen* gelernt habe, Astronomie, Medizin, Ingenieurwesen, die ganze Wissenschaft, die man dort in meinem Vaterland lehre! Dann auch alles, was in den Büchern geschrieben stand, die in meiner Zelle lagen und am nächsten Morgen von dort geholt wurden, alles, was ich gehört und gesehen, auch alle meine Gedanken über Flüsse, Seen, Wolken und Meere, auch die Anlässe für Erdbeben und Gewitter... Was ihn aber am meisten fesselte, seien die Sterne und Planeten, fügte er gegen Mitternacht noch hinzu. Das Mondlicht fiel durchs offene Fenster, und er sagte zu mir, wir müßten unbedingt einen exakten Beweis finden für das Vorhandensein jenes Sternes zwischen Mond und Erde oder wenigstens für dessen Nichtvorhandensein. Während meine von des Tages Todesnähe noch immer schreckensweiten Augen einmal mehr und voller Widerwillen die verdrießliche Ähnlichkeit zwischen uns beiden erkennen mußten, gebrauchte der Hodscha schon nicht mehr das Wort »lehren«: Gemeinsam würden wir forschen, gemeinsam finden, gemeinsam vorangehen.

Auf diese Weise begannen wir unser Tun wie zwei gute Brüder, wie zwei gute Schulbuben, die ihre Aufgaben auch dann mit Fleiß erledigen, wenn die sie durch den Türspalt belauschenden Erwachsenen nicht zu Hause sind. Ich fühlte mich anfangs mehr als der wohlwollende Bruder, der bereit ist, noch einmal durchzunehmen, was er weiß, damit der faule Kleinere den Vorsprung aufholen kann; der Hodscha aber verhielt sich wie der kluge Kleinere, der zu beweisen versucht, daß es mit dem Wissen des großen Bruders nicht so weit her ist. Seiner Ansicht nach war der Unterschied an Kenntnissen zwischen uns nur so groß wie die Zahl der aus meiner Kerkerzelle geholten und in einer Nische aufgereihten Bücher, zusammen mit denen, die ich noch in Erinnerung hatte. Nachdem er durch besonderen Eifer und ausnehmende Klugheit das – später noch weiter verbesserte – Italienische bewältigt, in sechs Monaten alle meine Bücher gelesen und mich auch veranlaßt hatte, alles für ihn zu wiederholen, auf was ich mich besinnen konnte, war von meiner Überlegenheit nichts mehr übriggeblieben. Er aber tat so, als sei ihm mehr als die erlernten Dinge ein von der Natur gegebenes und tieferes Wissen zueigen, welches die von ihm in der Mehrzahl sogar als wertlos erkannten Bücher übertraf. Sechs Monate nach Beginn unserer Arbeit waren wir nicht mehr das Gespann, das gemeinsam lernte, gemeinsam vorankam. Er dachte nach, ich aber erinnerte ihn nur noch an einige Kleinigkeiten, die dazu erforderlich waren, oder ich half ihm, sein Wissen zu revidieren.

Diese seine »Gedanken«, die mir zum größten Teil wieder entfallen sind, kamen ihm zumeist bei Nacht, nach einer schlecht und recht improvisierten Abendmahlzeit, lange, nachdem die Lampen des Viertels erloschen und alles ringsumher in Schweigen gehüllt war. In den Morgenstunden ging er zum Unterrichten in die Knabenschule einer Moschee, die etliche Straßenzüge entfernt lag, und an zwei Tagen in der Woche besuchte er in einem weit abgelegenen, von mir niemals betretenen Viertel eine *Muvakkithane*. Die restliche Zeit verbrachten wir entweder damit, uns auf die »Gedanken« der nächsten Nacht vorzubereiten oder uns von ihnen hinreißen und forttragen zu lassen. Während jener Stunden glaubte ich noch, auf meine baldige Heimkehr hoffen zu können, und widersprach dem Hodscha nicht beim Disputieren über die »Gedanken«, denen ich kaum Gehör schenkte im einzelnen, meinte ich doch, das könne höchstens meine Rückkehr hinauszögern.

So verbrachten wir das erste, der Astronomie gewidmete Jahr, in die wir uns vergruben, um nach Beweisen für die Existenz oder auch Inexistenz jenes phantastischen Sternes zu suchen. Im Laufe der Beschäftigung mit astronomischen Geräten und Skalen, mit dem Teleskop, das er mit Hilfe teuer bezahlter, aus dem Flämischen hergebrachter Linsen erbaut hatte, vergaß der Hodscha jedoch das Problem des eingebildeten Sterns und erklärte, er habe sich nun einer bedeutsameren Sache zugewandt, nämlich, das ptolemäische System zum Gegenstand eines Disputs zu machen, doch wir disputierten nicht, er redete, ich lauschte: Er sprach von dem Unsinn der durchscheinenden Sphären, in denen die Sterne aufgehängt sein sollten, es gäbe vielleicht etwas anderes, das sie dort hielt, eine unsichtbare Kraft zum Beispiel, eine Gravitation womöglich, und weiter noch: Vielleicht umkreiste die Erde, gleich der Sonne, etwas anderes, vielleicht kreisten alle Sterne um ein anderes Zentrum, von dessen Existenz wir nichts ahnten. Schließlich behauptete er, viel weiter, viel umfangreicher denken zu können als Ptolemäus, untersuchte einen neuen Haufen Sterne für eine sehr viel profundere Kosmographie, stellte Theorien für ein neues System auf. Und es könne schließlich auch stimmen, daß der Mond sich um die Erde, die Erde sich um die Sonne drehe und Venus das Zentrum wäre. Aber selbst dessen wurde er schnell wieder müde und meinte nach alledem, das eigentliche Problem sei nicht das Vortragen dieser neuen Gedanken, sondern die Hiesigen mit den Sternen und deren Bewegungen vertraut zu machen, und er würde damit beim Pascha beginnen, sagte er gerade, als wir erfuhren, daß Sadik Pascha nach Erzurum verbannt worden war. Er hatte, dem Vernehmen nach, an einem erfolglosen Komplott teilgenommen.

In den Jahren unseres Wartens auf die Rückkehr des Paschas aus der Verbannung wanderten wir an den Hängen des Bosporus entlang, wobei uns der Wind durch Mark und Bein fuhr, beobachteten die Meeresströmungen und versuchten, mit Gefäßen versehen, in den Talsenken Temperatur und Geschwindigkeit der Wasserläufe zu messen, die sich in den Bosporus ergießen.

In Gebze, wo wir auf Bitten des Paschas zur Erledigung einer Sache hinfuhren und drei Monate blieben, kam der Hodscha durch die voneinander abweichenden Gebetszeiten der Moscheen auf eine neue Idee: Er würde eine die Gebetsstunden ganz genau anzeigende Uhr erschaffen. Ich lehrte ihn in jenen Tagen, was ein Tisch ist, und ließ dieses Möbelstück von einem Schreiner nach meinen Maßangaben anfertigen. Es mißfiel dem Hodscha zunächst, als es ins Haus gebracht wurde, er verglich diesen neuen Gegenstand mit einer Totenbank und hielt ihn für unheilbringend, doch mit der Zeit gewöhnte er sich an den Tisch wie auch an die Stühle. Man könne besser nachdenken und schreiben auf diese Weise, stellte er fest. Auf dem Rückweg nach Istanbul, wo die parallel zum Sonnenumlauf errechneten elliptischen Zahnräder für die Gebetsstundenuhr gegossen werden mußten, folgte uns der Tisch auf dem Rücken eines Esels.

In jenen ersten Monaten unserer Arbeit, die wir am Tisch einander gegenübersitzend verbrachten, versuchte der Hodscha zu begreifen, wie man die Gebets- und Fastenzeiten für die kalten Länder bestimmen könnte, wo doch wegen der Kugelgestalt der Erde dort zwischen Tag und Nacht ein großer Zeitunterschied besteht. Und außerdem fragte er sich, ob es nicht, außer Mekka selbst, noch einen anderen Standort geben müsse, von wo aus der Mensch, ganz gleich, in welche Richtung er sich dreht, immer nach Mekka schauen würde. Wenn aber der Hodscha meine verstohlene Geringschätzung dieser Probleme bemerkte und sah, daß sie mich vollkommen gleichgültig ließen, dann verachtete er mich, wobei ich wiederum meinte, er spüre wohl meine »Überlegenheit«, mein »Anderssein«, und weil er nun auch denken mochte, ich könne merken, was er fühle, brachte ihn das womöglich in Zorn. Nun – so lang und breit wie vom Wissen, pflegte er auch von der Klugheit zu sprechen. Er würde den Pascha bei dessen Rückkehr nach Istanbul mit seinen Entwürfen, mit einer neuen kosmographischen Theorie, die ein noch zu entwickelndes Modell verständlich machen sollte, und mit der neuen Uhr beeindrucken. Es waren die Samen einer geistigen Wiederbelebung, die er, jeden mit seiner Wißbegier infizierend, hier aussäen würde. Und wir warteten beide.

III.

Er dachte in jenen Tagen darüber nach, wie man einen Zahnradmechanismus entwerfen könnte, mit dem die Uhr nicht jede Woche, sondern nur einmal im Monat aufgezogen werden mußte. Und wenn das verwirklicht war, hatte er anschließend schon den Plan für eine Gebetsuhr im Kopfe, die nur einmal im Jahr zu richten war. Wenn sich die Zeitabstände für das Aufziehen einer so großen Uhr verlängerten, lag das ganze Problem nur darin, eine Kraft zu finden, die eine zunehmende Zahl von immer schwerer werdenden Zahnrädern in Bewegung setzen konnte. So überlegte er gerade, als seine Freunde in der *Muvakkithane* ihn wissen ließen, daß der Pascha aus Erzurum zurückgekehrt sei.

Am nächsten Morgen machte er sich auf den Weg, um dem Pascha seine Glückwünsche zu bringen. Der habe sich inmitten des großen Gedränges der Anwesenden um den Hodscha bemüht, sich nach den Erfindungen erkundigt, ja, sogar nach mir gefragt. Viele Male nahmen wir die Uhr in der folgenden Nacht auseinander und setzten sie wieder zusammen, fügten dem Modell des Universums hier und dort etwas hinzu und bemalten die Sterne mit bunter Farbe. Der Hodscha sagte mir Partien des mit Pomp und Poesie verfaßten Textes auf, den er auswendig gelernt hatte, um die Zuhörer zu beeindrucken. Und gegen Morgen deklamierte er, um seiner Aufregung Herr zu werden, diese der Logik des Sternenkreislaufs gewidmeten Verse noch einmal rückwärts. Dann ließ er einen Wagen kommen und belud ihn mit unseren Instrumenten, um zu des Paschas Residenz zu fahren. Mit Staunen sah ich, wie klein die Uhr und das Modell eigentlich waren, die doch monatelang das ganze Haus gefüllt hatten, als sie auf dem

Lastenständer des Einspänners verstaut wurden. Erst spät am Abend kehrte der Hodscha nach Hause zurück.

Gleich nachdem die Instrumente in des Paschas Garten abgeladen und von jenem mit der lieblosen Kühle eines alten Mannes, der bei so merkwürdigen Dingen keinen Spaß versteht, inspiziert worden waren, habe der Hodscha den Text zu deklamieren begonnen. Der Pascha hätte sich meiner erinnert und: »Hat jener dich diese Dinge gelehrt?« gefragt – was Jahre später mit gleichen Worten auch der Sultan tun sollte –, und das wäre des Paschas ganze Reaktion gewesen. Der Hodscha jedoch habe noch verwirrender reagiert und: »Wer?« gefragt, dann aber gleich verstanden, daß ich gemeint gewesen. Ein gebildeter Dummkopf sei ich, hätte er darauf dem Pascha erklärt. Meiner Gegenwart unbewußt, sprach er zu mir, seine Gedanken weilten noch immer bei den Ereignissen in der Residenz. Das aber seien alles seine eigenen Erfindungen, habe er dann mit allem Nachdruck erklärt, doch der Pascha sei nicht zu überzeugen gewesen. Als suche er einen Schuldigen, so hätte er sich verhalten, und als wolle er beileibe nicht zugeben müssen, daß sein geliebter Hodscha dieser Schuldige sein könnte. Sie hätten also von mir gesprochen statt von den Sternen. Daß dieses Gesprächsthema dem Hodscha nicht gefallen hatte, verstand ich sehr wohl. Dann hätte Schweigen geherrscht und des Paschas Aufmerksamkeit sei abgeglitten zu den anderen Gästen in seiner Runde. Als der Hodscha während der Abendmahlzeit noch einmal von den Sternen und seinen Erfindungen zu sprechen beginnen wollte, habe der Pascha gesagt, er versuche sich an mein Gesicht zu erinnern, doch käme ihm dabei stets dasjenige des Hodschas in den Sinn. Andere saßen mit zu Tisch, man habe sich allgemein über die paarweise Erschaffung von Menschen unterhalten, sich an übertriebene Beispiele erinnert, an Zwillinge, die von ihren Müttern miteinander verwechselt wurden, habe von sich Gleichenden gesprochen, die beim ersten Anblick voreinander zurückgeschreckt seien, sich dann aber, wie behext, nicht mehr hätten trennen können, von Briganten, die anstelle ganz Unschuldiger aufgetreten seien. Als nach Aufheben der Tafel die Menge der Gäste auseinanderging, hätte der Pascha den Hodscha zum Bleiben aufgefordert.

Nachdem der Hodscha dann wieder seine Erklärungen anbringen wollte, sei der Pascha zunächst nicht sehr erfreut gewesen, ja, sogar unzufrieden, weil seine gute Laune durch ein paar kaum verständlich scheinende Brocken Wissen von neuem verdorben wurde, doch später, nachdem er des Hodschas Text zum dritten Mal angehört hatte und seine Augen dem Kreisen der Erde und der Sterne unseres Modells einige Male gefolgt waren, schien sich bei ihm Verständnis zu regen oder zumindest Wißbegier, und von nun an sei er dem Hodscha aufmerksam gefolgt. Der habe daraufhin noch einmal emphatisch erklärt, daß die Sterne nicht so, wie jeder gemeinhin dachte, sondern eben auf diese andere Weise umlaufen würden. »Nun gut«, habe der Pascha schließlich gemeint, »ich verstehe, so könnte es sein, warum auch nicht?« Nun hätte der Hodscha geschwiegen.

Das wird wohl ein langes Schweigen gewesen sein, dachte ich so bei mir. Der Hodscha schaute zum Fenster hinaus auf das Dunkel des Goldenen Horns und sprach zu sich selbst: »Warum hat er dort eingehalten, warum es nicht weiter verfolgt?« Die Antwort auf diese Frage kannte ich ebensowenig wie er. Ich vermutete zwar, daß der Hodscha eine Vorstellung haben könne von dem, wie es hätte weitergehen sollen, doch er sagte auch nichts dazu. Es schien ihm die Ruhe zu rauben, daß nicht jeder so war wie er selbst! Dann habe der Pascha sich für die Uhr interessiert, er habe sie öffnen lassen und nach dem Nutzen von Mechanismus und Gewichten gefragt. Angstvoll hätte er seinen Finger in das tickende Gerät gesteckt und wieder herausgezogen wie jemand, der ein haarsträubend dunkles Schlangenloch aufrührt. Der Hodscha habe gerade die Uhrentürme erläutert, die Macht des Gebets, das jeder im vollkommen gleichen Augenblick verrichten würde, als der Pascha plötzlich aufgebraust sei: »Mach dich los von ihm! Mit Gift, wenn du willst, oder auch, laß ihn frei! Dann wirst du deine Ruhe haben!« Ich muß den Hodscha wohl ganz kurz voller Furcht und Hoffnung zugleich angeschaut haben. Er könne mich solange nicht freilassen, meinte er dann, bis jene begriffen hätten, worum es eigentlich ging.

Ich fragte nicht, was das eigentlich zu Begreifende war. Vielleicht, weil ich fürchtete zu erfahren, daß der Hodscha es selbst nicht wußte. Dann hätten sie von anderen Dingen gesprochen, der Pascha habe geschmollt und so recht von oben herab auf die Geräte geschaut. Der hoffnungsvoll auf das wiedererwachende Interesse des Paschas wartende Hodscha sei bis zu später Stunde in der Residenz geblieben, wohl wissend, daß er dort nicht mehr erwünscht war. Doch schließlich habe er die Instrumente aufladen lassen. Ich sah im Geist den Wagen auf dem Rückweg in Stille und Dunkelheit an einem Haus vorbeikommen, wo jemand schlaflos in seinem Bett lag, unter dem Geräusch der Räder das Ticken der riesigen Uhr hörte und sich darüber wunderte.

Bis zum Morgengrauen blieb der Hodscha auf. Ich wollte eine neue Kerze für die erloschene anzünden, er ließ es nicht zu. Da ich wußte, er wolle nichts von mir hören, sagte ich nur: »Der Pascha wird's schon verstanden haben!« Ich hatte im Dunkeln gesprochen, vielleicht wußte auch er, daß ich nicht daran glaubte, doch bald darauf gab er zur Antwort: Alles läge daran, den Augenblick zu enträtseln, in dem der Pascha nicht weitergesprochen hätte.

So begab sich der Hodscha bei erster Gelegenheit zu ihm, um dieses Rätsel zu lösen. Diesmal sei er freundlich vom Pascha empfangen worden, er habe versöhnlich zu ihm gesprochen und bestätigt, der Ablauf der Dinge oder auch das damit Beabsichtigte sei ihm klar geworden. Dann habe er dem Hodscha geraten, sich an einer Waffe zu versuchen: »Eine Waffe, die unseren Feinden die Welt zum Kerker werden läßt!« So habe der Pascha gesprochen, jedoch nicht angedeutet, welcher Art diese Waffe sein sollte. Der Pascha sei bereit, dem Hodscha beizustehen, wenn er sein Wissen und Können darauf richten würde. Von unserem erhofften Einkommen allerdings habe er derweil nichts erwähnt, dem Hodscha nur einen Beutel voller Asper gegeben. Wir öffneten ihn daheim und zählten nach, es waren siebzehn Silberstücke, eine merkwürdige Summe! Nach Überreichen des Beutels hätte der Pascha erklärt, er würde den Padischah überreden, dem Hodscha Audienz zu gewähren, der Junge sei interessiert an »solchen Dingen«. Wir ließen uns von diesem Versprechen nicht beeindrucken, weder ich noch der stets schnell hoffnungsbereite Hodscha, doch eine Woche später kam die Nachricht: Nach dem abendlichen Fastenbrechen würde der Pascha uns, ja, auch mich, dem Sultan vorstellen.

Um sich darauf einzurichten, änderte der Hodscha die dem Pascha vorgetragenen Verse dem Verstande eines neunjährigen Kindes gemäß. Doch es war nicht der

Sultan, der seine Gedanken beschäftigte, es war der Pascha und die Frage, warum er nicht weitergesprochen hatte. Nun, eines Tages würde er es erfahren. Welcher Art wohl sollte die Waffe sein, die der Pascha von ihm verlangte? Mir blieb fast nichts zu sagen übrig, er war ganz und gar mit sich selbst beschäftigt. Während der Hodscha bis tief in die Nächte allein in seinem verschlossenen Zimmer blieb, saß ich vor meinem Fenster, einem unwissenden Kinde gleich, erwog nicht einmal mehr, wann ich wohl in die Heimat zurückkehren würde, und ließ meine Phantasie spielen: Nicht der Hodscha saß am Tisch bei der Arbeit, sondern ich selbst war's, und zu jeder gewünschten Zeit konnte ich hingehen, wo immer ich hingehen wollte!

Gegen Abend beluden wir ein Gefährt mit unseren Instrumenten und machten uns auf den Weg zum Serail. Ich liebte jetzt die Straßen von Istanbul, stellte mir vor, unsichtbar zu sein, von einer zur anderen zu gehen, mich als Schemen zwischen den Gärten mit riesigen Ahorn-, Kastanien- und Erguvanbäumen hin und her zu bewegen. Mit der Hilfe einiger Leute stellten wir die Instrumente an dem uns zugewiesenen Platze im zweiten Hof des Palastes auf.

Ein liebenswürdiger, rotwangiger, seinem Alter nach kleiner Junge war der Padischah. Er behandelte die Instrumente, als wären sie sein eigenes Spielzeug. Ob ich damals schon sein Gefährte und Freund sein wollte oder sehr viel später, fünfzehn Jahre danach, als wir wieder zusammentrafen, ist mir jetzt entfallen, aber ich fühlte sofort, daß man ihm niemals Unrecht tun durfte. Der Hodscha war gerade ins Stocken geraten, auch die sich um den Padischah drängenden Höflinge warteten neugierig auf ihn. Endlich aber konnte er anfangen: Er hatte viel Neues hinzugefügt, sprach in seiner Geschichte von den Sternen, als seien sie lebendige, verständige Wesen, verglich sie mit geheimnisvoll anziehenden Geschöpfen, die Geometrie und Arithmetik beherrschen und ihre Kreise im Einklang mit ihrem Wissen ziehen. Als er sah, wie der Junge von Zeit zu Zeit bewundernd den Kopf zum Firmament hob, war er begeistert und überzeugt davon, ihn beeindruckt zu haben. Hier, bitte schön, waren die durchscheinenden Kugeln zu sehen, an denen die Sterne hingen und sich drehten, dies dort war die Venus und so kreiste sie, und das Riesending dort, das war der Mond, und das hieß also, er bewegte sich anders auf seiner Umlaufbahn! Während der Hodscha die Sterne kreisen ließ, ertönte das am Modell befestigte Glöckchen mit zartem Klang, der kleine Padischah trat ängstlich einen Schritt zurück, faßte dann aber Mut und näherte sich diesem klingenden Instrument von neuem wie einem Zauberkasten, den er verstehen lernen wollte.

Während ich jetzt meine Erinnerungen durchgehe und mir selbst eine Vergangenheit anpasse, kommt mir der Gedanke, das müsse ein Bild des Glücks gewesen sein, wie es der Märchen-Illustrator malt, für solche Märchen, wie ich sie in meiner Kindheit erzählt bekommen hatte. Es fehlten nur noch die Glaskugeln, in deren Innern beim Umdrehen der Schnee auf Häuschen mit roten Lebkuchendächern fiel. Schließlich fragte der Junge, und der Hodscha bemühte sich um die Antworten.

Wie hielten sich denn die Sterne in der Luft? Sie waren in durchsichtigen Kugeln aufgehängt! Woraus waren diese Kugeln gemacht? Aus einer durchscheinenden Masse, die sie durchscheinend machte! Stießen sie nicht aneinander? Nein, sie waren, wie im Modell zu sehen, auf verschiedenen Ebenen angeordnet! Es gab doch soviele Sterne, warum nicht auch ebensoviele Kugeln? Weil jene sehr weit entfernt waren! Wie weit? Sehr, sehr weit! Hatten auch die anderen Sterne Glocken, die bei ihrem Umlaufen klingelten? Nein, das Glöckchen hatten wir angebracht, damit man verstehe, wann die Sterne ihren Umlauf vollbrachten! Hatte das mit dem Gewitterdonner zu tun? Nein, nichts! Womit hatte der Donner zu tun? Mit dem Regen! Würde es morgen regnen? Dem Himmel nach zu urteilen, würde es morgen nicht regnen! Was sagte der Himmel über den kranken Löwen des Padischah? Er würde genesen, aber man müsse Geduld zeigen! Und so weiter und so fort.

Als er seine Gedanken über den kranken Löwen äußerte, hatte der Hodscha wieder zum Firmament geschaut, wie vorher, als man von den Sternen sprach. Zu Hause dann äußerte er sich recht abfällig über diese Einzelheit. Es sei nicht wichtig, ob der Junge Wissenschaft und Sophisma unterscheiden könne, sondern nur, daß er imstande sei, etwas zu begreifen. Wieder drückte er sich so aus und tat zudem, als hätte ich bereits verstanden, was dieses zu begreifende Etwas war. Ich aber dachte unterdessen, es sei wohl am Ende gleichgültig, ob ich nun Moslem wurde oder ob ich es bleiben ließ! Fünf ganze Goldstücke enthielt der Beutel, den man uns beim Verlassen des Serail überreicht hatte. Der Padischah, meinte der Hodscha, habe erfaßt, daß eine Logik hinter dem steckte, was mit den Sternen geschah. Ach, der Padischah! Später, viel später erst habe ich ihn wirklich gekannt! Mich wunderte nur, daß es der gleiche Mond sein sollte, der in die Fenster unseres Hauses schien, und wünschte, ich wäre wieder ein Kind gewesen! Der Hodscha konnte sich nicht enthalten, zum gleichen Thema zurückzukehren: Das Löwenproblem sei unerheblich, der Junge liebe nun einmal Tiere, und das war's!

Am nächsten Tag zog er sich in seine Kammer zurück und begann zu arbeiten. Und einige Tage später wurden Uhr und Sterne wieder auf einen Wagen verladen. Diesmal fuhr er unter den neugierigen Blicken, die ihm hinter den Fenstergittern folgten, zur Knabenschule der Moschee. Als er abends zurückkam, war er vergrämt, aber nicht so sehr, daß er geschwiegen hätte. »Die Kinder würden soviel verstehen wie der Sultan, hab' ich gemeint, doch das war ein Irrtum!« sagte er. Nur gefürchtet hätten sie sich. Nachdem ihnen der Hodscha alles erklärt hatte und Fragen zu stellen begann, habe eines der Kinder gesagt, daß auf der anderen Seite des Himmels die Hölle sei, und zu weinen angefangen.

Die folgende Woche verbrachte der Hodscha damit, seinen Glauben an die Klugheit des Padischah zu vertiefen. Jede einzelne unserer im zweiten Hof erlebten Minuten rief er mir ins Gedächtnis zurück, ließ sich seine Beweise bestätigen: Der Junge war klug, ja; er konnte jetzt schon denken, ja; er war schon eine Persönlichkeit, stark genug, um sich dem Druck seiner Umgebung zu widersetzen, ja! Auf solche Weise begannen unsere Träumereien für den Sultan, lange Zeit, bevor er für uns zu träumen begann. Der Hodscha werkelte damals an der Uhr herum. Ich glaubte, er denke auch über die Waffe nach, wie er nach eigenen Worten dem Pascha während der Audienz erklärt hatte. Doch ahnte ich auch, daß er vom Pascha nichts mehr erhoffte. »Er ist wie die anderen geworden«, war seine Meinung, »nicht mehr begierig, Unbekanntes zu kennen!« Eine Woche später ließ der Padischah ihn wieder rufen, und der Hodscha begab sich zu ihm.

In heiterer Laune hätte ihn der kleine Sultan empfangen und ihm erklärt: »Mein Löwe ist genesen, dein Wort wurde wahr!« Dann seien sie, von der Menge begleitet, in den Hof hinausgegangen. Der Padischah habe auf die Fische im Teich gezeigt und den Hodscha gefragt, was er von ihnen halte. »Rot waren sie«, sagte er im Laufe seiner Schilderung, »weiter fiel mir nichts dazu ein.« Er habe jedoch in den Bewegungen der Fische eine Ordnung verspürt in jenem Augenblick, als ob sie, sich untereinander verständigend, nach der Vollkommenheit dieser Ordnung suchten. Klug fände er die Fische, habe er dann gesagt. Ein Zwerg neben einem Haremseunuchen, der den Padischah ständig an die Ratschläge seiner Mutter gemahnte, begann über diese Worte zu lachen, erzählte der Hodscha. Doch der Sultan habe den rothaarigen Winzling dafür gescholten und zur Bestrafung nicht aufgefordert, neben ihm zu sitzen, als man anschließend die Wagen zur Ausfahrt bestieg. Zum Hippodrom sei die Fahrt gegangen, zum Löwenhaus. Der Padischah hätte dem Hodscha dort Löwen, Leoparden und Tiger gezeigt, einen nach dem anderen, die an die Säulen einer ehemaligen Kirche gekettet waren. Vor dem Löwen, dessen Genesung der Hodscha vorausgesagt hatte, seien sie stehengeblieben, der Junge habe mit ihm gesprochen und den Löwen mit dem Hodscha bekannt gemacht. Sie wären dann zu einer Löwin gegangen, die in einer Ecke lag und nicht so gestunken habe wie die anderen Tiere und trächtig gewesen sei. Mit glänzenden Augen hätte der Padischah gefragt: »Wieviel Junge wird diese Löwin werfen, wie viele werden männlich, wie viele weiblich sein?«

Der ärgerlich gewordene Hodscha habe dann einen Fehler begangen, wie er mir eingestand, und dem Padischah gesagt, daß er sich zwar auf die Astronomie verstünde, aber kein Sterndeuter sei! »Du weißt aber besser Bescheid als der oberste Sterndeuter Hüseyin Efendi!« habe der Junge gemeint. Der Hodscha sei die Antwort schuldig geblieben, aus Furcht, jemand von den Umstehenden könne es hören und dem Hüseyin Efendi zutragen. Doch der enttäuschte Padischah habe gedrängt: Oder wüßte der Hodscha am Ende überhaupt nichts, würde er vielleicht wegen nichts zu den Sternen aufschauen?

Daraufhin sei der Hodscha gezwungen gewesen, die für viel später geplanten Eröffnungen seiner Entwürfe jetzt schon zu machen: Sehr viel habe er gelernt aus den Sternen und würde aus dem Gelernten sehr nützliche Schlüsse ziehen! Das Schweigen des mit großen Augen lauschenden kleinen Padischah habe er so recht ausgenutzt und ihm erklärt, man müsse, um die Sterne beobachten zu können, ein Observatorium errichten, genau wie Murat III., der Großvater seines seligen Großvaters Ahmets I., damals schon vor neunzig Jahren die Gnade gehabt hatte, ein solches für den seligen Takiyüddin Efendi erbauen zu lassen, das aber später wegen Vernachlässigung zerfallen war. Doch nein! Etwas viel Vollständigeres, ein Haus der Wissenschaften müsse es sein, in dem alle Weisen zusammenkommen und nicht nur die Sterne, sondern das ganze Reich der Natur, die Flüsse und Meere, die Wolken und Berge, die Blumen und Bäume und natürlich auch die Tiere beobachten und das Erkannte miteinander besprechen und vertiefen sollten, damit unser aller Verstand erweitert würde.

Diesem Plan des Hodschas, den auch ich jetzt zum ersten Male hörte, hätte der Padischah wie einem köstlichen Märchen gelauscht. Während der Rückfahrt zum Serail habe er dann nochmals gefragt: »Was denkst du, wird die Löwin werfen?« Diesmal habe der Hodscha die Antwort vorher wohl bedacht: »Die Jungen, die sie wirft, werden einander die Waage halten!« Der Spruch wäre ganz ungefährlich, sagte er zu mir daheim. »Ich werde dieses törichte Kind in die Hand bekommen«, meinte er, »ich bin gescheiter als der oberste Sterndeuter Hüseyin Efendi!« Daß er vom Padischah in dieser Weise sprach, erstaunte mich, noch mehr jedoch, daß ich selbst eine solche Rede übelnahm. Es war eine Zeit, in der mein Herz voller Kummer und ich eifrig mit dem Haushalt beschäftigt war.

Danach aber begann er, dieses Wort wie einen in jedes Schloß passenden Zauberschlüssel zu verwenden: Weil sie töricht waren, schauten sie nicht zu den über ihren Köpfen wandernden Sternen auf und dachten darüber nach; weil sie töricht waren, fragten sie zuerst, wofür das zu Lernende von Nutzen sei; weil sie töricht waren, fesselte sie keine Einzelheit, sondern nur der Auszug des Ganzen; weil sie töricht waren, ähnelten sie einer dem anderen, und dergleichen mehr. Obwohl auch ich vor wenigen Jahren noch bei uns daheim an solcher Redeweise Gefallen gefunden hatte, wär's mir nicht möglich gewesen, dem Hodscha etwas zu entgegnen. Ohnehin war er zu dieser Zeit mit den Toren beschäftigt, nicht mit mir. Und meine Torheit sei nun wieder von ganz anderer Art! Ich hatte ihm, von meiner Geschwätzigkeit in jenen Tagen verleitet, einen Traum erzählt: Er fährt statt meiner in mein Vaterland, vermählt sich mit meiner Verlobten, und keiner der Hochzeitsgäste nimmt wahr, daß ich es nicht bin, sondern ein Fremder. Ich selbst aber, als Zuschauer am Rande in türkischen Kleidern, treffe inmitten des fröhlichen Treibens meine Mutter und meine glückstrahlende Braut, und trotz meiner Tränen, die mich dann aus dem Traum erweckten, erkennt mich keine von ihnen, sie wenden sich ab und gehen fort.

Zweimal ging er in jenen Tagen zur Residenz des Paschas. Dem aber schien zu mißfallen, daß der Hodscha dem Sultan ohne seine, des Paschas Aufsicht näherkam. Verhört habe der Pascha den Hodscha! Daß er dabei nach mir gefragt, Untersuchungen über mich angeordnet hatte, teilte der Hodscha mir erst nach der Verbannung des Paschas aus Istanbul mit, sonst hätte ich meine Tage wohl in der Angst vor dem Vergiftetwerden verbringen müssen! Ich ahnte trotzdem, daß der Pascha sich mehr für mich als für den Hodscha interessierte; und daß die Ähnlichkeit zwischen uns beiden den Pascha noch viel mehr beunruhigte als mich selbst, schmeichelte meinem Stolz. Diese Ähnlichkeit schien damals ein Geheimnis zu sein, das der Hodscha niemals zu begreifen wünschte, und dessen Vorhandensein mir eine merkwürdige Art von Mut verlieh – meinte ich doch manchmal, allein ihretwegen sei ich gegen Gefahr gefeit, solange der Hodscha lebte. Vielleicht widersprach ich dem Hodscha aus diesem Grunde, wenn er auch den Pascha als einen der Toren bezeichnete. Was ihn wiederum ärgerlich machte. Die Ahnung, daß er nicht auf mich verzichten könne und sich gleichzeitig schäme, trieb mich zu ganz ungewohnter Dreistigkeit: Auf meine unverblümte Frage nach dem Pascha und was er über uns beide gesagt hätte, erfaßte den Hodscha ein würgender Zorn, dessen Grund er wohl selbst nicht wußte. In solchen Augenblicken beliebte er mit großem Nachdruck zu wiederholen, daß man auch dem Pascha alsbald den Teppich unter den Füßen fortziehen würde, die Janitscharen seien dabei, etwas zu unternehmen, er spüre, daß im Serail etwas angezettelt würde. Und wenn er schon, wie der Pascha gefordert, an einer Waffe arbeiten sollte, so müsse dies aus eben solchen Gründen nicht zugunsten eines vorübergehend amtierenden Wesirs getan werden, sondern um dieselbe dem Padischah höchstselbst zu präsentieren.

Eine Zeitlang dachte ich, all sein Bemühen gelte nur dem Entwurf der unbestimmten Waffe. Er müht sich ab, kommt aber nicht damit voran, sagte ich mir, denn er würde mit mir darüber sprechen, wenn er Fortschritte machte, würde mir eröffnen, was er sich ausgedacht hatte, um meine Ansicht zu hören. Dessen war ich ganz sicher, auch wenn er versuchen sollte, mich zu demütigen. Eines Abends, als wir vom Besuch eines gewissen Hauses in Aksaray zurückkehrten, wo wir alle zwei, drei Wochen der Musik lauschten und mit den Frauen schliefen, erklärte mir der Hodscha, bis zum Morgen arbeiten zu wollen. Ganz unerwartet fragte er mich nach den Frauen, obwohl wir unter uns sonst niemals dieses Thema berührten, und erklärte dann plötzlich: »Ich denke nach!«, ohne den Gegenstand des Bedachten näher zu bestimmen. Gleich nach Betreten des Hauses schloß er sich in seine Kammer ein. Mir aber blieben nur die Bücher, deren Seiten umzublättern mir sogar schon zuviel geworden war, und ich dachte an ihn, wie er dort in dem verschlossenen Raum an dem noch immer etwas ungewohnten Tisch saß, irgendeinen Entwurf oder Gedanken im Kopf, mit dem er, wie ich annahm, nicht weiterkam, stundenlang beschämt und zornig auf ein leeres Blatt Papier starrend...

Lange nach Mitternacht kam er aus der Kammer und rief mich mit der bescheidenen Verschämtheit eines hilfesuchenden Schülers, der sich in ein Problem verheddert hat, zu sich an den Tisch. »Hilf mir!« bat er ohne Umschweife, »laß uns das zusammen bedenken, allein komme ich damit nicht weiter.« Ich schwieg für einen Moment, weil ich glaubte, es hätte etwas mit den Frauen zu tun. »Über die Toren denke ich nach!« sagte er heftig, als er meinen leeren Blick gewahrte. »Warum sind sie so schrecklich töricht?« fragte er und fuhr dann fort, als wüßte er meine Antwort bereits: »Gut also, töricht sind sie nicht, aber etwas fehlt doch in ihren Hirnen!« Wer diese »sie« waren, fragte ich nicht. »Haben ihre Köpfe keinen Raum zum Bewahren solchen Wissens?« fragte er weiter, sich umschauend, als ob er ein Wort suche, »eine Schachtel, oder etwas wie die Laden in diesem Schrank, müßten ihre Hirne doch besitzen, je einen Winkel zum Unterbringen der verschiedensten Dinge, doch so etwas scheint nicht vorhanden zu sein, verstehst du?« Ich wollte mir selbst gerne einreden, etwas verstanden zu haben, doch gelang es mir nicht so recht. Lange schwiegen wir beide. »Wer aber weiß schon, warum die Menschen so oder auch anders sind?« meinte er schließlich. »Ach, wärst du doch ein richtiger Arzt und hättest mich das lehren können, was unser Leib ist, was unsere Leiber, unsere Köpfe enthalten!« Fast schien es, er schäme sich ein wenig. Auf die natürlichste Art, die dennoch angenommen schien, wie um mich nicht einschüchtern zu wollen, gab er kund, daß er nicht aufgeben würde, nein, bis ans Ende würde er weitergehen, einmal, weil er auf das Ergebnis an diesem Ende gespannt war, und dann auch, weil man nichts anderes tun konnte. Ich verstand nicht das geringste, doch gefiel mir der Gedanke, er habe all dies von mir gelernt.

Als wüßten wir beide um seine Bedeutung, gebrauchte er diesen Spruch immer und immer wieder. Doch in der zur Schau getragenen Entschlossenheit lag weitaus mehr die Manier eines noch viele Fragen stellenden phantasiebegabten Schülers. Jedesmal, wenn er betonte, bis ans Ende weiterzugehen, meinte ich, die kummervoll-zornigen Verwünschungen eines ausweglos Verliebten mit anzuhören, der nach dem Grund dessen fragt, was man ihm antut. Es wurde seine ständige Redensart, die er verwendete, als er von dem geplanten Janitscharenaufstand erfuhr, wie auch, nachdem er mir das viel größere Interesse der Schulknaben für die Engel (als für die Sterne) geschildert hatte, auch, als er voller Zorn ein für viel Geld erstandenes Manuskript noch nicht einmal halb gelesen in die Ecke warf, auch nach dem zur reinen Gewohnheit abgesunkenen Freundestreffen zum Disputieren in der *Muvakkithane*, wie auch, nachdem er sich im schlecht geheizten *Hamam* erkältet hatte und im Bett lag, seine geliebten Bücher auf der blumigen Steppdecke und ringsherum ausgebreitet, wie auch, nachdem er das dumme Geschwätz der am Moscheebrunnen zur rituellen Waschung versammelten Beter hatte mit anhören müssen, und auch, als er von der Niederlage der Flotte gegen die Venezianer erfuhr, und schließlich, nachdem er den Leuten aus der Nachbarschaft geduldig zugehört hatte, die ihn besuchten, um ihn unter die Haube zu bringen, weil sie besorgt waren, er könne bald zu alt dafür sein – immer wieder betonte er: Bis ans Ende würde er weitergehen!

Jetzt aber frage ich – welcher Leser, der diese meine Niederschrift, der all das Geschehene, oder all das, was ich mir vorstellen und schildern konnte, geduldig bis zum Ende liest, vermag wohl zu sagen, der Hodscha hätte dieses Versprechen nicht eingehalten?

IV.

Eines Tages gegen Ende des Sommers erfuhren wir, daß die Leiche des obersten Sterndeuters Hüseyin Efendi am Ufer bei Istinye gefunden worden war. Der Pascha hatte also für dessen Hinrichtung letztlich die *Fetva* erhalten, doch war der Verurteilte in seinem Versteck nicht ruhig geblieben, sondern hatte es verraten, indem er Noten nach allen Seiten verschickte, die von Anzeichen für Sadik Paschas baldigen Tod sprachen. Schließlich haben wohl die Henker den Hüseyin Efendi bei seinem Versuch, im Boot nach Asien überzusetzen, eingeholt und ihn erwürgt. Als es hieß, sein Hab und Gut sei beschlagnahmt, verschaffte sich der Hodscha des Sterndeuters Dokumente, Bücher und Aufzeichnungen, und gab all sein Erspartes als Bestechung dafür aus. Nachdem er innerhalb einer Woche Tausende von Seiten verschlungen hatte, den ganzen Inhalt einer riesigen Kiste, die eines Nachts zu uns ins Haus gebracht worden war, erklärte er recht verärgert, viel Besseres als dieses schaffen zu können.

Und ich half ihm, als er sich an die Ausführung machte. Für zwei Abhandlungen mit den Titeln »Über das Leben der Tiere« und »Von Merkwürdigkeiten in der Schöpfung«, die er dem Padischah unterbreiten wollte, schilderte ich ihm die schönen Pferde, die gewöhnlichen Esel, die Hasen und die Eidechsen, welche ich in den weiten Gärten unseres Hauses in Empoli und auf den Wiesen ringsumher beobachtet hatte. Bei einer Bemerkung des Hodschas über meine beschränkte Vorstellungskraft erinnerte ich mich dann auch an die schnauzbärtigen fränkischen Frösche in unserem Seerosenteich, an die blauen Papageien, die sizilianischen Dialekt sprachen, und an die Eichhörnchen, die sich vor der Paarung gegenseitig das Fell säuberten, und schilderte ihm alles genau. Ein Gegenstand, der den Sultan ganz besonders fesselte, über den aber der Hodscha wegen der übertriebenen Saubermacherei im ersten Palasthof nicht genügend erfahren konnte, war das Leben der Ameisen. Es wurde ein Abschnitt, mit dem wir uns besonders lange beschäftigten.

Als der Hodscha über die geordnete und logische

Lebensweise der Ameisen zu schreiben begann, träumte er gleichzeitig davon, daß wir den Padischah erziehen könnten. Da er für diesen Zweck die uns vertrauten schwarzen Ameisen als unzureichend empfand, beschrieb er die Ordnung der in Amerika heimischen roten Sorte. Und das brachte ihn wiederum auf den Gedanken, ein ebenso trauriges wie lehrreiches Buch zu verfassen von dem, was den stumpfsinnigen Eingeborenen zugestoßen war, die in jenem schlangenreichen Lande namens Amerika lebten und ihre Lebensart überhaupt nicht änderten. Während er von den Einzelheiten sprach, erwähnte er auch einen den Tieren und der Jagd ergebenen, noch kindlichen König, den die gottlosen Spanier am Ende pfählen würden, weil ihn die Wissenschaft nicht interessiert hatte, doch ich meinte, den Mut zur Beendigung dieses Buches würde er wohl niemals aufbringen. Zudem befriedigten uns beide die Zeichnungen des herbeigerufenen Miniaturmeisters nicht, die zum besseren Verständnis der geflügelten Büffel, sechsbeinigen Ochsen und zweiköpfigen Schlangen dienen sollten. »So war die Wirklichkeit früher«, sagte der Hodscha, »jetzt aber ist alles in drei Dimensionen, die wirklichen Dinge haben Schatten, siehst du? Sogar die gewöhnlichste Ameise trägt geduldig ihren Schatten gleich einem Zwilling hinter sich her!«

Da vom Sultan nie eine Nachfrage kam, beschloß der Hodscha, ihm die Abhandlungen durch des Paschas Vermittlung überreichen zu lassen, was er jedoch später bereute. Die Sternenkunde, habe der Pascha gesagt, wäre Sophisterei, der oberste Sterndeuter Hüseyin Efendi hätte sich auf Dinge eingelassen, die ihm über den Kopf gewachsen seien, in politische Intrigen, und jetzt habe er, der Pascha, den Hodscha im Verdacht, auf dessen vakanten Posten ein Auge geworfen zu haben, und wenn er auch glaube an das, was man Wissenschaft nannte, so hätte das doch nichts mit den Sternen zu tun, sondern mit den Waffen, und oberster Sterndeuter zu sein, wäre eine unglückbringende Tätigkeit, es hätte sich ergeben, daß alle auf diesen Posten Berufenen am Ende getötet worden, ja, noch schlimmer, eines schönen Tages auf geheimnisvolle Weise verschwunden seien, und er wolle aus diesem Grund den Hodscha, den er so liebe und auf dessen Kenntnisse er vertraue, niemals auf diesem Posten sehen, und sowieso würde der neue oberste Sterndeuter der für diese Beschäftigung ausreichend dumme und arglose Sitki Efendi sein, und ihm wäre zu Ohren gekommen, der Hodscha habe sich die Bücher des ehemaligen obersten Sterndeuters angeeignet, und er wolle keineswegs, daß sich der Hodscha mit dieser Sache beschäftige. Darauf habe der Hodscha ihm versichert, sich für nichts anderes als die Wissenschaft zu interessieren, und ihm die Abhandlungen zur Weitergabe an den Sultan überreicht. Um nichts als die Wissenschaft werde er sich kümmern, sagte er abends daheim, aber er würde auch alles tun, um diese Wissenschaft ausüben zu können. Und als erstes verwünschte er den Pascha.

Während wir im folgenden Monat voller Spannung darauf warteten, was das Kind zu den farbigen Tieren unserer Einbildungskraft wohl sagen würde, überlegte der Hodscha ständig, warum man ihn nicht in den Palast bestellte. Endlich aber kam für ihn die Einladung zur Jagd, und wir machten uns gemeinsam auf den Weg zum Mirahor-Schlößchen, das am Ufer des Kagithane-Baches lag, der Hodscha, um zu seiten des Padischah, und ich, um von ferne der Jagd zuzuschauen. Es gab ein großes Gedränge. Gute Vorsorge hatte der Leibgarden-Oberst getroffen: Wir sahen, wie Hasen und Füchse freigelassen und die Windhunde auf sie gehetzt wurden. Als einer der Hasen sich von seinesgleichen löste und ins Wasser sprang, folgten ihm aller Augen. Schwimmend erreichte er das andere Ufer, wo nun auch die Leibgarden die Hunde loslassen wollten. Doch wir hörten und sahen, was weiter geschah: Der Sultan erlaubte es nicht und befahl, den Hasen freizulassen. Weil aber ein fremder Hund am anderen Ufer herumlief, warf sich der Hase erneut ins Wasser, doch der Hund folgte und packte ihn, worauf die Garden sich über den Hund hermachten, ihm den Hasen entrissen und ihn vor den Sultan brachten. Das Kind untersuchte sogleich den Hasen, war erfreut, daß es keine tiefergehende Verletzung an ihm entdecken konnte und ordnete an, das Tier in der Wildnis auszusetzen. In der Menge, die sich nach diesen Geschehnissen um den Sultan drängte, konnte ich den Hodscha und auch den rothaarigen Zwerg entdecken.

Der Padischah hätte nach der Deutung dieses Ereignisses gefragt, erzählte der Hodscha des Abends. Als er zuletzt nach allen anderen an die Reihe kam, habe er dem Sultan gesagt, ihm würden Feinde von unerwarteter Seite erstehen, doch er würde unbeschadet aus dieser Gefahr hervorgehen. Wie sehr sich die Umgebenden auch angeschickt hätten, diese von Feinden, von einer Todesgefahr sprechenden, ja, den Sultan mit einem Hasen gleichsetzenden Auslegung schlechtzumachen, so habe der Padischah doch alle, darunter auch den Sterndeuter Sitki Efendi, zum Schweigen gebracht und erklärt, die Worte des Hodschas würden ihm Warnung sein. Und während sie dann dem traurigen Ende eines Kaiseradlers zuschauten, auf den sich die Falken stürzten, und dem eines verbissen um sein Leben kämpfenden Fuchses, den die dreisten Windspiele in kleine Stücke zerrissen, hätte der Padischah von dem

Wurf seiner Löwin erzählt, einem Weibchen und einem Männchen, einer ausgewogenen Anzahl also, hätte auch gesagt, daß ihm die Tierbücher sehr gefielen, und schließlich nach den blaugeflügelten Stieren und rosafarbenen Katzen gefragt, denen man auf den Uferwiesen des Nils begegnen könne. Der Hodscha befand sich nun in einem merkwürdigen Siegesrausch, aber auch in Angst.

Erst lange Zeit danach erhielten wir Nachricht, daß im Serail irgend etwas geschehen war. Die alte Kösem Sultan hatte mit den Janitscharenführern ein Komplott geschmiedet, um den Padischah und seine Mutter ermorden zu lassen und den Kronprinzen Süleyman an seiner Stelle zu inthronisieren, doch der Versuch war gescheitert, und Kösem Sultan wurde, bis ihr das Blut aus Mund und Nase drang, zu Tode gewürgt. Der Hodscha erfuhr diese Dinge von seinen einfältigen Freunden in der *Muvakkithane*, wo man sich zum Austausch der letzten Neuigkeiten traf. Darüber hinaus ging er nur noch in die Knabenschule und sonst nirgendwohin.

Im Herbst überlegte er, noch einmal die kosmologische Theorie zu revidieren, doch er gab es wieder auf: Ein Observatorium war vonnöten und außerdem – wie die Toren auf die Sterne keinen Deut gaben, so legten auch die Sterne keinen Wert auf diese Toren! Der Winter kam, die Tage wurden trübe, und auf einmal hörten wir, daß der Pascha abgesetzt worden sei. Auch ihm war der Tod durch Erwürgen bestimmt gewesen, doch die Mutter des Sultans hatte es verhindert. Des Paschas Güter waren eingezogen und er selbst nach Erzincan verbannt worden. Wir hörten dann, außer der Nachricht von seinem Tode, nichts weiter von ihm. Der Hodscha aber erklärte, nun fürchte er niemanden mehr, müsse niemandem mehr für das geringste dankbar sein, doch weiß ich nicht, wieweit er sich ein

Urteil darüber gebildet hatte, von mir etwas gelernt zu haben oder nicht, als er das sagte. Nun kenne er keine Befangenheit mehr, weder vor dem Kinde, noch vor dessen Mutter! Wie einer, der: Sieg oder Tod! meinte, schien er zu sein, tatsächlich aber saßen wir still und brav zu Hause zwischen unseren Büchern, unterhielten uns über die roten Ameisen in Amerika und träumten von einem neuen Ameisenbuch.

Diesen Winter verbrachten wir zu Hause, wie deren so viele zuvor und danach. Es geschah nichts. In den kalten Nächten saßen und sprachen wir miteinander im Untergeschoß des Hauses, wo der Nordwind zur Tür und durch den Kamin hereinblies. Nun verachtete er mich nicht mehr, oder aber es war ihm zuviel, die verächtliche Pose aufrechtzuerhalten. Diese Verbundenheit mit mir schrieb ich allein der Tatsache zu, daß weder aus dem Serail noch aus seiner nächsten Umgebung irgend jemand nach ihm fragte. Manchmal meinte ich auch, er sähe die Ähnlichkeit zwischen uns ebenso wie ich, er erkenne sich selbst, wenn er mich anschaute, und nur allzu gerne hätte ich seine Gedanken erraten! Wir hatten noch eine lange Abhandlung über die Tiere geschrieben, aber weil der Pascha nun in der Verbannung war, lag sie nach wie vor auf dem Tisch, denn der Hodscha erklärte, es sei ihm noch nicht wieder möglich, sich den Launen eines der im Palast ein- und ausgehenden weitläufigen Bekannten auszuliefern. Gelangweilt vom Leerlauf der Tage schlug ich hin und wieder die Seiten auf, beschaute mir, was ich an lilafarbenen Heuschrecken und fliegenden Fischen gezeichnet hatte, und fragte mich, was der Padischah wohl beim Lesen dieser Zeilen denken würde.

Zu Frühlingsanfang erst ließ man den Hodscha rufen. Sehr erfreut sei das Kind über das Wiedersehen mit ihm gewesen und habe, wie der Hodscha meinte, aus seinem ganzen Benehmen und all seinen Worten zu erkennen gegeben, daß es seit langer Zeit an ihn, den Hodscha, gedacht, aber offensichtlich unter dem Druck seiner beschränkten Umgebung nicht nach ihm hätte fragen können. Sogleich hätte der Padischah die Rede auf das Komplott seiner Großmutter gebracht und gesagt, daß der Hodscha ja alles vorausgesehen, aber auch gleichzeitig gewußt habe, daß er, der Sultan, die Gefahr unbeschadet überstehen würde. Als er in der bewußten Nacht die Schreie derer, die ihm nach dem Leben trachteten, durch den Palast hallen hörte, wäre er ganz ohne Furcht gewesen, denn ihm sei der Verräterhund in den Sinn gekommen, der seine Zähne nicht hatte in den Hasen schlagen können. Nach den Lobesworten für den Hodscha habe der Padischah befohlen, ihm in einer geeigneten Gegend ein Landgut überschreiben zu lassen. Bevor sich noch die Gelegenheit zu einer Weissagung ergab, mußte sich der Hodscha zurückziehen. Für die Übertragung des Landgutes, sagte man ihm, müsse er das Ende des Sommers abwarten.

Im Vertrauen auf die kommenden Gutserträge plante der Hodscha während des Wartens die Errichtung einer kleinen Sternwarte im Garten, berechnete die Abmessungen des auszuhebenden Schachtes, die Kosten der zu installierenden Geräte, doch wurde ihm diesmal alles sehr schnell zuviel: Er hatte zu jener Zeit eine schlecht kopierte Ausgabe der astronomischen Observationen des Takiyüddin bei einem Antiquar entdeckt und verbrachte zwei Monate seines Lebens damit, diese Observationen auf ihre Richtigkeit zu untersuchen, doch ließ er schließlich zornerfüllt davon ab, weil er nicht ausfindig machen konnte, welche der Fehler auf seine eigenen billigen Gerätschaften, welche davon auf den Takiyüddin und welche auf die Unachtsamkeit des mit einer so miserablen Handschrift begabten Kopisten zurückzuführen waren. Noch mehr aber versetzten ihn die in Maß und Reim verfaßten Verse in Wut, die von einem der Vorbesitzer des Buches in die Zwischenräume der nach dem Sechziger-System berechneten trigonometrischen Tafeln hineingequetscht waren. Mit Hilfe der *Ebced-* und anderer Methoden hatte der alte Eigentümer auch in bescheidenem Maße Schlüsse über die Zukunft der Welt gezogen: So würde nach vier Mädchen endlich ein Knabe geboren werden, eine Plage würde kommen, die Gerechte und Sünder voneinander scheide, sein Nachbar Bahattin Efendi würde sterben. Zunächst amüsierten diese Voraussagen den Hodscha, dann aber überfiel ihn die Hoffnungslosigkeit. Von einer merkwürdigen, furchtbaren Dunkelheit in unseren Hirnen begann er zu sprechen, so, wie man von Truhen spricht, deren Deckel wir aufheben, um hineinzuschauen, oder wie von den Schränken im Zimmer.

Weder gegen Ende des Sommers noch vor Winteranfang konnte das vom Sultan versprochene Landgut überschrieben werden. Im darauffolgenden Frühjahr aber ließ man den Hodscha wissen, daß eine neue katasteramtliche Erfassung gemacht worden wäre und er deswegen noch warten müsse. Er wurde, wenn auch selten, zwischendurch in den Palast gerufen, wo er Geschehnisse deuten mußte, wie einen Sprung im Spiegel, das Niedergehen eines grünen Blitzschlages bei der Insel Yassiada oder auch das Zerspringen einer blutroten Karaffe voller Kirschsaft in tausend kleine Stücke, was plötzlich ohne jeden Anlaß eingetreten war; außerdem beantwortete er des Sultans Fragen über die Tiere unserer zuletzt verfaßten Abhandlung. Das Kind käme in die Pubertät, bemerkte er nach der

Heimkehr, das sei die Phase im Leben des Menschen, in welcher man ihn am leichtesten beeinflußen könne, und er, der Hodscha, werde den Padischah in die Hand bekommen.

Zu diesem Zweck begann er mit einem ganz neuen Buch. Er hatte sich meine Schilderungen vom Ende der Azteken angehört und was ich aus den Erinnerungen des Cortez wiedergab; die Geschichte des armen Kind-Königs aber, der keinen Wert auf die Wissenschaften legt und darum gepfählt wird, war ihm zuvor schon durch den Kopf gegangen. In jener Zeit fabulierte er viel von den Ruchlosen, die mit ihren Kanonen, ihrem Kriegsgerät, ihren Legenden und Gewehren die guten Menschen im Halbschlaf besiegen und ihnen ihre eigene Ordnung aufzwingen, doch das Aufgeschriebene verschloß er vor mir und hielt es lange verborgen. Ich spürte seine Erwartung, ihm zuerst meine Anteilnahme zu zeigen, doch ganz plötzlich wuchs mein Haß auf ihn durch ein schreckliches Heimwehgefühl, das mich überfiel und in abgrundtiefe Verzweiflung stürzte. So unterdrückte ich meine Neugier und brachte es fertig, an den Ergebnissen seiner schöpferischen Intelligenz unbeteiligt zu erscheinen, einer Intelligenz, die sich meiner Schilderungen bediente sowie der für ihn lesenswerten, weil billig erstandenen, aber schlechten Bücher in zerfetzten Einbänden. Auf diese Weise sah ich mit Genugtuung zu, wie er Tag für Tag ein wenig mehr das Vertrauen verlor, erst in sich selbst und dann in das, was er gerade zu schreiben versuchte.

Er ging hinauf in das kleine, für sich selbst zum Schaffen hergerichtete Zimmer, ließ sich an dem nach meinen Weisungen angefertigten Tisch nieder, zerbrach sich wohl auch den Kopf, schrieb aber nichts, und ich ahnte, mehr noch, ich wußte, daß er zu schreiben nicht imstande war.

Ich wußte, er fand nicht den Mut, seine Überlegungen dem Papier anzuvertrauen, ohne vorher meine Ansicht darüber erfahren zu haben. Was ihn hinderte, an sich selbst zu glauben, war nicht so sehr die Unvollkommenheit meiner für ihn scheinbar so verachtungswürdig einfachen Vorstellungen, nein, er wollte in Wirklichkeit die Gedanken jener »anderen« ergründen, die solchen Leuten wie mir diese ganze Weisheit beigebracht, in jene Fächer in meinem Hirn, in jene Wissensschubladen eingeordnet hatten! Was mochten jene wohl denken in dieser Situation? Danach hätte er für sein Leben gern fragen wollen, aber gerade das brachte er nicht fertig. Wie sehr habe ich darauf gewartet, daß er seinen Stolz überwinde und mir aufrechten Mutes diese Frage stellen würde! Doch er tat es nicht. Einige Zeit danach gab er das Vorhaben auf, dieses Buch zu schreiben, von dem ich nicht weiß, ob es jemals vollendet wurde oder nicht, und kam auf die stetig wiederkehrende Phrase von den »Dummen« zurück. Der Weg zum Wesentlichen des Wissens führe über das Verstehen der Gründe für ihre Dummheit, führe über die Erkenntnis des Zustandes in ihren Köpfen und über eine sich daran ausrichtende Denkweise! Wieder passierte das gleiche, wie mir schien, und nur, weil die von ihm aus dem Serail erwarteten Zeichen der Gunst ausblieben. Sinnlos verfloß die Zeit, und die Pubertät des Padischah brachte auch keinen Nutzen.

In dem Sommer vor der Berufung von Köprülü Mehmet Pascha zum Großwesir aber kam der Hodscha zu seinem Landgut, sogar an dem Ort seiner Wahl: In der Nähe von Gebze, eine Stunde Wagenfahrt von der Ortschaft entfernt, lagen zwei Dörfer und zwei Mühlen, deren Erträge man zusammenlegte. Wir fuhren in der Erntezeit nach Gebze und übernahmen das zufällig leerstehende Haus von damals, doch der Hodscha hatte die Tage, die wir hier verlebt, und den Haß auf den von mir seinerzeit beim Schreiner in Auftrag gegebenen Tisch längst vergessen. Mit dem Haus schienen auch die Erinnerungen alt und häßlich geworden zu sein, und außerdem war er von einer Unduldsamkeit besessen, die keine Beschäftigung mehr mit vergangenen Dingen erlaubte. Einige Male machte er sich auf zu den Dörfern, um sie zu inspizieren und die Erträge der Vorjahre zu erfahren. Unter dem Einfluß des Geredes seiner Freunde in der *Muvakkithane* über einen gewissen Tarhuncu Ahmet Pascha tat der Hodscha schließlich kund, eine Methode der Buchführung erfunden zu haben, die ihm erlaube, die Rechnungen des Landgutes viel einfacher und besser verständlich zu führen.

Doch diese Erfindung, an deren Originalität und Nutzen er selbst nicht so recht glaubte, befriedigte ihn nicht. Denn seine Leidenschaft für die Astronomie, um derentwillen er nächtelang im Garten hinter dem alten Haus gesessen und müßig zum Himmel aufgeschaut hatte, war von neuem erwacht. Einmal sprach ich ihm Mut zu, weil ich glaubte, es würde helfen, seine Gedankengänge einen Schritt voranzutreiben. Doch er hatte keine Absicht, zu observieren oder Erwägungen anzustellen. Vielmehr lud er, soweit er sie kannte, die Klügsten unter der Jugend und den Kindern aus dem Dorf und aus Gebze zu uns ins Haus, ließ vermelden, er würde die höchste Wissenschaft lehren und schickte mich nach Istanbul, um das Himmelsmodell zu holen, welches dann frisch geölt und mit repariertem Glöckchen im Hintergarten für die Gäste aufgestellt wurde. Und eines Abends erklärte er mit Mut und Kraft und Eifer, die er wer weiß woher nahm, noch einmal die vor Jahren dem Pascha und dann dem Sultan vorgetragene

Himmelstheorie, ohne sie ihrer Feinheiten zu berauben. Es genügte aber das besprochene, noch lauwarmes Blut vertröpfelnde Herz eines Hammels, das wir am nächsten Morgen vor unserer Tür fanden, um ein für allemal zu zerstören, was er an Hoffnungen auf die Astronomie und die – ohne eine einzige Frage – um Mitternacht heimgehende Menge gesetzt hatte.

Doch übertrieb er nichts nach dieser Niederlage: Natürlich waren sie nicht verständig genug für den Kreislauf der Erde und der Sterne! Derjenige aber, der das verstehen sollte, war dabei, der Pubertät zu entwachsen, hatte vielleicht auch schon in unserer Abwesenheit nach uns fragen lassen, und wir versäumten womöglich hier beim Warten auf ein paar Kurusch aus den Ernteerträgen für nichts und wieder nichts unsere Gelegenheit! So ordneten wir unsere Geschäfte, setzten den anscheinend klügsten der klugen jungen Leute als Gutsverwalter ein und kehrten unverzüglich nach Istanbul zurück.

Die drei darauffolgenden Jahre waren unsere schlechtesten. Jeder Tag, jeder Monat, jede Jahreszeit waren widerwärtiger als der vergangene Tag, der vorherige Monat, die vorher erlebte Jahreszeit, waren unerträgliche Wiederholungen. In schmerzlicher Verzweiflung schienen wir schon Erlebtes noch einmal durchzumachen und ganz umsonst auf eine ungewisse Niederlage zu warten. Wieder wurde der Hodscha zwischendurch in den Palast gerufen, wo man von ihm keinerlei Anstoß erregende Auslegungen erwartete, wieder ging er jeden Donnerstagnachmittag zur *Muvakkithane*, um mit seinen Freunden zu plaudern, und wieder, wenn auch nicht mehr so regelmäßig wie ehedem, sah er morgens nach seinen Schülern und verprügelte sie; wiederum widerstand er, wenn auch diesmal nach leichtem Zögern, den gelegentlichen Besuchern, die ihn verheiraten wollten, wieder mußte er vorher der Musik lauschen, die er, wie er sagte, nicht mehr leiden mochte, um dann mit den Frauen schlafen zu können, wieder war's, als ob ihn zeitweise der Haß auf die Toren ersticken wollte, und wieder schloß er sich ein in seinem Zimmer, rollte das Bettzeug aus, legte sich nieder und starrte stundenlang zur Decke, nachdem er zornig die ringsumher verstreuten Manuskripte und gewöhnlichen Bücher durchgeblättert hatte.

Was ihn aber noch unglücklicher machte, waren die Siege des Köprülü Mehmet Pascha, deren Einzelheiten er von seinem *Muvakkithane*-Freunden erfuhr. Als er mir den Sieg der Flotte über die Venezianer, die Wiedererobe-rung der Inseln Bozcaada und Limni oder auch die vernichtende Niederlage des aufständischen Abaza Hasan Pascha geschildert hatte, fügte er hinzu, das wären die letzten und nur vorübergehende Siege, es seien die letzten Regungen des angeschlagenen Reiches, das über kurz oder lang im Schlamm seiner Dummheit und Unfähigkeit versinken würde. Wie einer war er, der auf ein Übel wartete, das unsere alle gleich ablaufenden und dadurch noch viel zermürbender wirkenden Tage verändern sollte! Zudem konnte die Wissenschaft genannte Sache, der sein Eifer galt, ihn auch nicht mehr ablenken, weil ihm weder Geduld noch Hoffnung geblieben waren, um sich ihr mit Ausdauer zu widmen. Seine Begeisterung für einen neuen Gedanken hielt nicht länger an als eine Woche, nach kurzer Zeit fielen ihm wieder die Toren ein, und er vergaß alles andere. Hatte er nicht auch reichlich genug bisher für sie erdacht? Waren sie es denn wert, sich so sehr den Kopf zu zerbrechen?! So sehr in Zorn zu geraten?! Vielleicht aber brachte er nicht genug Kraft und Willen auf, um zu den Einzelheiten dieser Wissenschaft vorzudringen, weil ihm damals gerade erst aufgegangen war, daß er sich selbst von ihnen unterschied. Doch glaubte er inzwischen auch daran, daß er anders war als sie.

Die erste lichtverheißende Anregung wurde schlicht und einfach aus der ihn beklemmenden Langeweile geboren. – Da er über kein Thema mehr mit Ausdauer nachdenken konnte, verbrachte er seine Tage mit Umherwandern im Hause, von einem Raum zum anderen, treppauf treppab, von einem Stockwerk zum anderen, zwischendurch leeren Blickes aus einem Fenster starrend, wie selbstsüchtige, einfältige Kinder es tun, die sich mit nichts recht beschäftigen können. Wenn er mich dann bei seinen das Haus mit rhythmischem Klappern erfüllenden, nicht enden wollenden Gängen aufsuchte, wußte ich wohl, daß er etwas Unterhaltsames, eine Eingebung, ein hoffnungsverheißendes Wort von mir erwartete. Weil aber mein Zorn und mein Haß auf ihn trotz all meiner Mutlosigkeit nichts von ihrer Kraft eingebüßt hatten, ließ ich ihn stets umsonst darauf warten. Selbst wenn er um einer Antwort willen seinem Stolz entsagte und nachgiebig ein paar Sätze zu mir sprach, verweigerte ich ihm das erlösende Wort. Kam eine günstig zu deutende Nachricht aus dem Serail oder ließ er mich einen neuen Gedanken hören, der bei konsequenter Verfolgung schließlich zu einem lohnenden Ergebnis hätte führen können, so gab ich entweder vor, nichts gehört zu haben, oder ich löschte die aufflackernde Erregung, indem ich sofort die gewöhnlichste Seite des von ihm Vorgebrachten ans Licht zerrte. Ich beobachtete ihn gern, wenn er sich in Leere und Verzweiflung wand und krümmte.

Schließlich aber fand er gerade in dieser Leere die ihn von neuem fesselnde Eingebung; sei es, weil er für sich allein zu bleiben vermochte, sei es auch, weil sein Verstand bei keiner einzelnen Sache verweilen konnte und er im Brodeln der eigenen Ungeduld gefangen blieb. Nun gab ich ihm Antwort, denn ich wollte ihm Mut machen. Seine Idee weckte auch mein Interesse, dachte ich doch, er würde sich vielleicht dabei auch meiner erinnern. Als eines Abends die im Hause umhertappenden Schritte in meiner Kammer endeten und der Hodscha mich, wie von einem täglichen Vorkommen sprechend, im Allerweltston fragte: »Warum bin ich, was ich bin?«, antwortete ich, um der Ermutigung willen. Ich wüßte zwar nicht, warum er das war, was er sei, sagte ich und fuhr dann fort, daß man dort aber, bei den »anderen« diese Frage oft stellen würde, jeden Tag etwas öfter. Ich hatte kein einziges Beispiel im Kopf, auf das sich diese Behauptung stützen konnte, keine Vorstellung, überhaupt nichts, hatte vielleicht nur die Frage seinem Wunsche gemäß beantworten wollen, weil ich instinktiv wußte, daß ihm dieses Spiel gefallen würde.

Er stutzte, schaute mich neugierig an, wollte, daß ich weitersprach. Es hielt ihn nicht, als ich schwieg, ich sollte es wiederholen: Das hieße also, die »anderen« stellten sich diese Frage? Mein bestätigendes Lächeln aber versetzte ihn sofort in Zorn. Er frage nicht deswegen, weil die »anderen« fragen, er habe sich selbst gefragt, ohne zu wissen, daß auch sie sich danach fragten, was jene »anderen« täten, wäre ihm ganz gleichgültig! Dann aber sagte er auf ganz merkwürdige Art: »Mir ist, als ob ständig eine Stimme in meinem Ohr ein Lied singt.« Und das erinnere ihn an seinen seligen Vater, der hätte vor seinem Tode auch solch einen Liedersänger erlebt, nur wären dessen Lieder anders gewesen. »Der meine wiederholt stets die gleiche Phrase«, meinte er, und ein bißchen verschämt kam es heraus: »Ich bin, was ich bin; ich bin, was ich bin, ach!«

Fast hätte ich laut gelacht, hielt mich aber zurück. Wenn

das ein guter Scherz war, hätte er auch lachen müssen. Er tat's aber nicht, doch er merkte dann selbst, daß er sich an der Grenze des Lächerlichen bewegte. An mir war es nun zu zeigen, daß ich die Bedeutung erfaßt hatte, die sowohl hinter dem Lächerlichen wie auch hinter dem Refrain stand, denn dieses Mal wollte ich, daß er fortfuhr. Der Refrain sei etwas Ernstzunehmendes, erklärte ich deswegen. Der Sänger, dessen Lied in seinem Ohr erklang, war natürlich niemand anders als er selbst. Er meinte, den Spott aus meinen Worten zu hören und war erbost darüber: Das sei ihm schließlich selber klar, was er wissen wolle, wäre doch, warum jene Stimme immerzu die gleichen Worte sagte!

Aus Langeweile, davon war ich überzeugt, sagte es aber nicht laut. Diese trostlose Langeweile kindlicher Egoisten, die entweder so fruchtbare oder auch ganz absurde Ergebnisse zeitigt, kannte ich nicht nur von mir selbst, sondern auch von meinen Geschwistern. Nach der Bedeutung dieser Phrase müsse er forschen, sagte ich, nicht nach dem Grund dafür. Dabei kam mir auf einmal der Gedanke, er könne vielleicht verrückt werden inmitten dieser Leere, und meine Seele würde von ihrer Hoffnungslosigkeit und ihrer Bangnis erlöst werden, während ich ihn dort beobachten konnte. Möglich auch, daß ich ihm Bewunderung zollte, daß diesmal wirklich etwas in unser beider Leben geschehen würde, falls so etwas passierte. »Was soll ich denn tun?« fragte er schließlich hilflos. Er solle über das Sein des Ichs nachdenken, antwortete ich, doch nicht auf solche Weise, wie man einen Rat gibt, denn ich konnte ihm nicht helfen dabei, er mußte allein damit fertig werden. »Also, was soll ich tun, in den Spiegel schauen?« fragte er spöttisch. Doch erleichtert schien er nicht zu sein. Ich schwieg, um nachzudenken. Er wiederholte: »Soll ich in den Spiegel schauen?« Das ärgerte mich plötzlich und ich dachte, daß der Hodscha von allein nie etwas erreichen könne. Ich wünschte, er würde es erkennen, zu gerne hätte ich ihm ins Gesicht gesagt, daß er ohne mich über nichts nachzudenken vermochte, mir fehlte jedoch der Mut dazu. Er solle in den Spiegel schauen, sagte ich nur ganz träge. Nicht der Mut fehlte, nein, mir fehlte die Kraft dazu. Er aber schrie aufgebracht im Hinausgehen: Ich sei dumm!, dann schlug er die Tür hinter sich zu.

Als ich drei Tage später den gleichen Faden wiederaufnahm und dabei sah, daß er die Rede erneut auf die »anderen« bringen wollte, nahm ich mir vor, das Spiel fortzusetzen, denn wie dem auch sei, nur einfach so weiterzumachen mit dieser Sache bedeutete damals schon Hoffnung zu haben. Jene »anderen« dort, erklärte ich deshalb, würden in den Spiegel schauen, würden sogar viel mehr in den Spiegel schauen als die Hiesigen. Nicht nur die Schlösser der Könige, Fürsten, Adligen, auch die Häuser gewöhnlicher Menschen seien voller Spiegel, sorgfältig in Rahmen gefaßt und an den Wänden aufgehängt. Aber nicht allein deswegen, sondern auch, weil sie ohne weiteres für sich selbst nachzudenken vermochten, wären sie in dieser Sache vorangekommen. »In welcher Sache?« fragte er mit einer für mich verblüffenden Neugier und Einfalt. Er hat alles wortwörtlich geglaubt, was ich gesagt hatte, dachte ich, doch er lächelte: »Das heißt also, sie schauen von morgens bis abends in den Spiegel?!« Zum ersten Mal trieb er seinen Scherz mit dem, was ich hatte zurücklassen müssen in meinem Heimatland. Aufgebracht suchte ich nach einem verletzenden Wort und versetzte ohne Bedenken und ohne davon überzeugt zu sein: Was er sei, könne der Mensch nur selbst ergründen, aber dafür fehle es ihm, dem Hodscha, an Mut. Es freute mich, sein schmerzverzogenes Gesicht betrachten zu können, geradeso, wie ich es gewollt hatte.

Doch dieses Vergnügen kam mich teuer zu stehen. Nicht etwa, weil er mich zu vergiften drohte, nein, weil er den Mut, den ich ihm abgesprochen, einige Tage später von mir verlangte. Zunächst nahm ich das Ganze als Scherz. Wie das In-den-Spiegel-Schauen, so war auch das Nachdenken des Menschen über das eigene Selbst und Sein ein Scherz, und ich hatte das nur im Zorn geäußert, um ihn zu ärgern. Er schien aber meinen Worten keinen Glauben zu schenken. Wenn ich meinen Mut nicht bewiese, würde er mir die Nahrung kürzen, und noch mehr: Er drohte, mich in meine Kammer zu sperren! Nachdenken sollte ich und zu Papier bringen, was ich sei. Er würde dann sehen, wie man diese Sache anfinge, würde sehen, wieviel Mut ich besäße.

V.

Ich füllte zunächst etliche Seiten mit den Schilderungen jener wunderbaren Tage auf unserem Landsitz in Empoli, die ich mit der Mutter, der Großmutter und den Geschwistern dort gemeinsam verlebt hatte. Weshalb ich gerade dies zum Thema wählte, um die Frage nach meinem Selbst zu beantworten, weiß ich offen gestanden nicht. Es war vielleicht die unvermeidbare Sehnsucht nach den schönen verlorenen Zeiten, doch außerdem hatte der Hodscha mich auf jene ganz unnötig im Zorn herausgeschleuderten Worte hin so sehr bedrängt, daß ich gezwungen war, mir etwas den Leser Überzeugendes einfallen zu lassen und beim Niederschreiben genauso wie jetzt um die gefällige Darstellung des einzelnen bemüht zu sein. Zu Anfang aber mißfielen dem Hodscha meine Aufzeichnungen. Solche

Dinge könne jeder schreiben, und sie wären nicht das, so meinte er, worüber man bei dem Blick in den Spiegel zum Nachdenken käme, auch könne dies wohl kaum der Mut sein, den ich dem Hodscha abgesprochen hatte. Selbst nach dem Lesen meiner Beschreibung einer Jagd mit dem Vater und den Brüdern, während der ich ganz unvermutet einem Alpenbären begegnet und lange Zeit Aug in Aug mit ihm stehengeblieben war, sowie auch der Schilderung meiner Gefühle beim Tode unseres geliebten Kutschers, der, von den eigenen Gäulen niedergetrampelt, dann auf seinem Bette starb, blieb der Hodscha bei seinem Urteil: Das könne jeder schreiben.

»Jene anderen dort« seien mir aber um nichts voraus in dem, was sie täten, erwiderte ich, meine Worte zu Anfang wären im Zorn übertrieben gewesen und mehr als das Gebotene dürfe der Hodscha von mir nicht erwarten. Doch er hörte nicht auf mich, und meine Furcht vor dem Eingesperrtwerden ließ mich fortfahren, die Gebilde meiner Phantasie schriftlich zu fixieren. So schuf ich zwei Monate lang mit schmerzlichem Vergnügen eine Fülle solcher kleinen, im Andenken jedoch verklärten Erinnerungen, die ich an mir vorüberziehen ließ. Alles, was mir geschehen war an Gutem und Bösem bis zu meiner Gefangennahme, habe ich innerlich noch einmal durchlebt – und am Ende bemerkt, daß mir die Sache Spaß bereitete. Nun mußte der Hodscha mich nicht mehr zum Schreiben zwingen, denn jedesmal, wenn er behauptete, das wäre nicht, was er gewollt, ging ich der nächsten Erinnerung nach, der nächsten Geschichte, welche niederzuschreiben ich mir längst schon vorgenommen hatte.

Als ich lange Zeit später bemerkte, daß meine Aufzeichnungen auch dem Hodscha gefielen, lauerte ich auf den rechten Augenblick, um ihn in dieses Geschäft mit einzubeziehen. Manche aus meiner Kindheit erwähnte Erfahrung sollte ihn dazu anregen: So beschrieb ich die Ängste einer nicht enden wollenden, schlaflosen Nacht, das Gefühl der Nähe zu einem Jugendfreund durch die gemeinsam erlangte Fähigkeit, im gleichen Augenblick das gleiche zu denken, erzählte von seinem späteren Tod und meiner grauenhaften Furcht, womöglich auch für tot gehalten und mit ihm bei lebendigem Leibe begraben zu werden. Ich wußte, solches würde ihm zusagen! Und bald darauf war ich kühn genug, einen Traum zu erwähnen: Mein Körper löste sich ab von mir, besprach sich im Dunkel mit jemandem, der sein Gesicht verbarg, mir aber ähnlich war, und sie taten sich gegen mich zusammen. Der Hodscha gestand, daß auch ihn in den letzten Tagen jener lächerliche Kehrreim wieder und häufiger als zuvor heimgesucht habe. Als ich erkannte, daß der Traum gebührend gewirkt hatte, überzeugte ich ihn mit Nachdruck von der Notwendigkeit, diese Art der Niederschrift für sich selbst zu erproben. Dies bedeutete für ihn einmal Erlösung von der endlosen Warterei, zum anderen die Entdeckung der wahren Grenze, die ihn von den Toren trennte. Zwar wurde er noch hin und wieder zum Serail gerufen, eine hoffnungsvolle Entwicklung aber war nicht abzusehen. Erst zierte er sich ein wenig, doch ich beharrte darauf, so daß er schließlich erwartungsvoll und verlegen in einem sein Versprechen gab, es mit dem Schreiben zu versuchen. Vor lauter Angst, sich lächerlich zu machen, war er sogar zum Scherz aufgelegt: Würden wir denn auch zusammen in den Spiegel schauen, wie wir zusammen schrieben?

Als er vom gemeinsamen Schreiben sprach, war ihm noch nicht in den Sinn gekommen, mit mir am gleichen Tische zu sitzen. Ich meinte, wieder zur freien Muße des faulen Sklaven zurückkehren zu können, während er nun mit dieser Tätigkeit begann. Das aber war ein Irrtum. Wir müßten uns beide am Tisch gegenüber sitzen und gemeinsam schreiben, sagte er, nur damit könnten wir bei so gefahrvollen Themen unseren zur Nachlässigkeit neigenden Verstand disziplinieren, könnten uns nur so beiderseitig versichern, etwas Ordentliches zu leisten! Doch ich wußte, das waren nur Vorwände: Er fürchtete sich vor dem Alleingelassenwerden, vor dem Gefühl der Einsamkeit während des Nachdenkens. Daß er beim Anblick des leeren Papiers hörbar für mich vor sich hinzumurmeln begann, war auch ein Beweis dafür – er wartete im voraus auf meine Zustimmung zu dem, was er niederschreiben wollte. Gespannt, fast kindlich bescheiden und ohne Stolz zeigte er mir nach einigen hingeworfenen Sätzen das bisher Geschaffene: Waren diese Dinge eigentlich des Aufzeichnens wert? Natürlich billigte ich sie!

Was ich elf Jahre lang nicht hatte erfahren können aus seinem Leben, das lernte ich so in zwei Monaten. Er kam aus Edirne, wohin wir den Sultan in späteren Jahren begleiten sollten. Sein Vater, an dessen Gesicht er sich kaum noch erinnern konnte, war früh gestorben. Die Mutter, eine fleißige Frau, hatte danach nicht mehr geheiratet. Zwei Kinder gebar sie dem ersten Mann, einen Buben und ein Mädchen. Vier Buben stammten von dem anderen, der Steppdeckenmacher gewesen war. Der Lerneifrigste unter den Brüdern sei natürlich er selbst gewesen. Ich erfuhr auch, daß er der Klügste, Erfolgreichste, Fleißigste und Stärkste von den Geschwistern und auch der Ehrlichste gewesen war. Außer der Schwester erinnerte er sich nur mit Haß seiner Brüder, doch schien es ihm zweifelhaft, ob all dies niederzuschreiben sich wirklich lohnte. Ich aber ermunterte ihn dazu, aus der Ahnung heraus womöglich, daß ich mir diese Art, diese Lebensgeschichte einmal aneignen würde. Etwas lag in seiner Sprache und Haltung, das ich liebte und erlernen wollte. Der Mensch sollte das selbsterwählte Dasein so lieben, daß er sich wirklich eins fühlt damit in späterer Zeit – nun, ich liebe es! – Alle seine Brüder hielt er natürlich für dumm, sie fragten nur nach ihm, um Geld zu erbitten. Er selbst hatte sich dem Studieren verschrieben. Die *Medrese* von Selimye hatte ihn aufgenommen, kurz vor dem Ende seiner Studien aber fiel er einer Verleumdung zum Opfer. Nie wieder kam er auf diese Sache zurück, erwähnte auch niemals die Frauen. Ein einziges Mal schrieb er anfangs von einer beinahe geschlossenen Ehe, doch wurde er zornig und zerriß es wieder. Ein gräßlicher Regen fiel draußen in jener Nacht. Es war die erste der schrecklichen Nächte, deren ich später noch viele erleben sollte. Er beschimpfte mich arg, und nachdem er das ganze Geschreibe für erlogen erklärt hatte, machte er sich daran, alles neu aufzusetzen. Da er von mir verlangte, ihm gegenübersitzend zu schreiben wie er, kam ich zwei Tage lang um meinen Schlaf. Doch er warf keinen einzigen Blick mehr auf das, was ich tat. So saß ich am anderen Ende des Tisches, schrieb ohne Bemühen meiner Vorstellungskraft dieselben Dinge wie schon zuvor und beobachtete ihn dabei aus den Augenwinkeln.

Einige Tage später begann er damit, jeden Morgen auf die blanken, für teures Geld aus dem Osten beschafften Bogen: »Warum bin ich ich selbst?« zu schreiben, doch konnte er nichts anderes unter diese Überschrift setzen als die ewige Frage, warum die anderen so gewöhnlich und so blöde waren. Dennoch erfuhr ich dabei, welches Unrecht ihm nach dem Tode der Mutter geschehen, wie er mit dem Geld, das ihm zufiel, nach Istanbul kam, wie er zeitweilig der Verlockung einer Sekte unterlag, sie aber wieder verließ, nachdem er herausgefunden, daß alle dort niederträchtig und Betrüger waren. Gern hätte ich über diese Sekten-Episode noch mehr erfahren, schien es mir doch ein großer Erfolg des Hodschas zu sein, daß er sich davon befreit hatte: Es war ihm geglückt, sich von den übrigen abzusondern! Er aber wurde recht ärgerlich, als ich ihn darauf ansprach, und meinte, ich sei nur auf häßliche Einzelheiten erpicht, um sie ihm eines Tages vorhalten zu können. Viel zuviel hätte ich bisher schon erfahren, und daß ich darüber hinaus noch diese Sorte von (eines der ganz gemeinen geschlechtlichen Wörter gebrauchte er hier!) Einzelheiten wissen wolle, erwecke nur seinen Argwohn! Recht ausführlich schilderte er dann seine Schwester Semra, wie gut sie war und wie schlecht ihr Ehemann, und wie er bedauerte, sie seit Jahren nicht gesehen zu haben. Als ich mich aber für dieses Thema besonders zu erwärmen begann, wurde er gleich wieder mißtrauisch und ging auf ein anderes über: Wie er sein letztes Geld für Bücher ausgegeben und lange Zeit nichts weiter getan hatte als zu lesen, wie er dann hie und da kleine Beschäftigungen als Schreiber fand und auch, wie ehrlos die Menschen doch eigentlich waren – als ihm dabei der Sadik Pascha einfiel, von dessen Tod in Erzincan wir kurz zuvor gehört hatten. Damals hatte der Hodscha ihn kennengelernt und sich gleich bei ihm beliebt machen können durch seine Wißbegier, hatte durch ihn auch das Lehramt erhalten in der Knabenschule – im Grunde genommen aber sei der Pascha doch die Dummheit in Person gewesen. Am Ende dieser einen Monat währenden Schreibtätigkeit packte den Hodscha eines Nachts die Reue und er zerriß das Ganze in kleine Fetzen. Während ich jetzt jene Niederschrift und meine eigne Vergangenheit wiedererstehen lasse, fürchte ich deswegen nicht im geringsten, mich dabei von den liebenswerten Einzelheiten hinreißen zu lassen. In einer letzten freudigen Aufwallung verfaßte der Hodscha etwas unter dem Titel: »Mir gut bekannte Toren«, doch dann packte ihn wieder die Wut: Dieses ganze Geschreibe hätte zu nichts geführt, ihm keine neue Erkenntnis gebracht, auch wüßte er immer noch nichts über sein eigenes Selbst! Getäuscht hätte ich ihn und ganz umsonst wieder an Dinge denken lassen, deren er sich nicht mehr erinnern wollte. Bestrafen würde er mich!

Ich weiß nicht, warum das Wort Strafe, das mir die ersten Zeiten unseres Zusammenlebens ins Gedächtnis rief, ihn damals wieder beschäftigte, doch schien es mir einige Male, als hätte ich ihn selbst dazu ermutigt, weil ich ein braver, aufs Wort gehorchender Feigling war. Trotzdem beschloß ich bei Erwähnung der Strafe, mich zu widersetzen. Als dem Hodscha das Erinnern so recht zu viel geworden war, wanderte er für eine Weile im Hause auf und ab. Dann kam er wieder zu mir und meinte, das wahre Denken müßten wir aufschreiben: Wie der Mensch beim Blick in den Spiegel seine äußere Erscheinung betrachtet, so könne er auch in das eigene Denken hineinschauen und sein Selbst betrachten!

Das war eine prächtige Idee, diese von ihm angesprochene Analogie, und sie ließ auch mich wieder aufleben. Sogleich setzten wir uns beiderseits des Tisches nieder, und diesmal überschrieb ich die Seite, wenn auch halb ironisch, ebenso: »Warum bin ich ich selbst?« Ich begann mit einer Kindheitserinnerung, die meine Schüchternheit schilderte, weil sie mir als persönliches Merkmal einfiel. Als ich danach des Hodschas Niederschrift las, in welcher er wiederum der anderen Schlechtigkeiten beklagte, kam mir, wie mich dünkte, ein wichtiger Gedanke, und ich sagte, auch der Hodscha müsse das Ungute an sich selbst schriftlich bekennen. Weil er gerade beim Lesen meiner Schilderungen war, betonte er, kein Feigling zu sein. Nun gut, widersprach ich, kein Feigling vielleicht, aber auch er hätte ungute Eigenschaften wie jeder Mensch, und wenn er darauf einginge, dann würde er zu sich selbst finden. So hatte ich es gehalten, und er wolle ja sein wie ich. Als ich dies wahrgenommen zu haben erwähnte, sah ich ihn darob böse werden. Er hielt aber an sich und versuchte, maßvoll zu sein: Die anderen seien die Schlechten, wenn auch nicht jeder von ihnen, weil aber die meisten so viele Mängel und Fehler aufwiesen, wäre die Welt so schrecklich verkehrt! Er hätte aber viele schlechte Seiten, entgegnete ich darauf, das müsse er selbst auch einsehen können, und fügte noch: Der Hodscha sei schlechter als ich! voller Hochmut hinzu.

Auf diese Weise begannen jene lächerlichen wie schrecklichen Tage der Schlechtigkeiten. Nachdem er mich vor meinem Tische auf dem Stuhl festgebunden hatte, ließ er sich am anderen Ende nieder und befahl mir, etwas nach seinem Willen zu schreiben, doch wußte er nun selbst nicht mehr, was das sein sollte. Er hatte nichts weiter als jene Analogie im Kopf: Genauso wie der Mensch sein Äußeres im Spiegel betrachte, so müsse er auch denkend das Innere seines Hirns beobachten können! Ich wüßte dies wohl zu tun, würde es jedoch vor ihm verbergen. Während der Hodscha mir gegenübersitzend auf meine schriftliche Enthüllung dieses Geheimnisses wartete, füllte ich die vor mir liegenden Blätter mit den übertriebenen Schilderungen meiner Schlechtigkeiten. Die kleinen Diebereien meiner Kindheit, die Lügen aus Eifersucht, mein schlaues Intrigieren, um mich mehr als meine Geschwister lieb Kind zu machen, die geschlechtlichen Fehltritte meiner Jugend – mit wahrem Vergnügen bauschte ich all diese Geschichten auf. Nachdem sie der Hodscha voll Wißbegier und mit einem für mich erstaunlichen Gemisch aus Lust und Furcht gelesen hatte, zürnte er mir noch mehr und erhöhte seine ohnehin maßlos gewordenen Peinigungen. Vielleicht aber revoltierte er nur gegen eine solche, in ihrer Schlechtigkeit für ihn unerträglichen Vergangenheit, weil er doch insgeheim wußte, er würde sie sich zu eigen machen. So hatte er begonnen, mich gradheraus zu prügeln. »Du ehrloser Kerl!« rief er nach der Lektüre eines meiner Vergehen und schlug mich scherzhaft-zornig mit der Faust auf den Rücken. Auch ist es vorgekommen, daß er sich nicht bezähmen konnte und mir eine Maulschelle gab.

Vielleicht tat er all dies aus purer Seelenqual, da er selbst nur allzu gut wußte, daß man ihn immer seltener zur Hohen Pforte rief und er außer mir und sich selbst nichts weiter als Gegenstand der Beschäftigung finden konnte. Mich aber erfaßte ein merkwürdiges Selbstvertrauen, während er lesend meine Übeltaten verfolgte und die kindischen Züchtigungen vermehrte. Zum ersten Mal begann ich zu glauben, ich könne ihn ganz in die Hand bekommen.

Als er mir einmal besonders schmerzvoll zugesetzt hatte, sah ich, daß er mich hernach bedauerte. Es war dies ein schlechtes, mit Ekel vermischtes Empfinden gegen einen, den man nie und nimmer als seinesgleichen betrachtet. Auch daß er mich nunmehr ohne Haß anschauen konnte, bestätigte mir dies. »Wir sollten nichts mehr schreiben«, meinte er, »ich will nicht, daß du schreibst!« verbesserte er sich dann, er hatte ja nur zugeschaut, während ich wochenlang meine Verfehlungen zu Papier brachte. Wir müßten, so sprach er weiter, aus dem immer tiefer in Schwermut versinkenden Hause heraus, sollten auf eine Reise gehen, vielleicht nach Gebze. Er würde sich wieder seinen astronomischen Forschungen zuwenden, gedächte auch, über das Leben der Ameisen eine viel ernsthaftere Abhandlung zu schreiben. Als ich seinen Respekt für mich ganz und gar schwinden sah, wurde mir bange und ich erfand noch eine Geschichte, die für mich sehr herabwürdigend war, nur um sein Interesse wachzuhalten. Der Hodscha zürnte nicht einmal mehr, nachdem er lustvoll gespannt meinen Aufsatz gelesen hatte; ich spürte nur seine Betroffenheit darüber, wie ich soviel eigene Schlechtigkeit ertragen konnte. Mag sein, daß er damals mit der Aussicht, bis ans Ende er selbst zu bleiben, durchaus zufrieden gewesen ist. Er wußte natürlich sehr wohl, daß ein gut Teil von alledem Spiel war. Ich sprach zu ihm an jenem Tage gleich einem sich der Verachtung bewußter Hofnarr und versuchte nur stetig, seine wachsende Neugier anzufachen: Was würde er schon verlieren, wenn er ein letztes Mal vor der Fahrt nach Gebze dies und jenes aufschriebe von seinen Schlechtigkeiten, nur um verstehen zu können, wie ich fähig war, ein solcher Mensch zu sein?! Zudem mußte ja, was er schrieb, nicht unbedingt wahr sein oder von irgendwem geglaubt werden. Er würde aber, wenn er es täte, begreifen können, welcher Art ich und ähnliche Leute waren, und eines Tages würde ihm dieses Wissen von Nutzen sein! Schließlich konnte er seiner Neugier und meinem Gerede nicht länger widerstehen und versprach, es am nächsten Morgen zu versuchen. Keineswegs natürlich, meinte er unbedingt ergänzen zu müssen, weil er auf meine dummen Spiele hereinfiele, sondern nur, weil er selbst es so wolle.

So wurde der folgende zum allerfröhlichsten Tag meines Sklavenlebens. Der Hodscha fesselte mich nicht mehr an meinen Stuhl, doch verbrachte ich all diese Stunden ihm gegenübersitzend, um mit Behagen dem allmählichen Wandel eines Menschen zuschauen zu können. So gänzlich überzeugt war er anfangs von seiner Sache, daß er sogar dieses lächerliche: »Warum bin ich ich selbst?« nicht mehr ans Kopfende der Seite setzen mochte. Dann saß er da in der Pose eines spitzbübischen Kindes auf der Suche nach einer lustigen Lüge, und ich sah aus dem Augenwinkel, daß er sich noch in der eigenen heilen Welt befand. Doch dieses hohle Selbstvertrauen währte nicht lange, und auch jenes für mich zur Schau gestellte, gekünstelte Schuldgefühl hielt nicht lang vor. Bald darauf verkehrte sich der vorgetäuschte Spott in Unruhe, das Spiel in Wirklichkeit. Die Selbstbezichtigung versetzte den Hodscha in eine höchst erstaunliche Angst, obwohl sie doch nur auf Erfundenem beruhte. Er strich sofort wieder aus, was er geschrieben, ohne es mir gezeigt zu haben! Aber er war nun einmal der Neugier erlegen, schämte sich wohl auch vor mir, und so machte er weiter. Dabei hätte er vielleicht entkommen können, ohne seine Ruhe einzubüßen, wenn er der ersten Regung gefolgt und sofort vom Tisch aufgestanden wäre.

Im Laufe der nun folgenden Stunden wurde ich Zeuge seines sichtbaren Verfalls. So mancher Dinge sprach er sich schuldig; doch ohne daß ich es zu sehen bekam, zerriß er das Geschriebene wieder, begann erneut von vorne, weil er seine Selbstachtung, seine Sicherheit zurückzugewinnen hoffte, die mit jedem neuen Versuch etwas mehr verlorengingen. Eigentlich war er geneigt gewesen, mir seine Übeltaten zu zeigen. Doch bei Einfall der Dunkelheit hatte ich von dem, was ich so sehnlichst zu lesen begehrte, nicht ein einziges Wort zu sehen bekommen, alles war zerrissen und fortgeworfen, und des Hodschas Kräfte waren erschöpft. Als er mir dann unter Beschimpfungen zuschrie, dies wäre ein schändlich gottloses Spiel, war sein Selbstvertrauen so schwach geworden, daß ich ihm hochmütig entgegensetzte, es nicht so schwerzunehmen, er werde sich noch an das Schlechtsein gewöhnen. Möglich, daß er meine Blicke nicht ertrug und deswegen das Haus verließ. Spät nachts erst kam er heim, und das ihm anhaftende Parfüm bestätigte meine Vermutung, daß er nämlich zu jenem Hause gegangen war und mit den ordinären Frauen geschlafen hatte.

Um den Hodscha am nächsten Tage zum Weitermachen zu reizen, meinte ich, er wäre doch stark genug, um solch ein kleines Spiel unbeschadet zu überstehen. Außerdem täten wir es nicht zum bloßen Zeitvertreib, sondern um etwas zu lernen, und am Ende dieses Tuns würde er schließlich den Grund für die Torheit der Toren in Erfahrung bringen können. War die Aussicht, uns gegenseitig vollkommen kennenzulernen, nicht reizvoll für ihn? Man könne, so brachte ich vor, dem Zauber eines Menschen verfallen, den man bis ins kleinste kenne, so wie man einen Alptraum zu lieben vermochte.

Er ließ sich von neuem am Tisch nieder, nur weil er dem Licht des Tages vertraute, nicht aber meiner Reden wegen, die er so ernst nahm wie die Narreteien eines Hofzwerges. Aber als er abends aufstand, war sein Selbstvertrauen noch mehr geschwunden als am Tage zuvor. Und ich fühlte Mitleid, als ich ihn nachts wieder zu den Frauen gehen sah.

So glaubte er jeden Morgen daran, mit seinen an diesem Tage zu verzeichnenden Missetaten fertig werden zu können, setzte sich hoffnungsvoll nieder, um das tags zuvor Verlorene zurückzugewinnen, und hatte von dem ihm Verbliebenen noch ein bißchen mehr am Tisch zurückgelassen, wenn er sich abends wieder erhob. Da er sich selbst nun geringschätzte, verachtete er mich nicht mehr. Endlich glaubte ich an meine Ebenbürtigkeit, wie es mir meine Einbildung schon während der ersten gemeinsamen Tage mit ihm vorgegaukelt hatte. Ich müsse nicht am anderen Ende des Tisches sitzen, sagte er, und auch das war ein gutes Zeichen, weil ich ihn störte. Doch mein jahrelang aufgestauter Haß ließ sich nicht mehr bezähmen. Rache wollte ich nehmen, wollte ihn angreifen, und dabei schoß ich, genauso wie er, über das Ziel hinaus. Wenn ich den Hodscha noch ein bißchen stärker in Selbstzweifel stürzte, wenn ich ein weniges von seinen so sorgfältig vor mir verborgenen Geständnissen lesen und ihn mit aller Vorsicht demütigen könnte, dann würde nicht mehr ich, sondern er der Sklave, nicht ich, sondern er der böse Mensch im Hause sein, meinte ich. Die Anzeichen dafür gab es ohnehin: Ich spürte, wie wichtig es ihm geworden war, daß ich wenigstens zeitweilig keinen Spott mit ihm trieb. Er hatte, wie alle schwachen Menschen mit unzureichendem Selbstvertrauen, von mir Bestätigung zu erwarten begonnen. Viel häufiger fragte er mich bei täglichem Kleinkram um meine Meinung: War seine Kleidung am Platze, war die jemand erteilte Antwort auch gut gewesen, fand ich seine Handschrift schön, was dachte ich wohl? Um's ihm leichter zu machen, erniedrigte ich mich auch einige Male, damit er nicht verzweifele und das Spiel aufgebe. Dann sagte sein Blick: »Wehe dir, du!«, doch er schlug mich nicht länger, und ich war sicher, daß er nun selbst manchmal Hiebe verdient zu haben glaubte.

Ich hätte nur allzu gern gewußt, welche Art von Bekenntnissen ihn zu solcher Selbstverachtung treiben mochte. Da ich mir angewöhnt hatte, ihn herabsetzend zu behandeln, dachte ich damals, er gestehe hier eine Reihe von einfachen, nichtigen Fehltritten. Jetzt aber, wo ich einige dieser Geständnisse, von denen ich keine einzige Zeile zu lesen bekam, in allen Einzelheiten erdenken möchte, jetzt kann ich einfach keine zum Hodscha passende Schlechtigkeit finden, die nicht der Ausgewogenheit meiner Geschichte und meines erträumten Lebenslaufs schaden würde. Doch kann ich mir vorstellen, daß jemand in meiner Lage wieder Selbstvertrauen gewinnen konnte: Ich muß dem Hodscha wohl beigebracht haben, daß ich ihm unmerklich zu einer Entdeckung verholfen hatte, daß ich seine Schwächen und die seinesgleichen, wenn auch ein wenig undeutlich, ans Tageslicht gebracht hatte. Ich meinte wohl damals, der Tag sei nicht mehr fern, an dem ich nicht nur ihn, sondern auch die übrigen zugrunde richten, sie zu Fall bringen könnte, indem ich das Böse an ihnen bewies! Die meine Geschichte lesen, werden, so glaube ich, am Ende verstanden haben, daß ich ebensoviel, wie der Hodscha von mir gelernt hatte, auch von ihm gelernt haben mußte! Mag auch sein, daß ich jetzt so denke, weil der Mensch im Alter bei seinen Geschichten sogar mehr auf die Symmetrie achtet. Es war wohl der jahrelang aufgestaute Groll, der mich überschäumen ließ! Meine eigene Überlegenheit zumindest, meine Freiheit würde ich dem Hodscha abringen und später hochmütig mein Freilassungspapier fordern, nachdem er sich ausreichend gedemütigt hatte. Ich malte mir aus, daß er mich ohne viel Federlesens freigeben würde, und überdachte schon die Einzelheiten der Bücher, die ich nach meiner Heimkehr über meine Abenteuer und über die Türken schreiben wollte. Wie konnte ich nur so leicht jedes Maß verlieren! Die Nachricht, die er mir eines Morgens gab, ließ alles ganz anders werden.

Die Pest war ausgebrochen in der Stadt! Weil er dabei wie über etwas weit Entferntes, nicht aber wie von

Istanbul sprach, konnte ich's erst nicht glauben. Wie er dies erfahren habe, fragte ich, wollte Einzelheiten wissen. Man hätte auf einmal bemerkt, daß die Zahl derer, die ohne recht ersichtlichen Grund zu Tode kamen, sich mehrte, und begriffen, es gab eine Krankheit! Vielleicht ist es doch nicht die Pest, dachte ich und wollte die Anzeichen der Krankheit wissen. Der Hodscha lachte mich aus: Ich brauche mir keine Gedanken zu machen, wenn ich sie hätte, würde ich zweifellos wissen, daß ich daran erkrankt sei, drei in der Fieberhitze der Seuche verbrachten Tage stünden dem Menschen zu, um das zu verstehen. Schwellungen würden sich zeigen, bei manchen hinter den Ohren, unter den Achseln, auf dem Bauch, Beulen würden hervortreten, dann käme das Fieber, manchmal auch brachen die Wunden auf, manchmal flösse Blut aus den Lungen, es gab auch solche, die sich wie Schwindsüchtige zu Tode husteten. In jedem Viertel würden die Menschen gleich zu mehreren umkommen. Verschreckt fragte ich nach dem unsrigen: Ob ich's denn nicht gehört hätte, daß der Maurermeister, der ewig mit der ganzen Umgebung in Streit gelegen wegen der Kinder, die Äpfel aus seinem Garten aßen, wegen der Hühner, die durch seine Hofmauer eindrangen, daß eben der vor einer Woche schreiend und sich im Fieber wälzend zugrund gegangen war? Jeder wisse nun, daß ihn die Pest dahingerafft habe.

Ich mochte es trotzdem nicht glauben. Es war draußen alles so alltäglich, die Menschen unter dem Fenster gingen so ruhig vorbei, daß es schien, ich müsse unbedingt jemand finden, der mein Entsetzen mit mir teilte, um an die Pest glauben zu können. Während der Hodscha sich am nächsten Morgen zu seiner Schule begab, stürzte ich aus dem Haus und lief durch die Straßen, um die mir seit elf Jahren bekannten italienischen Renegaten aufzusuchen. Einer, Mustafa Reis mit jetzigem Namen, sei zur Werft gegangen, hieß es, der andere, Osman Efendi, verwehrte mir erst den Eintritt, obwohl ich wie wild an sein Haustor klopfte, ließ mir dann durch seinen Knecht ausrichten, er sei nicht zu Hause, hielt es am Ende aber doch nicht aus und rief mir im Weggehen nach: Wie es denn käme, daß ich noch fragte, ob die Plage auch Wirklichkeit sei?! Sähe ich denn die Särge nicht, die man hinwegtrug? Angst hätte ich, sagte er dann zu mir, es stünde auf meinem Gesicht geschrieben, und fürchten würde ich mich, weil ich noch immer am Christentum festhielte! So schalt er mich: Hier müsse der Mensch Moslem sein, wenn er glücklich werden wolle! Und bevor er sich wieder in die feuchte Dunkelheit seines Hauses zurückzog, gab er mir nicht die Hand und vermied auch sonst jede Berührung. Es war die Stunde des Gebets, und als ich das Gedränge der Beter im Hof der Moschee sah, packte mich das Grauen. Ganz schnell lief ich nach Hause zurück. Dumpfe Bangigkeit verwirrte mein Gemüt, wie man's bei Katastrophen gewöhnlich erlebt. Geschwunden waren die Farben meiner Erinnerung, als hätte ich meine Vergangenheit vergessen, ich war wie gelähmt. Als mir im Viertel eine sargschleppende Menge begegnete, war es endgültig um meinen Gleichmut geschehen.

Der Hodscha war von der Schule zurück, und es freute ihn sichtlich, mich in diesem Zustand zu finden. Ich war ärgerlich darüber, mit ansehen zu müssen, wie er sein Selbstvertrauen wiedergewann, nur weil er mich für feige hielt, und wollte unbedingt, daß er den hohlen Stolz der Furchtlosigkeit wieder ablege. Deshalb versuchte ich, meine Aufregung zu bezwingen und brachte mein ganzes Wissen aus Medizin und Literatur hervor: Was mir im Gedächtnis geblieben von den Pestilenz-Szenen des Hippokrates, des Thukydides und des Boccaccio, das beschrieb ich und fügte hinzu, ich hielt's für eine ansteckende Krankheit. Meine Rede aber taugte zu nichts weiter, als daß er mich noch mehr verabscheute: Er fürchte sich nicht vor der Pest, denn die Krankheit käme auf Ratschluß Allahs, und wenn ihm zu sterben bestimmt sei, dann stürbe der Mensch. Deswegen auch wäre es, wie all mein feiger Unsinn, völlig wirkungslos, sich im Hause einzuschließen und den Verkehr mit der Außenwelt abzubrechen oder gar aus Istanbul flüchten zu wollen. Wo es für uns geschrieben stand, da würde uns der Tod holen! Warum wohl fürchtete ich mich? Wegen all der Übeltaten, die ich tagelang zu Papier gebracht hatte? Er lächelte, als er das sagte, und seine Augen schimmerten hoffnungsvoll.

Ob er seinem Gerede wirklich glaubte, habe ich nicht erfahren können, bis wir auseinandergingen. Für einen Augenblick schrak ich vor seiner Unbekümmertheit zurück, doch als mir dann unsere am Tisch geführten Gespräche einfielen, jene fürchterlichen Spiele, da begann ich wieder zu zweifeln. Er kam immer wieder auf unsere miteinander geschilderten Schlechtigkeiten zurück, führte mit einer mich vor Wut fast um den Verstand bringenden Selbstgefälligkeit stets das gleiche Argument an: Wenn ich mich so sehr vor dem Tode fürchtete, dann hätte ich über meine scheinbar so kühn geschilderten bösen Taten keineswegs die Oberhand gewonnen. Dieser Bekennermut rühre also nur von meiner ganz simplen Dreistigkeit her! Sein, des Hodschas, Zaudern dagegen, das ihm dieser Tage zu schaffen machte, war nur die Folge pedantischer Sorgfalt, die er auch seiner geringsten Unart widmen würde. Nun fühle er sich erleichtert, sein gänzlich furchtloses Empfinden gegenüber der Pest habe ihn zutiefst von seiner Schuldlosigkeit überzeugt.

Voller Abscheu über diese Erklärung, die ich dennoch einfältig genug war zu glauben, entschloß ich mich zum Widerspruch. Nicht aus der Seelenruhe käme seine Furchtlosigkeit, sagte ich ganz ohne Arg, sondern aus der Unwissenheit, wie nahe der Tod ihm stünde. Dann zählte ich auf, wie man sich gegen das Sterben schützen könne, daß man die Pestkranken nicht berühren dürfe, daß man die Toten in Grüften mit Kalk begraben müsse, daß die Menschen ihr Zusammensein auf ein Minimum beschränken müßten und daß auch der Hodscha sich nicht in das Gedränge der Knabenschule begeben dürfe, führte ich dann aus.

Diese meine letzten Worte aber hatten ihm weit Schlimmeres als die Pestilenz zum Bewußtsein gebracht! – Am nächsten Nachmittag streckte er seine Hände nach mir aus und bemerkte dazu, daß er jedes Kind in der Schule einzeln berührt habe. Als er meine Furcht sah, mein Zurückschrecken vor der Berührung, trat er recht vergnügt näher zu mir und umarmte mich. Schreien wollt' ich! Doch dem Träumenden gleich, konnte ich keinen Schrei aus der Kehle herauswürgen. Der Hodscha aber sprach mit einer erst viel später von mir entdeckten Ironie davon, daß er mich die Furchtlosigkeit lehren werde.

VI.

In rasender Eile griff die Pest um sich, doch was der Hodscha Furchtlosigkeit nannte, vermochte ich nicht zu lernen. Nur meine Vorsicht war nicht mehr so groß wie in den ersten Tagen. Es hatte meine Geduld erschöpft, wie eine sieche Matrone im Zimmer eingesperrt tagelang aus dem Fenster zu starren. So lief ich ab und zu wie betrunken auf die Straße und versuchte, mich an die Plage zu gewöhnen, indem ich den Frauen zuschaute, die auf dem Markt einkauften, den Händlern und Handwerkern, die in den Läden ihrer Tätigkeit nachgingen, sowie auch denen, die ihre Lieben zu Grabe trugen und sich danach in den Kaffeehäusern versammelten. Vielleicht wär's mir auch einigermaßen gelungen, das Gewöhnen, wenn mich der Hodscha nicht unaufhörlich bedrängt hätte.

Er streckte abends seine Hände nach mir aus, die den ganzen Tag über, wie er ausdrücklich sagte, Menschen berührt hatten. Dann verharrte ich regungslos. Es war, als ob man aus dem Schlaf erwachend einen Skorpion über sich hinkriechen sähe und zu Stein erstarrte! Des Hodschas Finger waren so anders als die meinen, und er fragte: »Fürchtest du dich?«, während er sie eiskalt über mich hingleiten ließ. Ich konnte mich dabei nicht rühren. »Du fürchtest dich! Weshalb?« Manchmal wollte ich seine Hand zurückstoßen und mich wehren, doch ich wußte, das würde nur seinen Zorn steigern. »Ich werde dir sagen, warum du Angst hast! Weil du schuldig bist, weil du bis zum Hals im Sumpf der Sünde steckst, deshalb fürchtest du dich. Weil du mir mehr glaubst, als ich dir glaube, deshalb fürchtest du dich!«

Er forderte, wir müßten uns an den Tisch setzen und etwas schreiben. Jetzt sei die Zeit gekommen, schriftlich festzuhalten, warum wir wir selbst waren. Doch er brachte am Ende wieder nichts weiter zustande als die Frage, warum die anderen so waren, wie sie waren. Zum ersten Mal zeigte er mir das Geschriebene voller Stolz. Doch bei dem Gedanken, er würde nach dieser Lektüre von mir Beschämung erwarten, konnte ich meinen Widerwillen nicht bezähmen und erklärte dem Hodscha, er habe sich mit den Dummen in ein und denselben Topf getan und er selbst werde noch vor mir sterben.

Damals kam ich zu dem Schluß, dieses Wort sei meine wirksamste Waffe. Ich mahnte ihn an seine zehnjährige Mühsal, an jene Jahre, welche er an die kosmologischen Theorien verschwendet hatte, an sein stundenlanges Hinaufstarren zum Firmament um den Preis des Augenlichts, und an jene Tage, die er den Kopf über die Bücher gebeugt verbracht hatte. Diesmal war ich es, der ihm zusetzte und darauf verwies, wie unsinnig es sei, sich ohne weiteres dem Sterben zu überlassen, wo man sich doch vor der Pest in acht nehmen und durchaus am Leben bleiben könne. Meine Worte aber erhöhten sein Mißtrauen und zugleich die Zahl der mir verabreichten Hiebe. Doch bemerkte ich zu jener Zeit, daß er während des Lesens meiner Niederschriften unwillentlich die verlorene Achtung vor mir wiederzufinden schien.

Um mein Los zu vergessen, füllte ich die Blätter in jenen Tagen mit meinen glücklichen Traumgesichten, die mir nicht nur nächtens erschienen, sondern auch häufig während des Mittagsschlummers. Um des Vergessens willen zeichnete ich nach dem Erwachen sorgsam poetisch diese Träume auf, wo Sinn und Handlung eins geworden: Unter den Bäumen des Waldes, der unserem Hause benachbart war, lebten Menschen im Besitz von Geheimnissen, die wir seit Jahren zu wissen wünschten, und wer den Mut fand, in das Dunkel des Waldes einzudringen, konnte ihr Freund werden. Unsere Schatten vergingen nicht beim Sinken der Sonne, sie bemühten sich einzeln um Tausende kleiner Dinge, die es zu lernen und zu tun gab, und wir wurden uns mühelos jener Dinge bewußt, eins nach dem anderen, während wir ruhig in unseren kühlen Betten schliefen. Die Menschen auf den von mir im Traum gemalten Bildern waren nicht nur schöne Wesen in drei Dimensionen, sie traten aus ihren Rahmen heraus und mischten sich unter uns. Mutter, Vater und ich, wir bauten im Hintergarten stählerne Gerätschaften auf, die statt unser die Arbeit taten…

Nun entging es aber dem Hodscha keineswegs, daß diese Träume teuflische Fallen waren, die ihn ins Dunkel tödlicher Kenntnisse ziehen würden. Dennoch fragte er mich, wohl wissend, daß er mit jeder Frage ein Teil seiner Selbstsicherheit einbüßte: Was sollten diese wirren Träume bedeuten, würde ich sie denn tatsächlich sehen? Auf diese Weise übte ich an ihm zuerst, was wir gemeinsam Jahre später mit dem Padischah tun sollten: Ich zog Schlüsse für unsere Zukunft aus unser beider Träume! Wer einmal von der Sucht befallen war, konnte ganz offenbar jenen krankhaften Weisheiten ebensowenig entrinnen wie der Pest. Leicht zu sagen, daß auch den Hodscha diese Sucht befallen hatte, dennoch war man gespannt auf des Hodschas Träume! Mit offenem Spott hörte er mir zu, doch sein Stolz war schon soweit vermindert, daß er mir Fragen stellte und mir so nicht allzuviel zusetzen konnte; außerdem bemerkte ich während des Sprechens seine erwachende Neugier für das, was ich sagte. Als ich den seit Ausbruch der Pest vorgetäuschten Gleichmut des Hodschas erschüttert sah, wurde zwar meine Angst vor dem Tod nicht geringer, doch blieb ich in dieser Furcht wenigstens nicht allein, ein erlösender Gedanke. Natürlich mußte ich das mit den nächtlichen Peinigungen bezahlen, doch sah nun endlich, daß mein Ringen nicht umsonst gewesen war: Wenn der Hodscha seine Hände nach mir ausstreckte, gemahnte ich ihn daran, daß er noch vor mir sterben würde und daß die Furchtlosen nur unwissend waren, und erinnerte ihn auch an seine halbfertigen Aufsätze und an meine Glücksträume, die er an jenem Tage zu lesen bekommen hatte.

Doch nicht das, sondern eine ganz andere Sache brachte das Faß zum Überlaufen: Eines Tages besuchte uns der Vater von einem seiner Schüler. Er schien ein zurückhaltender, biederer Mann zu sein und wohnte, wie er sagte, in unserem Viertel. Ich lauschte, der schläfrigen Hauskatze gleich in einem Winkel eingerollt, während sie ausführlich und lange von diesem und jenem sprachen. Endlich kam unser Gast zum Wesentlichen: Die Tochter seiner Vaterschwester sei Witwe geworden, als Ende vorigen Sommers ihr Mann beim Dachdecken abgestürzt sei. Es gäbe jetzt viele Freier, doch unser Besucher habe an den Hodscha gedacht, denn man wisse von den Nachbarn, daß er Leute mit Heiratsangeboten empfinge. Der Hodscha reagierte sehr grob darauf, wie ich es nie erwartet hätte: Er habe keine Absicht zu heiraten, und selbst wenn, dann würde er keine Witwe zur Frau nehmen. Unser Gast erwiderte, daß der Witwenstand der Hatice den Propheten Mohammed nicht gestört und er sie sogar als erste zur Frau genommen hätte. Der Hodscha wiederum erklärte, von jener Witwe gehört zu haben, nicht einmal den kleinen Fingernagel der heiligen Hatice wäre sie wert! Nun aber wollte unser knubbelnasiger Nachbar den Hodscha doch fühlen lassen, daß er auch nichts Besonderes sei: Zwar mochte er selbst es nicht glauben, doch im Viertel hieße es, der Hodscha wäre ganz und gar übergeschnappt, und daß er die Sterne betrachte, mit gläsernen Linsen herumspiele und seltsame Uhren fertige, lege niemand zum Guten aus. Und wie ein habgieriger Krämer, der die zu kaufende Ware schlechtmacht, fügte unser Gast noch hinzu: Der Hodscha würde sich nicht hinkauern, um seine Mahlzeiten im Türkensitz einzunehmen, sondern wie ein Ungläubiger am Tische sitzend essen; er würde, nachdem er viele Börsen Silber für Bücher ausgegeben, diese zu Boden werfen und auf den Seiten herumtrampeln, die den Namen des Propheten trügen; er würde, weil er mit stundenlangem Zum-Himmel-Starren den Teufel im Innern nicht beschwichtigen könne, bei Tageslicht auf dem Bette liegend die schmutzige Zimmerdecke anstieren, würde nicht die Frauen mögen, sondern nur die Knaben, und ich wäre sein Zwilling, und im *Ramazan* würde er das Fasten nicht einhalten, und die Pest wäre seinetwegen geschickt worden – das alles sage man in der Nachbarschaft!

Nachdem unser Gast hinausbefördert worden war, erlitt der Hodscha einen Wutanfall. Ich schloß daraus, daß er die aus dem Teilen oder dem angeblichen Teilen der Gefühle mit anderen entspringende Ruhe nun endgültig eingebüßt hatte. Um ihm einen letzten Schlag zu versetzen, bemerkte ich, wer sich vor der Pest nicht fürchte, sei so dumm wie dieser Kerl. Zwar wurde der Hodscha unruhig, betonte aber mit Nachdruck, er habe keine Angst vor der Pest. Und irgendwie kam ich zu dem Schluß, er habe dies aus Überzeugung gesagt. Äußerst gereizt war er, wußte nicht, wohin mit den Händen und brachte den letzthin vergessenen Kehrreim von den »Toren« wieder hervor. Nach Einfall der Dunkelheit zündete er die Lampe an, stellte sie mitten auf den Tisch und wollte, daß wir uns niedersetzten. Schreiben müßten wir!

So saßen wir wie zwei Junggesellen, die sich mit Kartenlegen die endlosen Winternächte vertreiben, am Tisch einander gegenüber und kritzelten irgend etwas auf die vor uns liegenden blanken Bögen. Wie lächerlich wir waren! Und noch lächerlicher als mich selbst fand ich den Hodscha morgens beim Lesen dessen, was er als seinen Traum ausgab! Er hatte, die meinen imitierend, einen Traum erzählt, der doch, wie sich aus allem offen ersehen ließ, niemals geträumt worden sein konnte, also gänzlich erfunden war: Wir seien Brüder! *Er* hatte sich selbst die Rolle meines älteren Bruders angepaßt, dessen wissensträchtigen Worten ich demütig ergeben lauschte. Während der Mahlzeit am folgenden Morgen wollte er meine Ansicht hören über jenes Gerede, wonach wir als Zwillinge galten im Viertel, wie's unser Nachbar erwähnt hatte. Die Frage gefiel mir, doch tat sie meinem Stolz nicht besonders gut, so schwieg ich. Zwei Tage später weckte er mich gegen Mitternacht aus dem Schlaf, um mir zu sagen, nun habe er jenen beschriebenen Traum tatsächlich gesehen. Es mochte wohl wahr sein, ließ mich jedoch recht gleichgültig. In der folgenden Nacht dann gestand er seine Furcht vor dem Tode durch die Pest.

Da ich des Eingesperrtseins im Hause überdrüssig war, hatte es mich gegen Abend hinausgezogen in die Straßen: In einem Garten waren Kinder, ihre bunten Schuhe am Boden zurücklassend, auf einen Baum geklettert; die vor dem Brunnen aufgereihten, miteinander schwatzenden Frauen verfielen nicht mehr in Schweigen, wenn ich vorbeiging; die Märkte waren voll von Käufern; miteinander Raufende gab es, solche, die sie trennen wollten, und andere, die vergnügt zuschauten. Die Seuche hat ihre Kraft verloren, suchte ich mir einzureden, doch beim Anblick der hintereinander aus dem Hof der Beyazit-Moschee herausgetragenen Särge erschrak ich und lief hastig nach Hause zurück. Beim Betreten meines Zimmers rief der Hodscha nach mir: »Komm her und schau dir das an!« Das Hemd aufgeknöpft, wies er auf eine kleine rötliche Schwellung unter dem Bauchnabel: »Überall gibt's Insekten!« Ich trat näher und schaute aufmerksam hin. Ein kleiner, roter Fleck war's, leicht geschwollen wie ein größerer Insektenstich, doch warum zeigte er mir das? Ich fürchtete mich davor, mein Gesicht noch näherzubringen. »Ein Insektenstich«, sagte der Hodscha, »nicht wahr?« Mit der Fingerspitze tastete er die Schwellung ab: »Oder ein Flohbiß etwa?« Ich schwieg dazu, konnte nicht sagen, niemals einen solchen Flohbiß gesehen zu haben.

Ein Vorwand hielt mich im Garten, bis die Sonne versank. Ich merkte, länger durfte ich nicht mehr im Hause verweilen, doch fiel mir nicht ein, wohin ich wohl gehen könnte. Zudem sah dieser Fleck wirklich einem Insektenstich ähnlich, war nicht so erhaben und breit wie eine Pestbeule. Gleich darauf aber, während ich im Garten zwischen den üppig wachsenden Gräsern herumwanderte, überfiel mich ein anderer Gedanke: Vielleicht würde die Rötung in zwei Tagen anschwellen, dann einer Blume gleich aufspringen, und der Hodscha würde von Schmerzen gepeinigt sterben. Doch eine gestörte Verdauung könnte auch eine solche Schwäre hervorbringen, meinte ich, doch nein, eher glich sie einem Insektenstich, und von welchem Insekt, das würde mir gleich einfallen, eines dieser riesigen nachtschwärmenden Insekten warmer Länder mußte es sein, doch der Name des gespenstischen Tieres wollte mir nicht auf die Lippen kommen.

Der Hodscha versuchte, sich heiter zu zeigen, als wir uns zum Nachtessen setzten, er scherzte und zog mich auf, doch all das währte nicht lange. Nachdem wir von dem schweigend verzehrten Mahl aufgestanden waren, lange nach Herabsinken der friedvollen, windstillen Nacht, sagte der Hodscha: »Mein Herz ist mir schwer, meine Gedanken sind trübe. Laß uns am Tisch sitzen und schreiben!« Nur so sei er imstande, sich abzulenken. Doch es wollte ihm nicht gelingen. Während ich leichten Herzens schrieb, saß er untätig da und schaute mich aus den Augenwinkeln an. »Was schreibst du?« So las ich das Geschilderte: Wie ich nach dem ersten Jahr meines Ingenieurstudiums zur Ferienzeit voller Ungeduld mit dem Einspänner heimgefahren war. Weil ich aber die Schule und meine Freunde dort ebenso liebte, hatte ich sehnsüchtig ihrer gedacht, allein am Ufer eines Gewässers mit meinen Büchern sitzend, die ich auch in den Ferien bei mir behielt. Der Hodscha fragte nach kurzem Schweigen plötzlich im Flüsterton, als gäbe er ein Geheimnis preis: »Leben ›sie dort‹ immer so glücklich?« Ich dachte, er würde die eben ausgesprochene Frage sofort bereuen, doch er schaute mich weiter voll kindlicher Neugier an. »Ich war glücklich!« erwiderte ich flüsternd wie er. Ein Schatten von Eifersucht glitt über sein Gesicht, doch war's nicht weiter beängstigend. Verhalten und zögernd erzählte er dann:

Er war zwölf gewesen, damals in Edirne, seiner Heimatstadt, als die Mutter, die Schwester und er eine Zeitlang zum Hospital der Beyazit-Moschee gegangen waren, wo der Vater seiner Mutter wegen eines Magenleidens in Pflege lag. Morgens hätte die Mutter das zum Laufen noch zu kleine Brüderchen in die Obhut der Nachbarn gegeben und sich mit dem Hodscha, seiner Schwester und mit der Puddingschüssel in der Hand auf den Weg gemacht. Es sei ein kurzer, aber vergnüglicher Gang im Schatten der Pappeln gewesen. Der Großvater habe Geschichten erzählt, die der Hodscha sehr liebte, das Hospital aber hätt' er noch mehr geliebt, so daß er entwischt sei, um sich alles anzusehen. Er habe auch einmal der Musik gelauscht, die man für die Geisteskranken spielte, unter einer großen Kuppel, durch deren Laterne das Tageslicht einfiel. Auch das Plätschern fließenden Wassers sei dort vernehmbar gewesen. Und dann sei er durch die Räume gewandert, wo seltsam bunte Flaschen und Schüsseln blitzten und schillerten. Einmal auch habe er sich verlaufen und zu weinen begonnen, und bis man das Zimmer des Abdullah Efendi wiederfand, sei man mit ihm durch alle Räume gegangen. Manchmal hätte die Mutter geweint, manchmal mit der Tochter gemeinsam des Großvaters Geschichten gelauscht. Bis sie am Ende mit der leergegessenen Schüssel des alten Mannes wieder fortgegangen seien. Doch vor dem Nachhausekommen habe die Mutter ihnen *Helva* gekauft und gemeint, die müsse man, ohne von jemand gesehen zu werden, verzehren. Unter den Pappeln hätten sie ihren bestimmten Platz gehabt, wo sie alle drei die Füße ins Wasser hängen ließen und *Helva* aßen, ohne daß man sie sehen konnte.

Ein sonderbar brüderliches Gefühl ergriff uns, als der Hodscha geendet hatte, und die nun eintretende Stille brachte uns einander sehr nahe. Lange Zeit hielt der Hodscha dieser Spannung stand. Als dann unweit von uns in einem Hause gedankenlos ein schweres Tor zugeschlagen wurde, sagte er: Damals habe ihn die Wissenschaft das erste Mal aufmerken lassen, wegen der Kranken und der heilbringenden bunten Flaschen, Gefäße und Waagen. Als der Großvater jedoch starb, hätten sie niemals mehr dorthin gehen können. Und stets habe der Hodscha sich vorgestellt, erwachsen zu werden und diesen Ort allein zu besuchen, doch sei dann in einem Jahre der Tunca-Fluß über die Ufer getreten, man habe die Kranken aus ihren Betten geholt, und das die Räume des Hospitals füllende trübe Schmutzwasser sei lange nicht zurückgegangen. Nachdem es sich endlich verlaufen hatte, sei das schöne Hospital voll übel stinkendem Schlamm gewesen, den man lange Zeit nicht hätte entfernen können.

Als der Hodscha erneut schwieg, fühlten wir die Nähe zueinander nicht mehr. Er war vom Tisch aufgestanden, und ich sah seinen durchs Zimmer wandernden Schatten aus dem Augenwinkel, dann nahm er die Lampe von der Mitte des Tisches auf und trat hinter mich, so daß ich weder den Schatten des Hodschas noch ihn selber sehen konnte. Ich wollte mich umdrehen und nachschauen, konnte es aber nicht, angst wurde mir wie in Erwartung von etwas Bösem. Gleich darauf hörte ich Kleiderrascheln und fuhr erschrocken herum. Er hatte sich, nackt bis zur Taille, vor den Spiegel gestellt und betrachtete aufmerksam Brust und Leib im Schein der Lampe. »Bei Allah!« rief er, »was für eine Beule ist das?« Ich schwieg. »Komm, schau dir das an!« Ich konnte mich nicht von der Stelle rühren. Er schrie: »Komm her, sage ich!« Und wie ein die Strafe fürchtender Schüler trat ich ängstlich heran.

Nie zuvor war ich seinem nackten Körper so nahe gekommen, ich mochte sie nicht, diese Nähe! Ich wollte mir anfangs einreden, dies sei der Grund, weshalb ich mich fernhielt, doch wußte ich nur zu gut, wie groß meine Angst vor der Beule war! Auch er wußte das. Ich hatte aber, damit er's nicht verstehe, den Kopf vorgestreckt, meine Augen nach ärztlicher Manier auf die Schwellung gerichtet und murmelte etwas vor mich hin. »Du fürchtest dich, nicht wahr?« sagte der Hodscha endlich. Ich schob darauf meinen Kopf noch weiter vor, um meine Furchtlosigkeit zu beweisen. »Du fürchtest, es könne eine Pestbeule sein!« Ich gab vor, das Wort nicht gehört zu haben, und wollte von einem Insektenstich sprechen, auch sagen, es müsse ein recht seltsames Insekt sein, welches mich schon einmal gestochen habe, doch wieder kam ich nicht auf den Namen der Kreatur. »Berühr's doch«, sagte der Hodscha, »wie kannst du wissen, was es ist, ohne es anzutasten, so berühre mich doch!«

Frohlockend sah er, ich tat es nicht. Die Finger, welche

die Schwellung getastet, streckte er meinem Gesicht entgegen. Er lachte laut auf, als ich voll Abscheu zurückschreckte, verhöhnte mich wegen meiner Angst vor einem simplen Insektenstich, doch diese Heiterkeit währte nur kurz. »Ich fürchte mich vor dem Tod!« äußerte er plötzlich, als ob er von etwas ganz anderem spräche. Es war mehr Zorn als Beschämung in seinen Worten, der Zorn eines, dem Unrecht widerfährt. »Hast du keine solcher Beulen an dir, bist du sicher? Zieh dich aus!« Wie ein Bub, dem das Waschen zuwider ist, zog ich mein Hemd aus, weil er darauf bestand. Das Zimmer war heiß, das Fenster geschlossen, doch irgendwoher kam ein kalter Zug. Vielleicht machte die Kälte des Spiegels mich frösteln, wer weiß! Da ich mich meines Anblicks schämte, trat ich aus dem Blickfeld des Spiegels. Jetzt aber sah ich des Hodschas Gesicht von der Seite gespiegelt, sah, wie sein Kopf meinem Körper näher kam. Diesen seinen riesigen Kopf, über dessen Ähnlichkeit mit dem meinen alle redeten, hielt er meinem Körper zugeneigt. Um meine Seele zu vergiften! mußte ich plötzlich denken, wo ich doch genau das Gegenteil tue und seit Jahren meinen Stolz dareinsetze, ihn zu belehren. So lächerlich der Gedanke auch war, doch glaubte ich einen Augenblick lang, der im Lampenlicht so unverschämt zudringliche, bärtige Kopf sei drauf und dran, mein Blut zu saugen! Wie sehr mußte ich doch die Schauermären geliebt haben, denen ich als Kind gelauscht! Während mir solches durch den Kopf ging, fühlte ich seine Finger auf meinem Leibe. Fortlaufen wollte ich, ihm irgend etwas über den Schädel schlagen! »Du hast nichts«, sagte er, trat hinter mich, untersuchte auch meine Achselhöhlen, meinen Nacken und schaute mir hinter die Ohren, »auch hier nichts, du bist nicht von diesem Insekt gestochen worden!«

Er legte mir die Hand auf die Schulter und stellte sich neben mich, einem Kindheitsgefährten gleich, mit dem ich alle Sorgen geteilt hatte. Seine Finger fest um meinen Nacken geschlossen, zog er mich zu sich heran. »Komm, laß uns zusammen in den Spiegel schauen!« Ich tat's und erkannte einmal mehr im grellen Licht der Lampe, wie sehr wir uns ähnlich waren. Als ich den Hodscha während des Wartens vor Sadik Paschas Tür zum ersten Male gesehen hatte, war ich, wie mir einfiel, in gleicher Weise überwältigt gewesen. Damals sah ich jemanden, der ich hätte sein müssen, nun aber meinte ich, er müsse auch jemand wie ich sein. Demnach wären wir beide eins! Jetzt schien das eine ganz selbstverständliche Wahrheit zu sein. Ich war wie gefesselt, stand wie gelähmt. Um mich zu befreien, um begreifen zu können, daß ich noch ich selbst war, machte ich eine Bewegung und fuhr mir rasch mit der Hand durch das Haar. Doch er tat das gleiche, obendrein meisterlich, ohne die Symmetrie des Spiegelbildes zu stören. Auch meinen Blick imitierte er, die Haltung meines Kopfes, auch mein Entsetzen, welches im Spiegel zu sehen ich nicht mehr ertrug, von dem sich aber mein neugierig angstvoller Blick nicht zu lösen vermochte. Darauf wurde er übermütig wie ein Kind, das den Freund durch Nachahmen seiner Mimik und Sprachweise aufzieht. Wir würden gemeinsam sterben, schrie er! Wie unsinnig, mußte ich denken, fürchtete mich aber zugleich. Dies ist die schrecklichste der Nächte gewesen, die ich mit ihm zusammen erlebte.

Dann behauptete er, die Pest von Anfang an gefürchtet zu haben, und was er getan hätte, sei nur zu meiner Prüfung geschehen, so wie damals, als die Henker des Sadik Pascha mich zur Hinrichtung führten, oder wie jetzt, wenn andere uns beide miteinander verglichen:

Meine Seele hätte er in Besitz genommen, und so, wie er gerade eben meine Bewegungen imitiert habe, so wüßte er endlich, was ich dächte, so dächte er, was ich wüßte. Und fragte dann gleich, woran ich just in diesem Moment denken würde, doch ich hatte nichts außer ihm im Kopf und entgegnete deshalb, ich dächte an nichts. Er hörte mir aber nicht zu, weil er in Wahrheit gar nichts erfahren wollte, sondern nur redete, um mir Angst zu machen, um mit der eigenen Furcht zu spielen und mir auch meinen Anteil daran zukommen zu lassen. Je mehr ich seine Einsamkeit spürte, fühlte ich auch, daß er Böses im Schilde führte. Er will etwas Schlimmes tun, dachte ich, während er seine Hände über unsere Gesichter gleiten ließ, während er mich mit dem Zauber dieser sonderbaren Ähnlichkeit ins Entsetzen treiben wollte, während er sich weit stärker aufregte als ich und seine Erregung immer heftiger wurde. Weil aber sein Herz nicht zustimmen wollte, dieses Böse sofort zu tun, deswegen, sagte ich mir, hielt er mich im Genick gepackt vor dem Spiegel fest, doch ich konnte ihm das nicht ganz und gar als törichte Verzweiflung ankreiden: Er hatte recht, auch ich wollte tun und sagen, was er tat und sagte, und ich war eifersüchtig auf ihn, weil er mir vorgegriffen hatte und imstande gewesen war, mit der Furcht vor dem, was die Pest und der Spiegel enthielten, zu spielen.

Trotz all meiner Ängste, trotz des Gedankens, an mir selbst Dinge zu bemerken, die mir bisher nicht aufgefallen waren, konnte ich das Gefühl nicht loswerden, alles sei Spiel. Die Finger in meinem Genick hatten sich gelockert, doch ich konnte mich nicht von dem Spiegelbild trennen. »Ich bin wie du geworden«, sagte der Hodscha sodann, »jetzt weiß ich, wie sehr du dich fürchtest. Ich bin du geworden!« Was er meinte, verstand ich zwar, versuchte aber diese prophetische Äußerung als unsinnig und kindisch abzutun, an deren Erfüllung zur Hälfte ich allerdings heute nicht mehr zweifle. Er behauptete, jetzt die Welt mit meinen Augen zu sehen, endlich sei ihm verständlich geworden, wie »jene«, so sagte er wieder, wie »jene anderen« denken und fühlen würden. Sein Blick wanderte fort vom Spiegel und hinüber zu dem von der Lampe nur halbwegs erleuchteten Tisch, zu den Gläsern, den Stühlen und anderen Dingen, während er noch ein Weilchen sprach. Dinge, die er vorher nicht sehen und deshalb nicht ausdrücken konnte, wären ihm jetzt zu sagen möglich, wie er betonte. Ich aber meinte, hier irre er sich: Die Wörter waren die gleichen, die Gegenstände auch. Das einzig Neue daran war seine Furcht, nein, auch das nicht, es war die Art des Erlebens dieser Furcht. Doch ich glaubte, daß selbst diese Erlebensweise, die ich auch jetzt nicht deutlicher beschreiben kann, eine vor dem Spiegel angenommene Pose, ein neues Spiel wäre. Und, als ob er wider Willen auch dieses Spiel beiseite tat, kamen seine ständig im Kreise laufenden Gedanken stets auf die rötliche Pustel zurück, und er fragte, ob sie von einem Insekt herrühre oder von der Pest.

Dann wieder wollte er alles von dem Punkte aus weitermachen, an welchem ich aufgehört hatte. Noch immer standen wir halbnackt vor dem Spiegel. Er würde meine Stelle einnehmen, ich die seine, wir müßten dazu nur die Kleider tauschen, er würde seinen Bart abrasieren, während ich den meinen lediglich wachsen lassen müsse. Unsere vom Spiegel reflektierte Ähnlichkeit wurde bei diesem Gedanken noch erschreckender, und die Spannung setzte meinen Nerven fast unerträglich zu, als er weitersprach: Dann würde ich dich freilassen! Und er begann munter zu erzählen, was er an meiner Stelle nach seiner

Rückkehr in mein Vaterland alles tun würde! Die Schilderungen meiner Kindheit und Jugend hatte sein Gedächtnis bis ins kleinste bewahrt, und verblüfft schaute ich zu, wie er nach eigener Vorstellung ein seltsam unwirkliches Traumland erschuf. Mein Leben war meiner Kontrolle entglitten und wurde in seiner Hand zu anderen Orten verschleppt. Ich meinte zu träumen und konnte nur untätig von weitem beobachten, was mit mir geschah. Doch seine Reise als mein Ich in meine Heimat hatte so einfältige wie wunderlich-komische Seiten, daß sie mir nicht ganz überzeugend erschien. Die in den Einzelheiten steckende Logik aber verwirrte mich wieder: Es wäre möglich, wollte ich sagen, auch so hätte mein Leben verlaufen können. Da bemerkte ich zum ersten Mal etwas Tieferes im Dasein des Hodschas, ich begriff das, schien es aber nicht in Worte fassen zu können. So lauschte ich nur verwundert den Taten meines Ichs in meiner alten Welt, an die ich seit Jahren voll Sehnsucht dachte, und vergaß darüber die Angst vor der Pest.

Das hielt aber nicht lange vor. Denn jetzt wollte der Hodscha wissen, was ich tun würde, wenn ich seinen Platz einnähme. Das Stehenmüssen in dieser sonderbaren Haltung, während ich mir einzureden versuchte, wir wären einander gar nicht ähnlich und die Beule sei nur ein Insektenstich, hatte mich so stark meiner Fassung beraubt, daß mir absolut nichts einfallen wollte. Als er aber weiter drängte, besann ich mich auf meinen einstigen Vorsatz, meine Erinnerungen nach der Rückkehr in die Heimat aufzuzeichnen. Eines Tages würde ich vielleicht aus dem, was mir geschehen, eine gute Geschichte basteln und sie aufschreiben, sagte ich deshalb, doch er hatte nur Abscheu und Verachtung übrig für mich. Keineswegs kennte ich ihn so gut wie er mich! Dann stieß er mich beiseite und stellte sich allein vor den Spiegel: Er würde mir sagen, was mir geschähe, wenn er an meiner Stelle sei! Die Pustel sei eine Pestbeule, verkündete er zunächst, also würde ich sterben! Dann schilderte er meine schmerzlichen Qualen vor dem Tode und sagte, schlimmer als das Sterben selbst sei die Angst, nicht darauf vorbereitet zu sein, weil ich bisher nichts davon gewußt hätte. Während der Hodscha von meinem Ringen mit der peinvollen Krankheit sprach, war er vom Spiegel zurückgetreten. Als ich gleich darauf nach ihm sah, hatte er recht nachlässig sein Bett auf dem Boden ausgerollt, sich darauf ausgestreckt und beschrieb von dort her meine zu erwartenden Leiden. Eine Hand ruhte auf seinem Leib, als läge sie dort, wo der geschilderte Schmerz sitzen mußte. Laut rief er in diesem Moment, und ich trat ängstlich heran, um es sofort zu bereuen, denn wieder versuchte er, mich anzurühren! Seltsamerweise glaubte ich nun wirklich daran, daß ihn nur ein Insekt gestochen hätte, und war trotzdem voller Angst.

So verging die ganze Nacht. Ständig wiederholte er, ich sei er und er sei ich, und versuchte dabei, die Seuche und die Furcht davor auf mich zu übertragen. Vielleicht, dachte ich, fand er Gefallen daran, aus sich selbst herauszutreten und sich von außen zu betrachten, und redete mir zu, wie einer, der sich aus dem Traume reißen will, daß er nur spiele, weil er das Wort »Spiel« auch selber benutzte, doch andererseits transpirierte er heftig, gleich einem wahrhaftig körperlich Kranken, nicht aber wie jemand, der in einem über alle Maßen heißen Raum an erstickendem Gerede zu würgen hat!

Bei Sonnenaufgang sprach er von den Sternen und vom Tode, von verlogenen Weissagungen, von der Dummheit des Sultans, mehr noch, von seiner Undankbarkeit, von seinen eigenen lieben »Toren«, von den »unsrigen«, den »anderen dort«, von dem Wunsch, jemand anderes zu sein. Ich hörte nicht mehr zu, ging hinaus in den Garten. Meine Gedanken umkreisten aus irgendeinem Grund die Idee der Unsterblichkeit, von der mich ein altes Buch unterrichtet hatte. Nichts bewegte sich draußen außer einer Schar eiliger Spatzen, die laut schilpend in den Lindenbäumen von einem Ast zum anderen flatterten. Welch eine erstaunliche Stille! Ich dachte an andere Räume in Istanbul, dachte an die Pestkranken. Wenn der Hodscha die Pest haben sollte, würde das bis zu seinem Tode so weitergehen, überlegte ich mir, wenn nicht, so, bis die rote Schwellung verschwand. Ich durfte nicht länger in diesem Hause bleiben, das spürte ich nun. Wohin ich fliehen, wo ich mich verbergen konnte, war mir allerdings unklar, als ich hineinging. Nur ein vom Hodscha, von der Plage recht weit entfernter Ort mußte es sein. Und während ich ein paar Kleidungsstücke in einen Beutel stopfte, ging mir durch den Kopf, dieser Ort müsse ohne die Gefahr, wieder ergriffen zu werden, in einer für mich durchaus erreichbaren Entfernung liegen.

VII.

Ich hatte dem Hodscha hie und da etwas Geld gestohlen und beiseite gelegt, dazu kam noch mancher kleine Verdienst. Vor dem Verlassen des Hauses holte ich alles aus seinem Versteck, einem Strumpf in der Kiste mit seinen schon lange nicht mehr gelesenen Büchern. Neugierig betrat ich des Hodschas Zimmer, die Lampe brannte, er war in Schweiß gebadet eingeschlafen. Erstaunt sah ich die Kleinheit des Spiegels, der mich die Nacht hindurch geängstigt hatte mit jener verhexten, mir nie ganz glaubhaft scheinenden Ähnlichkeit. Ohne etwas anzurühren, verließ ich eilig das Haus, ein leichter Wind wehte, während ich durch die leeren Straßen des Viertels lief, dann wollte ich plötzlich meine Hände abwaschen, wußte auch, wo mich hinzuwenden und war beruhigt. In der Morgenstille durch die Straßen zu laufen, die Hügel hinab dem Meere zu, am Brunnen die Hände unters Wasser zu halten, das Goldene Horn zu betrachten, all das gefiel mir.

Von der Insel Heybeli hatte mir zuerst ein junger Priester erzählt, der von dort nach Istanbul herübergekommen war. In leuchtenden Farben hatte er mir bei unserer Begegnung in Galata die Schönheit der Inselwelt geschildert, was mich wohl tief beeindruckt haben mußte. Denn ich wußte, dorthin würde ich gehen, als ich das Viertel verließ. Die Bootsleute und Fischer, mit denen ich verhandelte, wollten erschreckend viel Geld für das Übersetzen, so daß ich niedergeschlagen meinte, sie hätten in mir den flüchtigen Sklaven erkannt und würden den Leuten, die mir der Hodscha wohl nachschicken könnte, meinen Aufenthalt verraten! Dann kam ich jedoch zu dem Schluß, sie wollten auf diese Weise wohl nur die Christen einschüchtern, welche sie wegen ihrer Furcht vor der Pest verachteten. Um nicht weiter aufzufallen, wurde ich kurzerhand mit dem zweiten Bootsmann einig, zu dem ich sprach. Er war kein großer starker Mensch, und statt sich mit aller Kraft in die Riemen zu legen, redete er und erklärte mir, für welche Sünden die Pest als Strafe gekommen sei. Wie nutzlos die Flucht zur Insel wäre, um der Pest zu entgehen, mußte er noch hinzufügen. Mir wurde klar, während er sprach, daß er sich nicht weniger fürchtete als ich selbst. Und die Fahrt währte sechs Stunden.

Erst lange Zeit danach dachte ich an die auf der Insel verlebten Tage als eine glückliche Zeit zurück. Im Hause eines griechischen Fischers ohne Familie fand ich für eine geringe Summe Unterschlupf. Ich versuchte, mich wenigst möglich sehen zu lassen, meine Unruhe hielt an. Der Hodscha sei gestorben, dachte ich manchmal, dann wieder mußte ich an die Leute denken, die er auf meine Fersen setzen würde. Es gab auf der Insel viele gleich mir vor der Pest geflohene Christen, doch ich wollte mich nicht vor ihnen zeigen.

Morgens fuhr ich mit den Fischern aufs Meer hinaus und abends kehrte ich mit ihnen zurück. Eine Zeitlang jagte ich eifrig mit der Harpune nach Hummern und Krebsen. Wenn das Wetter für den Fischfang ungünstig war, wanderte ich über die Insel oder ich schlüpfte auch in die Weingärten des Klosters und fiel unter dem Rebengehänge in friedlichen Schlummer. Eine Pergola gab es, durch einen Feigenbaum abgestützt, von der aus die Sicht an klaren Tagen bis zur Hagia Sophia reichte. Ich saß darunter, schaute nach Istanbul hinüber und baute stundenlang Luftschlösser. Einmal sah ich im Traum den Hodscha im Ruderboot zur Insel kommen, er war von Delphinen begleitet, gut Freund mit ihnen und fragte nach mir – demnach verfolgte er mich. Ein andermal waren sie mit meiner Mutter zusammen, sie tadelten mich und fragten, warum ich so spät käme. Schweißgebadet von der Sonne im Gesicht erwachte ich und wäre so gerne zurückgekehrt in diese Träume, doch ich zwang mich zum Nachdenken, weil das unmöglich war. Der Hodscha sei tot, stellte ich mir manchmal vor, dachte an die Leiche in dem von mir verlassenen Haus, an die Leute, die kamen und den Toten hinaustrugen, an das stille Begräbnis ohne jemand, der ihm nahestand. Dann wieder fielen mir unsere Prophetien ein, jene, die wir in heiterem Übermut erfunden hatten, und auch die anderen in Haß und Zorn erdachten. Dann kam mir der Padischah in den Sinn und auch seine Tiere; die von meiner Harpune ganz durchdrungenen Hummer und Krebse aber begleiteten diese Tagträume mit schwerfällig tanzenden Scheren.

Im Laufe der Zeit versuchte ich, mir selbst einzureden, daß die Flucht in mein Heimatland möglich wäre. Es genügte, das dafür notwendige Geld aus den allseits offenstehenden Häusern der Insel zu stehlen. Nur mußte ich zuvor den Hodscha vergessen. Denn ich wurde vom Zauber meines gewaltsam erlittenen Schicksals gebannt, geriet in den Sog der Erinnerungen. Es fehlte nicht viel, und ich würde mich selbst beschuldigen, einen mir so ähnlichen Menschen sterbend im Stich gelassen zu haben! Ich fühlte eine tiefe Sehnsucht nach ihm. Glich er mir aber wirklich so sehr, wie's mir rückblickend erschien, oder war es nur eine Täuschung? Dann wieder meinte ich, sein Gesicht in all den elf Jahren kein einziges Mal zur Genüge betrachtet zu haben, obwohl ich doch gerade dies so oft getan hatte! Mir kam sogar plötzlich der Wunsch, nach Istanbul zu gelangen und den Toten ein letztes Mal anzuschauen. Um endlich frei zu sein, mußte ich mich selbst davon überzeugen und daran gewöhnen, daß unsere Ähnlichkeit nur eine falsche Erinnerung war, ein unerquicklicher, zum Vergessen bestimmter Irrtum.

Wie gut, daß ich daran noch nicht gewöhnt war! Denn eines Tages stand plötzlich der Hodscha vor mir! Ich hatte mich in des Fischers Garten hinter dem Hause ausgestreckt, die geschlossenen Augen der Sonne zugewandt und spann meine Träume, als ich seinen Schatten auf mir spürte. Er stand mir gegenüber und lächelte, doch nicht wie einer, der das Spiel gewonnen hat, sondern so, als ob er mich von Herzen mochte! Starkes Vertrauen erfüllte mich, so stark, daß mir angst wurde. Vielleicht hatte ich dies auch heimlich erwartet, denn mich erfaßte sofort das Schuldgefühl des faulen Sklaven, des den Nacken beugenden Knechtes. Statt aber den Hodscha zu hassen, verachtete ich mich selbst, während ich mein Bündel schnürte. Er beglich auch, was ich dem Fischer schuldig war. Zwei Männer hatte er bei sich, die ein Boot mit zwei Ruderpaaren bedienten, so fuhren wir schnell zurück. Noch vor dem Dunkelwerden kamen wir heim, der Hausgeruch – wie hatte ich ihn vermißt! Der Spiegel aber war von der Wand genommen.

Am nächsten Morgen mußte ich vor dem Hodscha stehen und mir sagen lassen, daß ich schwer gefehlt hätte und er darauf brenne, mich zu bestrafen, nicht nur, weil ich fortgelaufen war, sondern auch, weil ich einen Insektenstich für eine Pestbeule genommen und ihn dann allein auf dem Sterbebette zurückgelassen hätte. Doch jetzt sei nicht die Zeit dafür, erklärte er. Denn endlich vor einer Woche habe ihn der Padischah rufen lassen und gefragt, wann die Pest aufhören, wieviel Seelen sie noch hinwegraffen würde und ob sein eigenes Leben in Gefahr sei. Unvorbereitet, wie er war, habe der Hodscha in seiner Aufregung nur Unverbindliches geantwortet und um Zeitaufschub gebeten, da er hierzu die Sterne befragen müsse. Ganz aus dem Häuschen vor lauter Freude sei er dann heimgelaufen und hätte nicht ausmachen können, wie die Besorgnis des Sultans am nützlichsten zu lenken wäre. Und deswegen habe er beschlossen, mich zurückzuholen.

Ihm sei schon längst bekannt gewesen, daß ich auf der Insel war. Nach meiner Flucht habe ihn zunächst eine Erkältung ans Bett gefesselt, drei Tage später jedoch wäre er meiner Spur nachgegangen, hätte sie auch unten bei den Fischern entdeckt und, nachdem er ein wenig tiefer in den Geldbeutel gegriffen, von dem redseligen Bootsmann erfahren, daß der mich zur Insel Heybeli übergesetzt hatte. Weil dem Hodscha bekannt gewesen sei, daß ich von den Inseln nirgendwo anders hingelangen konnte, wäre er mir nicht gefolgt. Als er jetzt vorbrachte, diese letzte zum Herrscher geknüpfte Verbindung sei die aussichtsreichste seines Lebens, gab ich ihm recht. Er sagte auch ganz offen, daß er meine Hilfe brauche.

Wir gingen sofort ans Werk. Der Hodscha besaß jetzt die Entschlußkraft eines Menschen, der sein Ziel klar vor Augen hat. Mir gefiel diese Entschiedenheit, die ich zuvor nie so recht bei ihm wahrgenommen hatte. Da man ihn, wie wir wußten, am nächsten Tage wieder rufen würde, entschieden wir uns fürs Zeitgewinnen. Über eines aber einigten wir uns sogleich, nicht allzuviel mitzuteilen nämlich, doch müßte, was wir mitteilten, sich auch umgehend bewahrheiten. Mit seinem von mir so bewunderten Scharfsinn war der Hodscha sehr schnell zu der Ansicht gelangt, daß »Weissagen Narrheit ist, doch gut dafür, den Toren zu imponieren!« Er ließ seine Zustimmung erkennen, als ich ihm erklärte, die Pest sei ein Verhängnis, dem man nur mit fürsorglichen Maßnahmen beikommen könne. Gleich mir, bestritt auch er nicht den Willen Allahs in dieser Katastrophe, doch war dies nur etwas Mittelbares, weswegen wir Sterblichen ohne Skrupel tätig werden und gegen die Seuche vorgehen konnten, und das würde Allah in seinem Stolz auf keine Weise verletzen. Hatte nicht auch der Heilige Omar den Ebu Übeyde von Syrien nach Medina beordert, um dessen Heer vor der Pest zu bewahren? Der Hodscha würde vom Sultan zu dessen eigenem Schutze erbitten, seinen Umgang mit anderen auf das Geringste zu beschränken. Uns kam sehr wohl der Gedanke, dem Herrscher Furcht vor dem Tode ins Herz zu senken, um ihn zum Verhängen der fürsorglichen Maßnahmen zu zwingen, doch war dies gefährlich. Man ließ den Padischah nicht zur Genüge allein, so daß es kaum möglich sein würde, ihn mit poetischen Darstellungen vom Sterben in Furcht zu versetzen, und selbst wenn ihn des Hodschas Beredsamkeit bewegen sollte, so gab es noch die stupide Menge um ihn herum, mit welcher er diese Furcht teilen und am Ende wieder besiegen konnte. Zudem vermochten jene ebenso Unverschämten wie Dummen jederzeit den Hodscha des Unglaubens zu bezichtigen. Wir griffen aus diesen Gründen auf meine Kenntnisse der Literatur zurück und erfanden eine Geschichte.

Was den Hodscha am meisten ängstigte, war die Forderung nach einer genauen Voraussage für das Ende der Pestilenz. Ich ahnte, daß wir die Zahl der täglich Sterbenden beachten mußten, doch machte dies wenig Eindruck auf den Hodscha, als ich's ihm sagte. Er würde, um Zählungen davon zu erhalten, den Padischah um Hilfe bitten, das aber müßte wieder mit einer anderen Geschichte maskiert werden. Ich glaube nicht unbedingt an die Mathematik, doch waren uns so oder so die Hände gebunden.

Er machte sich am nächsten Morgen auf den Weg zum Palast, ich zur Stadt, mitten hinein in die wuchernde Seuche. Meine Furcht vor der Pest war unverändert groß, doch der Wunsch, den gewaltigen Strom des Lebens, die Geschicke der Welt, wenn auch nur ein klein wenig, mit eigener Hand zu lenken, hatte mir den Kopf verdreht. Es war ein kühler, windiger Sommertag, und während ich zwischen Toten und Sterbenden herumlief, dachte ich, daß mir das Leben seit Jahren nicht mehr so lieb gewesen war. Ich betrat die Höfe der Moscheen, notierte die Zahl der Särge auf einem Zettel, lief dann durch das umgebende

Viertel und suchte nach dem, was meine Beobachtungen und die Zahl der Toten verband. Es war nicht leicht, in all den Häusern, den Menschen, dem Gedränge, der Fröhlichkeit, der Trauer und der Freude einen Sinn zu erkennen. Außerdem gewahrte mein seltsam hungriges Auge nur Teilstücke aus anderer Leute Leben, erfaßte glückliche, ausweglose, gleichgültige Momente, die in einem Hause beisammenwohnende Menschen als einander Nahestehende, als Geschwister erlebten.

Gegen Mittag setzte ich, betäubt vom Andrang der Lebenden und der Toten, auf das andere Ufer nach Galata über, ging in die Kaffeehäuser der Werkleute nahe der Werften, rauchte verstohlen eine Pfeife Tabak und bloß, weil ich die Sache verstehen wollte, aß ich in einer Garküche, suchte die Märkte auf und die Geschäfte. Ich wollte jede Einzelheit in mein Gedächtnis eingraben, um aus dem Ganzen ein Ergebnis zu ziehen. Todmüde kam ich nach Dunkelwerden heim und hörte mir an, was der Hodscha aus dem Serail zu berichten hatte.

Alles verlief wie geplant. Die von uns erfundene Geschichte habe den Sultan tief betroffen gemacht. Er sei jetzt überzeugt davon, daß die Pest, um die Leute zu überlisten, dem Teufel gleich in Menschengestalt daherkäme, und er habe beschlossen, nicht mehr jedem Fremden Einlaß zum Palast zu gewähren und das Kommen und Gehen streng überwachen zu lassen. Befragt, wann und wie die Plage enden würde, habe er, der Hodscha, so großartige Worte gefunden, daß der Padischah furchtsam bekannt hätte, er könne sich den wie trunken in der Stadt umherschweifenden Todesengel leibhaftig vorstellen, auf wen sein Auge fiele, den würde er bei der Hand ergreifen und mit sich fortziehen. Erschrocken habe der Hodscha sofort korrigiert: Es sei nicht der Todesengel, sondern der

Satan, welcher die Menschen zum Sterben verleite, und er sei nicht betrunken, sondern sehr listig. Dann habe der Hodscha ganz wie geplant zum Ausdruck gebracht, daß man Krieg gegen den Satan führen müsse. Man müsse das Umherschweifen der Pest beobachten, um daraus folgern zu können, wann sie die Stadt freigeben würde. Obwohl manche aus des Sultans Umgebung vorbrachten, daß man mit Maßnahmen gegen die Pest gegen Allah verstoße, sei der Herrscher darauf nicht eingegangen. Er habe sodann nach den Tieren gefragt, ob der Teufel seine Falken, Habichte, Löwen und Affen mit der Pest behelligen könne? Gleich habe der Hodscha geantwortet, daß der Teufel zu den Menschen in ihrer Gestalt, zu den Tieren aber in der einer Ratte kommen würde. Worauf der Herrscher befohlen hätte, aus einer weit entfernten, von der Pest verschonten Stadt fünfhundert Katzen bringen zu lassen, und auch, dem Hodscha so viele Leute zur Seite zu stellen, wie er für notwendig hielte.

Die nunmehr unseren Befehlen unterstellten zwölf Männer verteilten wir unverzüglich über ganz Istanbul, ließen sie durch jedes einzelne Viertel gehen, uns die Anzahl der Toten melden und alles, was sie sonst noch beobachten konnten. Eine Karte von Instanbul, die ich, andere Bücher korrigierend, flüchtig skizziert hatte, lag ausgebreitet auf unserem Tisch. Voll Angst und Wonne verzeichneten wir in den Nächten die Umtriebe der Pest und dachten uns aus, was wir dem Sultan berichten sollten.

Anfangs war unsere Hoffnung gering. Nicht wie ein schlauer Teufel spazierte die Pest durch die Stadt, sondern mehr wie ein zielloser Vagabund. Heute holte sie vierzig Seelen in Aksaray, ließ wieder ab von dort und suchte morgen Fatih auf, um gleich anschließend auf dem Gegenufer in Tophane und Cihangir zu erscheinen, und am nächsten Tage ergab sich, sie hatte dort kaum einen Fuß hingesetzt, war nach Zeyrek gezogen, war eingedrungen in unser aufs Goldene Horn hinabschauende Viertel und hatte zwanzig Leben genommen. Auch die Anzahl der Toten ließ nichts erkennen, fünfhundert Menschen starben an dem einen, hundert am nächsten Tage. Viel Zeit war schon verflossen, als wir endlich begriffen, daß man dort suchen mußte, wo die Plage ihr Opfer zuerst angefallen und infiziert hatte, und nicht da, wo sie es schließlich umbrachte. Wieder ließ der Padischah nach dem Hodscha rufen. Wir entschieden nach einigem Hin und Her, dem Herrscher vorzutragen, daß die Pest im Basargedränge umherstreife, auf den Märkten, wo die Leute einander betrogen, in den Kaffeehäusern, wo sie dicht beisammensaßen und klatschten. Damit ging der Hodscha fort und war abends zurück.

Er hätte es ihm gesagt. »Was kann man tun?« habe der Padischah den Hodscha gefragt, der darauf erklärte, daß für Basare, Märkte, die ganze Stadt alles Kommen und Gehen, wo nötig, mit Stockhieben beschränkt werden müsse. Das neunmalkluge Gefolge des Sultans sei natürlich sofort dagegen gewesen: Wie könne die Stadt mit Nahrung versorgt werden, das Leben stünde still, wenn der Handel zum Stillstand käme, wer hören würde, daß die Pest in Menschengestalt umherschweife, könne in Panik geraten, sie würden meinen, der Jüngste Tag sei gekommen und manche würden die Zügel ganz und gar schießen lassen, außerdem wolle niemand in einem Viertel eingesperrt sein, wo der Pestteufel umgehe, es würde zum Aufstand kommen. »Sie hatten recht!« sagte der Hodscha. Als dann aber ein Dummkopf gefragt habe, woher man denn so viele Leute nehmen wolle, um das Volk dermaßen streng überwachen zu können, sei der Sultan höchst ärgerlich geworden und habe gedroht, jeden zu strafen, der an seiner Macht zweifle. In seinem Zorn hätte er auch befohlen, des Hodschas Weisungen auszuführen, obwohl er dabei nicht versäumt habe, den Rat seiner Umgebung einzuholen. Der oberste Sterndeuter Sitki Efendi habe voll tödlichem Haß auf den Hodscha daran erinnert, daß von diesem noch immer keine genaue Voraussage für das Ende der Pest gemacht worden sei. Aus Furcht, der Sultan könne dem beistimmen, hätte der Hodscha versprochen, einen Kalender bei der nächsten Audienz zu unterbreiten.

Die Karte auf dem Tisch war von uns mit Zahlen und Zeichen gefüllt worden, doch ließ sich in den Wanderungen der Plage durch die Stadt durchaus nichts Logisches erkennen. Der Padischah hatte inzwischen die Restriktionen angeordnet, und sie wurden schon mehr als drei Tage angewandt. Janitscharen sperrten die Zugänge zu den Basaren, den großen Straßen und den Bootsstegen, sie heischten Auskunft nach dem Woher und Wohin: »Wer bist du? Wohin gehst du? Warum?« hatten sie jeden zu fragen begonnen. Sie schickten Reisende und Müßiggänger, damit die Pest sie nicht verleite, verwirrt und eingeschüchtert nach Hause zurück. Als wir vernahmen, das pulsierende Leben sei schwächer geworden im Großen Basar, und in Unkapani, da waren die Toten des letzten Monats gezählt, verzeichnet, die Papiere an die Wand geheftet, und wir standen brütend davor. Wir würden wohl, sinnierte der Hodscha, vergeblich darauf warten, daß die Pest sich logisch verhalten werde, und wir müßten uns etwas ausdenken, um den Padischah hinhalten und unseren Kopf retten zu können.

Zu dieser Zeit wurden auch die Lizenzen eingeführt.

Der Janitscharenoberst verteile, hieß es, nach seinem Ermessen Erlaubnisscheine, damit der Handel nicht erliege und die Stadt mit Nahrung versorgt würde. Wir hörten gerade, daß er viel Geld damit verdiene und die sich gegen solch eine Abgabepflicht wehrenden Händler und Handwerker mit Aufstandsplänen beschäftigt seien, als ich zum ersten Mal in den Totenzählungen ein logisches Muster wahrzunehmen begann. Während der Hodscha sich über die Intrigen ausließ, welche der Großwesir spinne im Einvernehmen mit Handel und Handwerk, wies ich auf meine Vermutung hin und versuchte, ihm klarzumachen, daß die Pest sich allmählich aus den Stadträndern, aus den Vierteln der Armen zurückgezogen habe.

Obwohl ihn meine Ausführungen nicht ganz überzeugten, überließ er mir das Aufstellen des Kalendariums. Er habe, um den Padischah abzulenken, eine sinnlose Geschichte erfunden, aus der auch nach der Lektüre niemand einen Schluß ziehen könne, wie er meinte. Ein andermal fragte er, ob man sich wohl eine Geschichte ausdenken könne, die außer dem Vergnügen des Lesens oder Anhörens selbst keinerlei Schlußfolgerung oder Bedeutung zu bieten hätte. »Gleich der Musik?« entfuhr es mir, was den Hodscha verwirrte. Dann überlegten wir, daß der Anfang einer guten Geschichte naiv sein müsse wie ein Märchen, die Mitte einem furchterregenden Alptraum gleichen sollte und der Schluß einer in Trennung endenden Liebesgeschichte. Die Nacht vor seinem Besuch im Serail verbrachten wir eifrig schaffend bei fröhlichem Geplauder. Unser Freund, der linkshändige Kalligraph, saß im Nebenzimmer und übertrug den Anfang der noch unvollendeten Geschichte des Hodschas ins reine. Meine Gleichungen, an denen ich seit Tagen mit den nur wenigen vorhandenen Zahlen mühevoll rechnete, hatten gegen Morgen zu dem

Ergebnis geführt, daß die Pestilenz ihre letzten Opfer von den Märkten holen und die Stadt in zwanzig Tagen verlassen würde. Der Hodscha fragte nicht, worauf sich mein Resultat wohl stütze, sagte nur, der Tag der Erlösung sei zu weit entfernt, und verlangte von mir, den Kalender einer Zeitspanne von zwei Wochen gemäß zu revidieren und die wirkliche Dauer hinter irgendwelchen Ziffern zu verbergen. Ich war nicht so zuversichtlich, befolgte aber seinen Wunsch. Der Hodscha dichtete gleich dort etwas Passendes zu einigen der Voraussagen, drückte es dem Kalligraphen in die Hand, der seine Arbeit soeben beenden wollte, und trug mir noch auf, diesen und jenen der Verse zu illustrieren. Als er sich gegen Mittag mit der Abhandlung auf den Weg machte, die er noch in aller Eile mit einem blauen, *ebru*-verzierten Einband hatte versehen lassen, war er schlecht gelaunt, bedrückt und voller Ängste. Seinen dicht bei dicht mit Pelikanen, geflügelten Stieren, roten Ameisen und sprechenden Affen ausstaffierten Erzählungen vertraue er weit mehr als meinem Kalendarium, ließ er mich noch wissen.

In heller Aufregung kam er des Abends nach Hause, und dieser Zustand hielt drei Wochen an, bis er den Padischah gänzlich von der Richtigkeit der Voraussagen hatte überzeugen können. Anfangs meinte er: »Alles ist möglich!«, war ohne Hoffnung am ersten Tage, weil beim Anhören der Geschichten, die er von einem Knaben mit schöner Stimme vorlesen ließ, einige Lacher unter des Herrschers Gefolge gewesen seien, doch selbstverständlich hätten sie sich selbst dazu zwingen müssen und es nur getan, um den Hodscha in den Augen des Herrschers herabzusetzen! Der aber hätte sie zurechtgewiesen und zum Schweigen gebracht, nur aber nach den Beweisen dafür gefragt, daß die Pest binnen zwei Wochen enden würde. In der von niemand verstandenen Geschichte sei alles enthalten, habe der Hodscha erwidert und anschließend, um sich beim Herrscher beliebt zu machen, den aus Trabzon herbeigeschafften verschiedenfarbigen Katzen, die in den Höfen und den Zimmern herumwimmelten, seine Zuneigung gezeigt.

Nach seiner Heimkehr am zweiten Tage berichtete er, daß der Palast in zwei Parteien gespalten sei. Während die eine, zu der auch der oberste Sterndeuter Sitki Efendi gehöre, das Ende aller vorsorglichen Maßnahmen in der Stadt fordern würde, sei sich die andere mit dem Hodscha darüber einig, »die Stadt nicht zu Atem kommen zu lassen, so daß der darin sein Unwesen treibende Pestteufel auch nicht zu Atem kommen könne.« Ich hatte inzwischen Hoffnung geschöpft angesichts der täglich geringer werdenden Todeszahlen, der Hodscha jedoch war immer noch voller Unruhe, denn die erstere Partei wäre dem Vernehmen nach mit Köprülü im Einverständnis und drauf und dran, eine Revolte anzuzetteln. Ihre Absicht sei, nicht die Pest zu bekämpfen, sondern sich nur ihrer Gegner zu entledigen.

Als die erste Woche vergangen war, zeichnete sich der Rückgang der Todesfälle deutlich ab, daß aber die Seuche eine Woche später noch nicht enden würde, hatten meine Rechnungen von Anfang an gezeigt. Ich räsonnierte wegen der Änderung des Kalenders, zu welcher der Hodscha mich veranlaßt hatte, doch jetzt war er voll Zuversicht und berichtete freudig erregt, das Gerede über den Großwesir sei verstummt. Nun hätte die Gegenpartei verbreiten lassen, daß Köprülü mit ihnen im Bunde wäre. Was aber den durch all die Ränke verschüchterten Sultan betraf, so suche er seinen Seelenfrieden bei den Katzen.

Viel mehr als die Pest schienen am Ende der zweiten

Woche die Restriktionen die Stadt zu würgen. Jeden Tag starben weniger Menschen, dies aber wußten nur Eingeweihte wie wir. Gerüchte von Hungersnot liefen um, und Istanbul glich einer grauenhaft verlassenen Stadt, wie der Hodscha mir schilderte, da ich das Viertel nicht verließ. Man fühle die Ausweglosigkeit all dieser hinter geschlossenen Fensterläden und Hoftoren mit der Plage ringenden Menschen und ihr Warten auf noch etwas anderes, außer Pest und Tod. Auch im Palast sei diese Erwartung zu spüren, denn jedesmal, wenn einer laut huste, würde der: »Laßt uns sehen, was der Sultan heute beschließt!« flüsternde Haufe der Neunmalklugen plötzlich zu Tode erschrocken sein und, wie alle Hilflosen, verzweifelt erflehen, daß etwas geschehe, ganz gleich, was da kommen möge! Auch der Hodscha wurde von dieser Unruhe erfaßt. Er habe dem Sultan beizubringen versucht, daß die Pest sich langsam zurückziehe und die Voraussagen bestätigt würden, doch sei damit beim Herrscher nicht viel zu bewirken gewesen, so daß der Hodscha am Ende wieder von den Tieren hatte sprechen müssen.

Zwei Tage später war ihm bei einer Zählung in den Moscheen klargeworden, daß die Seuche tatsächlich nachgelassen hatte, doch dies war's nicht, was dem Hodscha an diesem Freitag Grund zur Freude gab: Händler und Handwerker, gänzlich entmutigt, seien mit einem die Straßen sperrenden Janitscharentrupp ins Handgemenge geraten, hätten dabei etliche andere Janitscharen, denen die Restriktionen auch widerstrebten, auf ihre Seite gebracht, dazu noch ein paar einfältige, in abseitigen Stadtviertelmoscheen predigende Imams sowie manche aufs Plündern gierige Vagabunden und Müßiggänger, und sie alle hätten verkündet, die Pest sei von Allah geschickt und man dürfe nichts gegen sie tun. Doch seien die Unruhen sogleich unterdrückt worden, bevor sie sich weiter ausbreiten konnten. Nach Einholung der *Fetva* vom *Scheich ül-Islam* seien zwanzig Leute ohne Aufschub hingerichtet worden, vielleicht auch, um die Geschehnisse größer erscheinen zu lassen. Der Hodscha war außerordentlich zufrieden mit seinem Dasein.

Am folgenden Abend verkündete er seinen Sieg. Jetzt würde im Serail niemand mehr vom Aufheben der Maßnahmen sprechen, der zum Rapport gerufene Janitscharenoberst habe die Anhänger der Aufständischen im Palast preisgegeben, der Sultan sei schwer erzürnt gewesen, und jener Klüngel, der dem Hodscha so viele schwere Stunden bereitet hatte, sei auseinandergestoben wie die Haselhühner. Köprülü, dem man zeitweise Paktieren mit den Aufrührern nachgesagt hatte, würde jetzt, wie es hieß, strenge Maßnahmen gegen dieselben ergreifen. Wohlgefällig erklärte der Hodscha, den Herrscher selbst in dieser Hinsicht beeinflußt zu haben. Nun würden auch jene, die den Aufstand niedergeschlagen hatten, den Sultan zu überzeugen versuchen, daß die Pest zurückgegangen war. Das aber entsprach der Wahrheit. Bisher nie gehörte Lobesworte habe der Padischah für den Hodscha gefunden, hätte ihn zu dem neu errichteten Käfig geführt, um die aus Afrika herbeigebrachten Affen zu zeigen. Während sie den Tieren zuschauten, deren Schmutz und schlechtes Betragen dem Hodscha Ekel verursachten, habe der Sultan gefragt, ob man ihnen, gleich den Papageien, das Sprechen beibringen könne. Dann hätte er sich seinem Gefolge zugewandt und erklärt, den Hodscha von nun an mehr in seiner Nähe sehen zu wollen, der von ihm erstellte Kalender hätte sich als richtig erwiesen.

Ein Freitag war's, nach einem Monat, da war der Hodscha oberster Sterndeuter, ja, mehr noch: Als der

Sultan zum Freitagsgebet in die Hagia Sophia zog, damit unter Anteilnahme der ganzen Stadt das Dankgebet verrichtet werde für die Erlösung von der Pest, befand sich der Hodscha dicht hinter ihm. Die Maßnahmen waren aufgehoben, und ich war inmitten der Allah und den Padischah preisenden, frohgestimmten Menge. Als der Herrscher auf seinem Pferde an uns vorbeiritt, schrien alle um mich her aus Leibeskräften, gerieten außer sich, ein Hin- und Hergeschiebe begann, die Menge wogte, Janitscharen stießen uns zurück, ich wurde von der sich vor mir stauenden Masse gegen einen Baumstamm gepreßt und, als ich gleich darauf ausbrach und mich nach vorne warf, sah ich dem Hodscha in die Augen, der nur wenige Schritte von mir entfernt glücklich und zufrieden dahinschritt. Er blickte fort, als sei ich ein Unbekannter. Eine närrische Freude ergriff mich plötzlich in all dem Lärmen ringsumher; ich glaubte in diesem Augenblick, der Hodscha habe mich nicht gesehen, so schrie ich mit aller Kraft, wollte ihn meine Gegenwart wissen lassen, meinte ich doch, er würde mich rettend aus der Menge ziehen, wenn er mich bemerkte, so daß auch ich teilnehmen könne an dem glücklichen Zuge derer, die Sieg und Macht in den Händen hielten! Nicht, um mir ein Stück vom Sieg zu holen, wollte ich das, oder als Lohn für mein Tun, mich leitete ein ganz anderes Gefühl: Ich war's, der dort sein mußte, denn ich war der Hodscha selbst! Wie in meinen mich so häufig heimsuchenden Alpträumen war ich von meinem Selbst getrennt, das ich von außen sah; doch wenn ich mich selbst von außen betrachten konnte, hieß das, ich war ein anderer. Ich wollte nicht wissen, wer dieser andere sein mochte, in dessen Identität ich geschlüpft war, ich wollte mich nur so schnell wie möglich zu jenem gesellen, dem ich in meiner Angst zuschaute, während er, mich nicht erkennend, an mir vorbeischritt. Doch ein viehisch grober Soldat stieß mich mit aller Kraft zurück in die Menge.

VIII.

Nun wurde der Hodscha gleich in den ersten Wochen nach der Pest nicht nur zum obersten Sterndeuter ernannt, er konnte auch das Vertrauen des Sultans in viel stärkerem Maße gewinnen, als wir in all den langen Jahren zu hoffen gewagt hatten. Man müsse endlich das den Padischah umgebende Narrenzeug loswerden, hatte der Großwesir nach jener kleinen erfolglosen Palastrebellion der Mutter des Sultans bedeutet. Sowohl Handwerker und Händler als auch die Janitscharen sähen den wahren Grund für die Katastrophen in dieser Bande von Neunmalklugen, die mit leerem Geschwätz den Sultan auf die schlechte Bahn lockten. Als dann der ganze Klüngel des alten Sterndeuters Sitki Efendi, dem man Mitwirkung an dem Komplott nachsagte, auf andere Posten verbannt und aus dem Serail geworfen wurde, da fielen auch alle die Aufgaben dieser Leute dem Hodscha zu.

Jeden Tag ging er jetzt zu einem der Paläste, in denen sich der Padischah aufhielt, um zu der ihm regelmäßig gewährten Stunde mit dem Herrscher zu sprechen. Erregt und siegesbewußt berichtete er davon, wenn er heimkam: Als erstes mußte er jeden Morgen den nächtlichen Traum des Sultans deuten. Von allen Pflichten, die er übernommen hatte, liebte er diese wohl am meisten. Denn als der Padischah eines Morgens betrübt zugab, nichts geträumt zu haben, schlug der Hodscha ihm vor, statt dessen den Traum irgendeines anderen zu deuten, und da dem Sultan der Gedanke gefiel, mußte die Leibgarde sofort jemand suchen, der nachts zuvor einen schönen Traum gehabt hatte, und ihn vor den Herrscher bringen. So war die allmorgendliche Traumdeutung unentbehrlich und beiden zur Gewohnheit geworden. Wenn sie die übrige Zeit in den Höfen spazierengingen, im Schatten der riesigen Platanen und Erguvanbäume, oder auch manchmal auf dem Bosporus Boot fuhren, dann plauderten sie natürlich über die geliebten Tiere des Sultans und über die Geschöpfe unserer Phantasie. Aber noch andere Dinge, die der Hodscha auch mir begeistert erklärte, besprach er mit dem Padischah: Was war der Grund für die Strömungen im Bosporus? Was sollte man wissen vom wohlgeordneten Dasein der Ameisen? Woher bekam der Magnet seine Kraft, wenn nicht von Allah selbst? Was war so wichtig daran, daß sich die Sterne auf diese oder jene Weise drehten? Hatte das Leben der Ungläubigen außer der Tatsache ihres Unglaubens überhaupt etwas Wissenswertes zu bieten? Konnte man eine Waffe bauen, mit der wir sie nach Belieben vor uns herzutreiben vermochten? Der Sultan habe alldem aufmerksam zugehört, meinte er, dann ließ er sich aufgeregt am Tisch nieder, um für diesen Waffenplan auf großen teuren Bogen Papier Geschütze mit langen Rohren, selbstauslösende Zündungsmechanismen sowie Waffen in Form von teuflischen Tieren zu skizzieren, und rief auch mich an den Tisch, damit ich Zeuge der ungestümen Gewalt seiner Ideen werde, deren Verwirklichung nicht mehr fern sei, wie er sagte.

Ich aber wollte auch diese Ideen mit dem Hodscha teilen. Vielleicht waren deswegen meine Gedanken noch immer bei der Pest, die uns jene Tage der Angst und der Brüderlichkeit erleben ließ, dieser teuflischen Plage, der man nun glaubte entronnen zu sein, so daß alle gemeinsam in der Hagia Sophia das Dankgebet verrichtet hatten.

Doch die Seuche war noch nicht ganz aus der Stadt verschwunden. Morgens, wenn der Hodscha zum Palast des Sultans eilte, streifte ich neugierig durch die Straßen, zählte die Särge, die man noch immer aus den Stadtviertelmoscheen mit ihren Stumpfminaretten heraustrug, aus den armseligen Gebetshäusern mit ihren vermoosten Ziegeldächern, und wünschte aus irgendeinem unverständlichen Grunde, daß die Pest uns und die Stadt noch nicht verlassen möge.

Wenn der Hodscha von seinem Triumph schwärmte, von seinem starken Einfluß auf den Padischah, sprach ich von der Plage, die noch immer in der Stadt sei und wieder aufflackern könne, da man die Vorsichtsmaßnahmen aufgehoben habe. Dann aber brachte er mich zornig zum Schweigen und meinte, ich gönne ihm nicht den Erfolg. Nun, ich mußte ihm recht geben, denn daß er oberster Sterndeuter geworden war, daß der Padischah ihm jeden Morgen seine Träume erzählte, ohne die stupide Menge um ihn, auf all das hatten wir fünfzehn Jahre gewartet, das war ein großer Erfolg. Doch warum sprach er davon, als wäre es nur sein eigener Erfolg? Er schien vergessen zu haben, daß ich die Maßnahmen gegen die Pest vorgeschlagen, daß ich den Pestkalender erstellt hatte, dessen Richtigkeit trotz einiger Abweichungen nicht bezweifelt worden war. Noch mehr aber verletzte mich, daß er sich nicht daran erinnerte, wie er mich in höchster Eile und Hals über Kopf von der Insel zurückgeholt hatte, sondern nur daran, wie ich dorthin gekommen war.

Vielleicht hatte er recht, vielleicht konnte man meine Empfindung Eifersucht nennen, doch es war ein brüderlich-warmes Gefühl, das er nicht erfaßte. Um es ihm verständlich zu machen, erinnerte ich ihn daran, wie wir in der Zeit vor der Pest einander gegenüber am Tisch gesessen hatten, wie zwei die Trübsal einsamer Nächte vergessen wollende Junggesellen, erinnerte ihn an die Ängste, die mal er, mal ich ausgestanden hatte, aus denen wir jedoch andererseits so viele Lehren ziehen konnten, ja, mehr noch, welche schmerzlich-tiefe Sehnsucht ich nach diesen Nächten empfunden hatte, während ich allein auf der Insel war. Doch er hörte alldem, was ich sagte, nur mit Geringschätzung zu, wie der unbeteiligte Zuschauer eines Spiels, der zur warnenden Lehre mit ansieht, wie ich dort als Betrüger entlarvt werde, und gab mir nie die geringste Hoffnung oder gar sein Wort, daß die brüderliche Zeit jemals wiederkehren könne.

Auf meinen Streifzügen von einem Viertel zum anderen mußte ich schließlich erkennen, daß sich die Plage trotz der aufgehobenen Maßnahmen langsam aus der Stadt zurückzog, als wolle sie das, was der Hodscha Triumph nannte, nicht überschatten. Woher aber kam, fragte ich mich, mein Gefühl der Verlassenheit, wo sich doch die dunkle Wolke der Todesangst von uns entfernte! Manchmal wollte ich weder über des Sultans Träume noch über die Pläne reden, die der Hodscha ihm vortrug, sondern wünschte, wir würden von neuem über jene anderen Dinge sprechen: Ich war schon längst wieder bereit, Seite an Seite mit ihm dem schrecklichen, von der Wand heruntergehobenen Spiegel gegenüberzutreten, selbst mit der Todesfurcht im Nacken! Doch seit einiger Zeit hielt der Hodscha nichts mehr von mir, oder er tat wenigstens so, und schlimmer noch, er schien selbst dazu manchmal zu träge zu sein.

Um ihn noch einmal für die alten, glücklichen Tage zu erwärmen, sagte ich ab und zu, wir sollten uns wieder gemeinsam an den Tisch setzen. Hin und wieder versuchte ich auch, etwas aufzuschreiben, um mit gutem Beispiel voranzugehen. Doch wenn ich ihm dann die Seiten mit meinen Übertreibungen vorlas, die von der Furcht vor der Pest, von dem durch diese Furcht genährten Wunsch, Böses zu tun und meinen unvollendeten Missetaten sprachen, hörte er nicht einmal zu. Vielleicht weniger seines Siegesgefühls als mehr meiner Ohnmacht wegen äußerte er überlegen und hochmütig, damals schon gewußt zu haben, daß diese Schreiberei nichts als Unsinn sei, doch er hätte aus Langeweile mitgespielt, um zu sehen, wohin das mit der Zeit führen würde, ein bißchen auch, um mich auf die Probe zu stellen. Am Tage meiner Flucht aber, als ich glaubte, er wäre an der Pest erkrankt, da hätte er mich durchschaut: Schuldig sei ich! Denn für ihn gab es zwei Arten von Menschen: die im Recht waren, wie er, und die Schuldigen, wie ich.

Da ich diese Reden seinem Siegesrausch zuschrieb, erwiderte ich nichts darauf. Obwohl mein Verstand noch immer hellwach war und ich aus meinem Ärger über den täglichen Kleinkram ersah, daß ich durchaus noch im rechten Moment zornig zu werden vermochte, schien ich nie recht zu wissen, wie und wieweit ich den Hodscha mit meiner Auflehnung gegen sein herausforderndes Gerede in die Enge treiben konnte. Schon in den Tagen auf der Insel Heybeli, nach meiner Flucht vor ihm, da begann ich zu ahnen, daß mein Ziel seine Klarheit verloren hatte. Was würde geschehen, wenn ich nach Venedig zurückkehrte? Längst war ich überzeugt davon, daß in diesen fünfzehn Jahren meine Mutter gestorben, meine Verlobte verheiratet und von einer Familie umgeben war. Ich mochte nicht mehr an meine Lieben dort denken, immer seltener erschienen sie in meinen Träumen, und wenn, dann war ich nicht bei ihnen in Venedig, wie in den ersten Jahren, sondern sie waren hier mit uns zusammen in Istanbul. Es würde, sollte ich nach Venedig zurückkehren, unmöglich sein, den Faden des Lebens dort wieder aufzunehmen, wo er abgerissen war, das wußte ich. Wenn überhaupt, konnte ich nur ganz neu beginnen. Außer dem Gedanken, dann einige Bücher über die Türken und meine Vergangenheit als Sklave zu schreiben, konnten auch Einzelheiten des dortigen Lebens mein Innerstes nicht mehr bewegen.

Manchmal glaubte ich, der Hodscha spüre meine Entwurzelung, meine Ziellosigkeit, verstehe meine Schwäche und verachte mich deshalb, ein andermal wieder zweifelte ich an seinem Vermögen, dies überhaupt wahrzunehmen. So berauscht war er tagtäglich von den Geschichten, die er dem Padischah erzählte, von der Idee der unglaublichen, in allen Einzelheiten erdachten Waffe, die den Sultan, so sagte er, ganz bestimmt begeistern würde, so überwältigt war er von seinem Triumph, daß er meine Gedanken wohl kaum erahnen konnte. Ich ertappte mich dabei, daß ich das Glück des so ganz von sich selbst erfüllten Hodschas liebevoll-neidisch betrachtete. Ich mochte ihn von Herzen, mochte sein siegestrunkenes, enthusiastisches Gehabe, mochte die unerschöpflichen Pläne, mochte seine Art, die Hand zu betrachten, wenn er schilderte, wie er den Padischah in die Hand bekommen würde. Niemals hätte ich mir den Gedanken eingestanden, doch wenn ich seine Bewegungen, seine Haltung beobachtete, ergriff mich das Gefühl, ich sähe mich selbst. Zuweilen erkennt man im Gebaren eines Kindes, eines jungen Menschen die eigene Kindheit, die eigene Jugend wieder und schaut ihm deswegen aufmerksam und mit liebevoller Anteilnahme zu: Genauso ängstlich, genauso neugierig bist du auch gewesen! Oft mußte ich daran denken, wie der Hodscha mich im Nacken gepackt und: »Ich bin du geworden!«

gesagt hatte. Doch rief ich ihm jene Tage ins Gedächtnis zurück, dann brachte er mich zum Schweigen und begann entweder aufzuzählen, was er tagsüber dem Sultan alles erklärt hatte, um ihn von der unglaublichen Waffe zu überzeugen, oder er schilderte ausführlich seine Überredungskünste, die er bei der morgendlichen Traumdeutung hatte anbringen können.

Wie gern hätte ich dem Glanz dieser in schillernden Farben gezeigten Erfolge geglaubt! Manchmal ging meine Phantasie mit mir durch und ich meinte, mich an seiner Stelle ins Glück versetzt zu sehen. Dann mochte ich ihn und mich noch mehr, und wenn ich dümmlich mit offenem Mund seinen mitreißenden Erzählungen lauschte, sprach er, so glaubte ich, von den schönen kommenden Tagen als einem uns gemeinsamen Ziel.

Auf solche Weise nahm ich teil, wenn er des Sultans Träume auslegte! – Der Hodscha war entschlossen, den nunmehr einundzwanzigjährigen Padischah dahin zu bringen, endlich die Geschicke des Landes selbst in die Hand zu nehmen. Deswegen waren die einsamen, ständig durch die Träume des Herrschers galoppierenden Pferde unglücklich, weil sie herrenlos waren, die mit scharfen Zähnen ihre Feinde an der Kehle packenden Wölfe aber glücklich, weil sie ihre Angelegenheiten selbst in Angriff nahmen; die weinenden alten Frauen und schönen blinden Mädchen, auch die in Dunkelheit und Regen so schnell ihre Blätter verlierenden Bäume jedoch flehten ihn alle um Hilfe an; die heiligen Spinnen und stolzen Falken aber verwiesen auf die Tugend des Alleinstehens. Wir wollten den Sultan auch für unsere Wissenschaft einnehmen, wenn er die Macht einmal haben würde; deswegen nutzten wir dafür sogar seine Alpträume. Wenn also der Padischah, wie fast jeder passionierte Waidmann, in den

Nächten der langen ermüdenden Jagdzüge träumte, er selbst sei das gehetzte Wild, oder sich im Traum voller Furcht, ihn zu verlieren, auf seinem Thron in seinen Kinderjahren sah, dann erklärte ihm der Hodscha, daß er auf dem Herrschersitz stets jung bleiben würde, doch den Fallen unserer immer wachen Feinde könne man nur durch den Bau von übermächtigen Waffen gleich den ihrigen entkommen. Wenn dem Sultan im Traum die auseinanderlaufenden Hälften des Esels erschienen, den sein Großvater Sultan Murat mit einem Schwerthieb geteilt hatte, um die Stärke seiner Hand unter Beweis zu stellen; oder er seine Großmutter Kösem Sultan, diese alte Hexe, wiederauferstehen und splitternackt auf sich zustürzen sah, um ihn und seine Mutter zu erwürgen; oder anstelle der Platanen auf dem Hippodrom plötzlich Feigenbäume standen, an denen als Früchte blutige Leichen hingen; oder er von bösen Männern mit seinen eigenen Gesichtszügen verfolgt wurde, die ihm einen Sack überstülpen wollten, um ihn zu erwürgen; oder aber ein Heer von Schildkröten mit brennenden Kerzen auf den Panzerrücken, deren Flammen der Wind einfach nicht ausblasen konnte, unaufhaltsam von Üsküdar her übers Meer auf den Serail zuschwamm – dann bedachten wir den Irrtum jener, die meinten, dem Herrscher sei die Macht aus den Händen geglitten und er habe nichts als die Jagd und seine Tiere im Kopf, und dann versuchten wir, die von mir mit Eifer und Geduld nach Kategorien in einem Heft aufgezeichneten Träume zugunsten der Wissenschaft und der unerhörten Waffe zu deuten, die man unbedingt bauen mußte.

Der Hodscha war der Meinung, wir würden den Sultan allmählich beeinflussen, doch ich glaubte nicht mehr an einen solchen Erfolg. Auf Nächte voller Pläneschmieden in fieberhafter Begeisterung, wenn der Herrscher die Gründung einer Sternwarte, eines Hauses für die Wissenschaften oder den Auftrag zum Bau einer neuen Waffe versprochen hatte, folgten lange Monate, ohne daß der Hodscha mit ihm über diese Dinge auch nur ein einziges Mal ernsthaft sprechen konnte. Köprülüs Tod ein Jahr nach der Pest war Anlaß für den Hodscha, von neuem zu hoffen: Der Sultan hätte aus Furcht vor der Stärke und der Persönlichkeit Köprülüs gezögert, seine Vorstellungen praktisch ausführen zu lassen. Jetzt aber, da der Großwesir tot und dessen schwächerer Sohn an seine Stelle getreten sei, könne man mutige Entscheidungen vom Padischah erwarten.

Die folgenden drei Jahre verbrachten wir mit Warten auf die mutigen Entscheidungen. Was mich so erstaunte, war nicht die Lethargie des sich zwischen Traum und Jagd verlierenden Sultans, sondern die unentwegte Hoffnung, die den Hodscha noch immer mit ihm verband. All diese Jahre wartete ich auf den Tag, an dem er diese Hoffnung aufgeben und so wie ich denken würde. Er sprach nicht mehr so oft wie früher von seinem sogenannten Triumph und sein schwungvoller Eifer aus der ersten Zeit nach der Pest hatte sehr nachgelassen. Trotzdem wußte er die Vorstellung, den Herrscher eines Tages zu dem »ganz großen Plan« zu überreden, noch immer lebendig zu erhalten. Stets hatte er einen Vorwand zur Hand: Hätte der Sultan damals gleich nach dem Istanbul verheerenden Brand die Gelder für den großen Plan zur Verfügung gestellt, so hätte das seinen Feinden, die seinen Bruder auf den Thron bringen wollten, eine passende Gelegenheit geboten; augenblicklich wieder konnte der Herrscher nichts tun, denn das Heer war auf dem Feldzug gegen die Ungarn; und im nächsten Jahr mußten wir wegen des

Angriffs auf die Deutschen warten; dann gab es noch den Bau der Neuen Valide-Moschee am Ufer des Goldenen Horns, dessen Vollendung noch viel Gelder erforderte und der so oft von Turhan Sultan und vom Padischah gemeinsam mit dem Hodscha besucht wurde – ganz abgesehen von den endlos langen Jagdausflügen, an denen ich nicht teilnahm. Wenn ich daheim auf die Rückkehr des Hodschas von einer Jagd warten mußte, suchte ich, seinem Ratschlag folgend, nach lichten Ideen für die »großer Plan« oder »Wissenschaften« genannten Dinge und blätterte faul und dösig irgendwelche Seiten um.

Auch das Ausmalen der Pläne in meiner Phantasie hatte keinen Reiz mehr für mich, selbst wenn sie verwirklicht werden sollten, war mir das Ergebnis ziemlich gleichgültig. Der Hodscha wußte so gut wie ich, daß die von uns in den ersten Jahren unserer Bekanntschaft angestellten Betrachtungen über Astronomie, Geographie oder die Naturwissenschaften nichts Handfestes waren; Uhren, Apparate und Modelle lagen schon lange verrostet und vergessen in einem Winkel herum. Alles hatten wir aufgeschoben bis zu dem Tage, an dem wir diese ungewisse Sache, die er »Wissenschaft« nannte, in die Praxis umsetzen würden. In Wirklichkeit hatten wir keineswegs einen großen Plan für unser aller Rettung vor einer Katastrophe, uns schwebte höchstens der Plan eines solchen Planes vor. Um mich selbst von dieser vagen, für mich unglaublichen Idee zu überzeugen und mit dem Hodscha übereinzustimmen, versuchte ich manchmal, die aufgeschlagenen Seiten oder auch mir zufällig durch den Kopf gehende Gedanken mit seinen Augen zu betrachten, mich an seine Stelle zu versetzen. Wenn er dann vom Jagdausflug heimkehrte, gab ich vor, in dieser oder jener Sache, die er mir zur Aufgabe gestellt hatte, eine neue Wahrheit entdeckt zu haben, und tat so, als könnten wir auf dieser Basis alles verändern. Wenn ich zum Beispiel sagte: »Die Gezeiten der Meere hängen mit der Wärme der Flüsse zusammen, die darin münden.« Oder: »Die Pest wird durch Teilchen in der Luft übertragen, wenn sich das Wetter ändert, verfliegen sie.« Oder: »Wenn wir ein großes Geschütz auf Rädern mit langem Lauf bauen, können wir damit alle unsere Feinde verfolgen und vor uns hertreiben.« Oder auch: »Die Erde dreht sich um die Sonne, die Sonne um den Mond«, dann gab der Hodscha, während er die staubigen Jagdkleider abstreifte, stets die gleiche Antwort, die mich voller Zuneigung lächeln ließ: »Und von dieser Wahrheit ahnen unsere Dummen nicht das geringste!«

Anschließend brach ihm der Zorn aus, mit einer Heftigkeit, die auch mich mitriß, dann wetterte er über den Unsinn, daß der Padischah stundenlang hinter einem verdatterten Schwein herritt oder um einen Hasen weinte, den er von seinen Windhunden hatte zu Tode hetzen lassen, und widerwillig gab er zu, daß seine Worte dem Sultan während der ganzen Pirsch zum einen Ohr hinein-, zum anderen hinausgegangen seien, um am Ende noch einmal voller Haß zu fragen: Wann würden wohl diese Toren die Wahrheit begreifen? War es Zufall oder Zwangsläufigkeit, daß so viele Toren zueinandergefunden hatten? Und warum waren sie überhaupt so töricht?

So sah er allmählich ein, daß man von neuem mit den »Wissenschaften« beginnen mußte, dieses Mal, um zu verstehen, was in solchen Köpfen vorging. Auch meine Lust am »Wissen« war wieder geweckt, weil ich an jene glücklichen Tage erinnert wurde, als wir uns an einen Tisch setzten und im gegenseitigen Haß einander glichen, doch nach den ersten Versuchen mußten wir einsehen, daß nichts mehr so war wie früher.

Da ich zum einen nicht ausmachen konnte, wohin, warum ich ihn in die Enge treiben sollte, brachte ich auch nicht die rechte Kraft dazu auf. Noch wichtiger war jedoch, daß ich seinen Schmerz, seine Niederlagen so fühlte, als seien es meine. Einmal demonstrierte ich an übertriebenen Beispielen die Dummheit der Hiesigen und deutete an, obwohl ich es natürlich nicht glaubte, daß er genau wie sie zum Scheitern verurteilt sei, nur um zu sehen, wie er sich verhielte: Obgleich er heftig widersprach und erklärte, man müsse nicht unbedingt scheitern wie sie, wenn man ihnen nur zuvorkomme und sich eingehend mit diesen Dingen beschäftige, wie zum Beispiel der Verwirklichung dieses Planes für das Geschütz, dann könne man wohl den uns stets und ständig zurückwerfenden Gegenstrom wieder in die gewünschte Richtung lenken; und obgleich er zu meiner Freude nicht von seinen, sondern wie immer in Zeiten der Hoffnungslosigkeit von unseren Plänen sprach, so hatte ihn doch schon der Schrecken einer sich nähernden, unausweichlichen Katastrophe erfaßt. Er glich einem verwaisten Kinde, und ich liebte seinen Zorn und seine Trauer, die mich an meine ersten Sklavenjahre erinnerten. Ich wünschte mir, zu sein wie er. Wenn er in seinem Zimmer hin und her lief, hinausblickte auf die dunkle, regenschlammige Straße oder hinüber zu den noch bläßlich zitternden Lampen einiger Häuser am Ufer des Goldenen Horns, als suche er dort nach den Spuren eines neuen Hoffnungsschimmers, dann glaubte ich einen Augenblick lang, es sei nicht der Hodscha, der im Zimmer kummervoll auf und ab lief, sondern es sei ich in meiner Jugend. Mir war, als hätte mein Ich von einst mich verlassen und ich, der dösig und träge im Winkel Hockende, wolle der Hodscha sein, um meinen verlorenen Schwung wiederzufinden.

Doch auch von dieser unaufhörlichen, sich ewig erneuernden Spannung hatte ich endlich genug. Nach seiner Ernennung zum obersten Sterndeuter war das Gut des Hodschas in Gebze vergrößert und unser Einkommen erhöht worden. Eine andere Tätigkeit, außer mit dem Padischah zu plaudern und ihm die Zeit zu vertreiben, hatte er nicht nötig. Ab und zu fuhren wir nach Gebze, um nach den miserablen Mühlen zu schauen, um in den Dörfern, wo uns allen voran die riesigen Schäferhunde begrüßten, die Erträge zu inspizieren und vielleicht bei Stichproben in den Registern herauszufinden, um wieviel uns der Verwalter betrogen hatte, oder wir schrieben, manchmal miteinander lachend, meist jedoch vor lauter Langeweile seufzend, Abhandlungen für den Padischah. Weiter taten wir nichts. Ohne mein Insistieren hätte er womöglich am Ende nicht einmal diese fröhlichen Gelage ausrichten lassen, bei denen wir mit köstlich duftenden Frauen schliefen.

Viel ärgerlicher aber war, daß alle die seinerzeit aus dem Serail vertriebenen geschwätzigen Neunmalklugen, diese Narren und Nachäffer sich wieder um den Padischah zu drängen begannen. Ermutigt hatte sie die Abwesenheit der Armeen und ihrer Paschas, die sich auf Feldzügen gegen die Deutschen und gegen die Festung Kreta befanden, so daß Istanbul herrenlos zurückgeblieben war, und außerdem hörte der Sultan nicht mehr auf das Wort seiner Mutter. Mit diesen Betrügern, die ihn anekelten, wollte der Hodscha sich auf keinen Fall einlassen, er hielt sich fern, um seine Überlegenheit zu zeigen. Doch auf Drängen des Sultans war er einige Male gezwungen, mit ihnen zu sprechen und ihren Disputen zuzuhören. »Können Tiere eine Seele haben, welches davon hat eine Seele, welches kommt in den Himmel, welches in die Hölle, ist die Muschel weiblich oder männlich, ist die jeden Morgen aufgehende Sonne eine neue Sonne oder zeigt sich die am Abend untergehende alte Sonne nach einem Umlauf auf rückwärtigem Weg morgens wieder auf der anderen Seite?« Wenn auf den Zusammenkünften solche Dinge besprochen wurden, dann verlor der Hodscha alle Hoffnung für die Zukunft und sagte, wenn wir nichts tun, wird uns der Padischah bald entgleiten.

Da er von »unseren Plänen«, von »unserer Zukunft« sprach, war ich mit Freuden dabei. Einmal haben wir meine jahrelangen Aufzeichnungen, alle Träume, alle Erinnerungen hervorgeholt, um besser verstehen zu können, was den Sultan im Innern bewegte. Wie man Bestand aufnimmt von allerhand Kram aus den Schubladen eines Schrankes, so versuchten wir einzeln abzuhaken, was sich im Verstand des Herrschers befand. Das Ergebnis war hoffnungslos. Zwar konnte der Hodscha immer noch von den unglaublichen Waffen reden, die uns retten sollten, oder von den geheimnisvollen Problemen in unseren Köpfen, denen wir so schnell wie möglich beikommen mußten, aber er konnte nicht mehr so tun, als wäre ihm das Herannahen eines katastrophalen Untergangs nicht bewußt. Darüber hatten wir monatelang bis zur Erschöpfung gesprochen.

Wie aber hatten wir uns diese Katastrophe vorzustellen? Würde das Imperium seine Länder eins nach dem anderen verlieren? Wir breiteten unsere Landkarten auf dem Tisch aus und stellten traurig fest, welches Land zunächst, dann welche Berge, welche Flüsse verlorengehen würden. Oder hieß Untergang etwa, daß die Menschen und ihr Glauben sich änderten, ohne daß sie es gewahr wurden? Wir stellten uns vor, eines Morgens würden die Istanbuler völlig verändert aus ihren warmen Betten kriechen, wüßten ihre Kleidung nicht mehr anzulegen, erinnerten sich nicht mehr an den Zweck der Minarette. Vielleicht hieß Untergang, die Überlegenheit der auf der Gegenseite anzuerkennen und es ihnen gleichtun zu wollen. Deswegen ließ er mich von meinem Leben in Venedig erzählen, und anschließend malten wir uns aus, wie einige unserer hiesigen Bekannten, nunmehr mit Hüten auf den Köpfen und Hosen an den Beinen, von neuem durchlebten, was meine Erinnerung war.

Wir beschlossen, diese Träumereien, bei denen die Zeit wie im Fluge verging, als letzten Versuch eines rettenden Auswegs dem Padischah zu unterbreiten. Vielleicht würden ihn diese bunt-phantastischen Untergangsszenen erschüttern. So füllten wir in stillen, dunklen Nächten ein Buch, überquellend von den monatelang in trauriger, verzweifelter Lust gewebten Traumgespinsten von Niederlage und Untergang, von allen diesen Ärmsten mit gebeugtem Nacken, von den schlammigen Straßen, von unfertigen Gebäuden, dunkel-verdächtigen Gassen, von denen, die unverstandene Gebete hersagen, damit alles wieder sein möge wie früher, von kummervollen Müttern, armen Vätern, von den Unseligen, deren Lebensspanne nicht ausreicht, uns die Taten und Schriften anderer Länder zu übermitteln, von stillstehenden Maschinen, von denen, die bittere Tränen weinen um die schöne alte Zeit, von Straßenkötern, nur noch Haut und Knochen, von Bauern ohne Land, von in den Städten arbeitslos Umherstreifenden, von weder Lesen noch Schreiben könnenden Muslimen in Beinkleidern und von den in Niederlagen endenden Kriegen. Meine verblaßten Erinnerungen bildeten einen anderen Teil des Buches: farbig geschilderte Szenen von diesem und jenem glücklichen und lehrreichen Geschehnis aus meinen Schuljahren, aus meiner Jugend mit Eltern und Geschwistern in Venedig. Da seht, so leben die anderen, die uns besiegen werden! So also mußten wir uns verhalten, um ihnen zuvorzukommen! Den letzten, von unserem linkshändigen Kalligraphen fein säuberlich aufgesetzten Abschnitt des Buches aber nahm ein metrisches Gedicht ein – der Schlüssel zu den wirren Geheimnissen in unseren Köpfen, deren Vergleich mit einem Schrank voller Reichtümer dem Hodscha so ausnehmend gefiel. Voller Schwermut beschloß der zarte Dunst dieser, so darf ich sagen, stillen, stolzen Verse das Beste von allem, was wir, der Hodscha und ich, gemeinsam an Büchern und Abhandlungen verfaßt hatten.

Einen Monat, nachdem der Hodscha das Buch dem Sultan überbracht hatte, erhielt er Befehl von ihm zum Bau dieses unglaublichen Geschützes. Wir waren verblüfft und kaum in der Lage, richtig einzuschätzen, wieviel von unserem Erfolg wir diesem Buch zu verdanken hatten.

IX.

Vielleicht wollte der Sultan den Hodscha auf die Probe stellen, als er ihm auftrug: »Bau diese unglaubliche, unsere Feinde endgültig vernichtende Waffe und lass' sie uns sehen!« Vielleicht auch hatte er dem Hodscha einen Traum verschwiegen, oder er wollte seiner beherrschenden Mutter und den Paschas zeigen, daß sein Gefolge von Neunmalklugen doch zu etwas nütze war, oder er meinte, nach der Pest könne der Hodscha noch ein neues Wunder vollbringen, oder er war wirklich erschüttert von den Untergangsszenen, mit denen wir unser Buch gefüllt hatten, oder ihn quälte nach einigen soldatischen Mißerfolgen der Gedanke, daß ihn jene, die seinen Bruder an seiner Statt sehen wollten, wie er befürchtet, entthronen könnten. Wir zogen all dies in Betracht, während wir fassungslos unser zukünftiges Einkommen aus den Dörfern, den Karawansereien und den Olivenhainen aufrechneten, die der Padischah uns überlassen hatte, damit wir seine Waffe bauen konnten.

Schließlich meinte der Hodscha, es sei lediglich unser Erstaunen, worüber wir erstaunt sein müßten: Waren denn all seine dem Sultan Jahr um Jahr erzählten Geschichten und jene von uns verfaßten Bücher und Abhandlungen etwa unrichtig, so daß wir zweifeln mußten, wo er doch an sie glaubte? Und mehr noch – der Sultan sei neugierig geworden, er wolle wissen, was sich in der Dunkelheit unserer Köpfe abspiele. Ob dies nicht der Sieg sei, fragte der Hodscha mich erregt, auf den wir jahrelang gewartet hatten?

So war es. Zudem teilten wir diesmal den Erfolg der Arbeit miteinander, und ich war glücklich, weil mir das Ergebnis der Sache nicht so wichtig war wie ihm. Die nächsten sechs Jahre, die der Hodscha dem Bau der Waffe widmete, wurden für uns die gefährlichste Zeit; nicht wegen des Umgangs mit dem Schießpulver, sondern weil wir den Neid unserer eifersüchtigen Feinde auf uns zogen, weil jeder voll Ungeduld darauf wartete, ob uns Sieg oder Niederlage beschieden sei. Uns drohte Gefahr, weil auch wir in der gleichen angstvollen Erwartung lebten.

Zunächst verschwendeten wir einen Winter lang die Zeit mit Arbeiten an unserem Tisch. Wir waren voll Eifer und Begeisterung, doch außer der Idee einer Waffe und jenen verschwommenen Einzelheiten, die uns durch die Köpfe spukten, wenn wir unsere Feinde in der Phantasie vor uns her zu Paaren trieben, hatten wir nichts in der Hand. Später beschlossen wir, hinaus ins Freie zu gehen und Versuche mit Schießpulver anzustellen. Und wie damals in den Wochen der Vorbereitungen für das Feuerwerk, entzündeten unsere Leute weitab die nach unseren Rezepten gefertigten Mischungen, während wir uns in den kühlen Schatten der Bäume zurückzogen. Aus allen Ecken und Enden Istanbuls kamen Schaulustige herbei, um die vielfarbigen Rauchbälle zu bestaunen, die sich bei unterschiedlich starken Lärmausbrüchen bildeten. Durch die uns neugierig umlagernde Menge wurde die Wiese, auf der unsere Zelte und Ziele, die auf unser Geheiß gegossenen Kanonen und Langrohre aufgestellt waren, im Laufe der Zeit in einen Festplatz verwandelt. Eines Tages gegen Ende des Sommers erschien ganz unvermutet der Sultan selbst.

Wir zeigten ihm das bisher Geschaffte, ließen Erde und Himmel widerhallen. Kartuschen, Kugeln und neue Kanonen, für welche wir festgestopfte Pulvermischungen hatten vorbereiten lassen, Pläne für die Formen noch ungegossener Langrohre, Entwürfe für selbstauslösende Zündmechanismen, alles stellten wir ihm vor. Mehr jedoch als von diesen Dingen war der Herrscher von mir gefesselt. Anfangs wollte der Hodscha mich von ihm fernhalten, nachdem aber die Vorführung begann und der Sultan sah, daß ich im gleichen Maße wie der Hodscha Befehle erteilte, daß mich die Leute im gleichen Maße wie den Hodscha befragten, da ist er wohl neugierig geworden.

Während ich nun nach fünfzehn Jahren ein zweites Mal vom Padischah empfangen wurde, schaute er mich an wie einen, der ihm früher bekannt gewesen, den er jetzt aber nicht mehr unterzubringen wußte, er tat wie jemand, der mit geschlossenen Augen eine Frucht probiert, um ihre Art erkennen zu können. Ich küßte seinen Rocksaum. Er zürnte mir nicht, als er hörte, daß ich schon zwanzig Jahre hier gelebt hatte, ohne Moslem geworden zu sein. Etwas anderes beschäftigte ihn: »Zwanzig Jahre also?« meinte er, »wie merkwürdig!« Dann fragte er mich auf einmal: »Bringst du ihm alle diese Dinge bei?« Doch er wollte keine Antwort auf seine Frage von mir, er war aus unserem zerfetzten, nach Pulver und Salpeter stinkenden Zelt getreten und ging auf sein herrlich weißes Pferd zu, als er plötzlich den Schritt verhielt, sich umwandte zu uns beiden, die wir gerade nebeneinander standen, und zu lächeln begann, als sei ihm eines jener unvergleichlichen Wunder begegnet, ein makelloser Zwerg oder ein sich aufs Haar gleichendes Zwillingspaar, welche von Allah geschaffen werden, um der Menschheit Stolz zu brechen, sie ihre Torheit fühlen zu lassen.

Ich dachte des Nachts an ihn, doch nicht so, wie's dem Hodscha genehm war. Der sprach noch immer mit Haß von dem Herrscher, ich aber hatte begriffen, daß mir Haß oder Verachtung gegen ihn fremd bleiben würden. Seine ungezwungene Liebenswürdigkeit, dieses einem verwöhnten Kinde gleich alles frei Heraussprechen, das hatte mir gefallen. Ich wollte wie er sein oder wollte sein Freund werden. Nachdem des Hodschas Wutausbruch abgeklungen war und ich in meinem Bett zu schlafen versuchte, kam mir der Gedanke, daß der Sultan wohl keineswegs verdient hätte, hintergangen zu werden, und ich ihm alles offen sagen wollte. Was aber war dieses Alles?

Mein Interesse, schien es, fand Erwiderung. Als der Hodscha eines Tages höchst ungern sagte, der Padischah würde uns beide gemeinsam erwarten am nächsten Morgen, begleitete ich ihn. Es war einer der schönen Herbsttage, die nach Meer und Algen duften. Den ganzen Morgen verbrachten wir in einem großen Park, dessen Boden mit abgefallenen roten Blättern bedeckt war, am Rande eines Seerosenteiches unter Erguvan- und Ahornbäumen. Der Sultan wollte sich über die den Teich mit quirligem Leben erfüllenden Frösche unterhalten. Doch der Hodscha verhielt sich abweisend und äußerte nur ein paar saft- und kraftlose, abgedroschene Phrasen dazu. Diese rüde Art und Weise verwirrte mich sehr, doch der Padischah ging darüber hinweg. Er war weitaus stärker mit mir beschäftigt.

Alsdann sprach ich ausführlich über den Sprungmechanismus der Frösche, ihren Blutkreislauf, über die Herzen, die noch lange weiterschlugen, wenn man sie vorsichtig aus dem Rumpf entfernte, über Fliegen und andere Insekten, die sie fraßen. Ich bat um Papier und Feder, um die Metamorphose vom Ei bis zum ausgewachsenen Frosch im Teiche besser beschreiben zu können. Der Herrscher schaute mir aufmerksam zu, während ich mit den Rohrfedern, die man in einem rubinbeschlagenen Silberkasten herbeigebracht hatte, die Bilder skizzierte. Er lauschte belustigt meinen Frosch-Erzählungen, soweit sie mir noch einfallen wollten, und verzog würgend das Gesicht, als die Reihe an den Froschkönig kam, den die Prinzessin küßte. Doch keineswegs glich er dem einfältigen Jüngling, als den der Hodscha ihn mir geschildert hatte, sondern vielmehr einem sehr verständigen Erwachsenen, der seinen Tag mit Kunst und Wissenschaft zu beginnen gedachte. Am Ende dieser schönen Stunden, die der Hodscha mürrisch überstand, wandte sich der Sultan mit den Bildern der Frösche in der Hand an mich: »Mir war schon der Verdacht gekommen, daß du die Geschichten erfunden hast. So zeichnest du also auch die Bilder dazu!« Dann fragte er mich nach den schnauzbärtigen Fröschen.

Das war der Beginn meiner Beziehung zum Padischah. Von jetzt an gingen wir, der Hodscha und ich, gemeinsam zum Palast. Er verhielt sich recht schweigsam die erste Zeit, und der Herrscher sprach um so häufiger mit mir.

Während ich mit ihm über seine Träume, Aufregungen und Ängste, über die Vergangenheit und die Zukunft sprach, dachte ich ständig nach, in welchem Maße der mir vom Hodscha jahrelang geschilderte Padischah mit diesem humorvollen, klugen Manne in Einklang zu bringen war. Ich erkannte aus seinen überlegenen Fragen wie auch den kleinen Listen, die er gebrauchte, daß er an die ihm gewidmeten Bücher dachte und sich fragte, wieviel vom Hodscha der Hodscha selbst war und wieviel ich, wieviel von mir ich selbst war und wieviel der Hodscha. Der aber war damals viel zu sehr mit seinen Kanonen und den langen Läufen beschäftigt, die er gießen lassen wollte, als daß er sich um solche, in seinen Augen dumme Spekulationen gekümmert hätte.

Als er sechs Monate nach Beginn unseres Experimentierens mit den Kanonen erfuhr, daß der oberste Artilleriemeister sehr aufgebracht sei, weil wir unsere Nase in seine Angelegenheiten steckten, und daß der Mann verlangte, entweder seines Postens enthoben zu werden, oder aber uns Verrückte, die wir mit unserem Anspruch, etwas Neues machen zu können, das ganze Artilleriewesen in Verruf brächten, fortjagen zu lassen aus Istanbul, geriet der Hodscha zwar in Aufregung, doch machte er keinen Schritt des Entgegenkommens, obgleich der Artilleriemeister durchblicken ließ, daß er zu einer Verständigung bereit sei. Auch war der Hodscha nicht übermäßig betrübt, als einen Monat später der Sultan uns befahl, bei der Konstruktion der Waffe anderes Gerät als Kanonen zu verwenden. Wir wußten inzwischen beide, daß die neuen Kanonen und Langrohre, die man für uns gegossen hatte, den alten, jahrelang gebrauchten keineswegs überlegen waren.

Damit hatten wir, so meinte der Hodscha, einen weiteren Lebensabschnitt begonnen, in welchem wir alles von Grund auf neu erträumen würden. Für mich aber war das einzig Neue an der Sache die Bekanntschaft mit dem Herrscher, denn Zornausbrüche und Phantasien des Hodschas gehörten für mich inzwischen zu den Alltäglichkeiten. Dem Padischah gefiel der Umgang mit uns. Einem fürsorglichen Vater gleich, der zwei sich wegen ihrer Murmeln streitende Brüder trennt: »Dies hier ist deine und jener dort deine!«, so hielt er uns durch Achtgeben auf unsere Worte, unser Benehmen auseinander. Dieses manchmal von mir als kindisch, manchmal als klug empfundene Obachtgeben machte mir Sorgen. Fast wollte ich glauben, meine Persönlichkeit habe sich unbemerkt von mir getrennt und mit der des Hodschas vereint, die des Hodschas sich in gleicher Weise von ihm getrennt und mit der meinen vereint, der Padischah jedoch habe alles an diesem imaginären Wesen richtig eingeordnet und sei nun imstande, uns besser zu kennen als wir selbst.

Beim Deuten seiner Träume oder auch im Gespräch über die neue Waffe, mit der wir zu jener Zeit nur in unserer Phantasie beschäftigt waren, konnte es geschehen, daß der Sultan ganz plötzlich einhielt und sich einem von uns zuwandte: »Oh nein, dies ist nicht deine Idee, sondern seine!« Er trennte uns manchmal auch nach der Verhaltensweise: »Du schaust dich um, wie er es tut. Sei du selbst!« und fügte auf mein törichtes Lächeln noch hinzu: »So ist's recht, sehr gut! Habt ihr nie gemeinsam in den Spiegel geschaut?« Er fragte auch, wie lange wer von uns aushalten konnte, beim Blick in den Spiegel er selbst zu bleiben. Ein andermal ließ er alle Tierbücher, Abhandlungen und Kalender herbeibringen, die wir im Laufe der Jahre für ihn verfaßt hatten, und sagte, Seite für Seite aufblätternd und vorlesend, wer was geschrieben und wo wer sich an die Stelle des anderen versetzend etwas erfunden hätte. Was aber den Hodscha wirklich zornig machte, mich dagegen verhexte und in tiefes Erstaunen stürzte, war jener Imitator, den der Herrscher in unserer Anwesenheit rufen ließ.

Der Mann hatte keine Ähnlichkeit mit uns, weder im Gesicht noch in der Gestalt, er war kurz geraten und dick, auch seine Kleider waren von anderer Art, doch mir wurde angst, als er den Mund auftat – schien es doch, als spräche nicht er, sondern der Hodscha selbst! Gleich diesem neigte er sich dem Ohr des Herrschers zu, als teile er ihm ein Geheimnis mit, wie dieser gab er der Stimme mehr Gewicht, als er in sorglich bedachter Weise auf einzelnes einging, und ebenso plötzlich, wie's dem Hodscha eigen, ließ er sich von seinen Worten hinreißen, dabei heftig die Arme schwingend, um den Angesprochenen zu überzeugen, und schließlich ging ihm der Atem aus – wobei er zwar wie der Hodscha akzentuierte, doch nicht wie dieser die Sterne oder Entwürfe unglaublicher Waffen schilderte, sondern einzig und allein die Namen der in den Palastküchen erlernten Gerichte mit den zu ihrer Fertigung notwendigen Zutaten und Gewürzen aufzählte. Während der Padischah lächelte, wurde die Miene des Hodschas zunehmend finsterer, als der Imitator fortfuhr und jede einzelne Etappe zwischen Istanbul und Aleppo aufzählte. Danach wollte der Sultan, daß der Mann auch mich kopiere. Ich selbst war's, dieser mich töricht mit offenem Munde anstarrende Mensch – vollkommen entgeistert bin ich gewesen! Schließlich mußte der Imitator auf Wunsch des Padischahs noch eine Person darstellen, die zur Hälfte der Hodscha und zur anderen Hälfte ich sein sollte. Mir erschien's wie Hexenzauber! Des Mannes Bewegungen folgend, drängte es mich, wie der Herrscher zu sagen: »Dies bin ich, und das ist der Hodscha!«, nur tat es der Schausteller, mit dem Finger auf uns weisend, bereits von selbst. Nachdem der Sultan den Mann unter Lobesworten entlassen hatte, befahl er uns, über diese Sache gründlich nachzudenken.

Was aber sollte dieses Wort bedeuten? Als ich dem Hodscha des Abends erklärte, daß der Padischah viel klüger sei, als er ihn mir all die Jahre hindurch geschildert hatte, und sich zudem längst auf dem Wege befände, auf den der Hodscha ihn hatte bringen wollen, da wurde er wieder von seinem Zorn übermannt. Und ich mußte ihm diesmal recht geben; des Imitators Kunstfertigkeit war unerträglich gewesen. Er würde von jetzt an keinen Fuß mehr in den Saray setzen, äußerte der Hodscha anschließend, es sei denn, gezwungenermaßen. Da die jahrelang erwartete Gelegenheit nun endlich in seiner Reichweite lag, habe er keine Absicht mehr, sich fürderhin unter jene Toren zu mischen und dabei aufreiben zu lassen. Da ich des Sultans Marotten kannte und genügend Verstand besaß, um diese Possen zu spielen, müsse ich nun an seiner Statt in den Palast gehen.

Der Sultan glaubte mir nicht, als ich ihm sagte, der Hodscha sei krank. »Er soll sich mit der Waffe beschäftigen!« sagte er nur. Auf diese Weise ging ich zum Palast in jenen vier Jahren, die der Hodscha brauchte, um die Waffe zu entwerfen und in Tätigkeit zu setzen, während er, wie ich es früher getan, mit seinen Träumen zu Hause blieb.

Das Leben, so lehrten mich diese vier Jahre, mußte nicht nur Erdulden sein, man konnte es auch genießen. Die, welche sahen, daß mich der Herrscher gleich dem Hodscha schätzte, luden mich ein zu den fast täglichen Festen und Feierlichkeiten. Die Tochter des Wesirs heiratete an einem Tag, an dem nächsten wurde dem Sultan ein weiteres Kind geboren, dann wurden seine Söhne beschnitten, den folgenden Tag feierte man wegen einer von den Ungarn zurückeroberten Festung, den nächsten wieder, weil der Thronerbe die Schule begann, und siehe, da kamen auch schon *Ramazan* und das Zuckerfest mit ihren Lustbarkeiten heran. Ich wurde in kurzer Zeit dick und rund vom Stopfen mit fettem Fleisch und *Pilav*, vom Verschlingen der Löwen, Straußenvögel und Meermaiden aus Zucker und Pistazien während dieser tagelangen Feste. Den größten Teil meiner Zeit verbrachte ich als Zuschauer bei den ölglänzenden Ringern, die bis zum Umfallen kämpften, den Akrobaten, die ihr Seil zwischen den Minaretten der Moscheen spannten und mit ihrem Stab über den Schultern dort oben tanzten, denen, die Hufeisen zerbissen oder sich hier und da Spieße und Messer einstachen, oder bei den Zauberkünstlern, die Schlangen, Tauben und Affen aus ihren Umhängen hervorzogen, die Tassen aus unseren Händen, das Geld aus unseren Taschen im Handumdrehen verschwinden ließen, oder auch dem Schattenspiel von *Karagöz und Hacivat*, von deren Flüchen ich hingerissen war. Wenn es nachts kein Feuerwerk gab, ging ich zusammen mit den meist am gleichen Tage neu gefundenen Freunden zu irgendwelchen Palästen oder Residenzen, auf die man sich gemeinhin verteilte, vergnügte mich nach stundenlanger, von Musik untermalter *Raki-* und Weintrinkerei mit den schönen, schlafende Rehe imitierenden Tänzerinnen, den spielerisch über Wasser laufenden, ansehnlichen Knaben in Frauenkleidern oder den mit rührender Stimme empfindsame oder lustige Lieder Singenden und ließ mit ihnen die Gläser klingen.

Auch die Residenzen der Gesandten, die so neugierig auf mich waren, besuchte ich oft, und nach dem Anschauen eines Balletts hübscher, hin und her huschender Mädchen und Jungen oder nach dem Anhören der neuesten musikalischen Modetorheit, die ein aus Venedig herbeigerufenes Orchester vortrug, begann ich die Früchte meines allmählich wachsenden Ruhmes zu genießen. Die sich in den Botschaftsresidenzen treffenden Europäer wollten dann die schrecklichen Abenteuer hören, die ich hatte durchmachen müssen, waren versessen darauf zu erfahren, welchen Schmerz ich erlitten, wie ich's ertragen hatte und wie ich's immer noch aushalten konnte. Mein wirkliches Dasein verschweigend, welches gänzlich zwischen vier Wänden mit trägem Dösen und dem Schreiben sinnloser Bücher verlaufen war, erzählte ich ihnen von diesem merkwürdigen, für sie so fesselnden Lande die unglaublichsten Geschichten, die ich, genau wie beim Sultan, aus dem Handgelenk zu erfinden gewohnt war. Nicht nur die jungen Mädchen, die als Töchter den Vätern vor der Hochzeit den Ehrenbesuch erwiesen, oder die mit mir poussierenden Botschafterfrauen, auch alle ehrenwerten Herren Gesandten und Sekretäre lauschten alsdann voller Bewunderung meinen blutrünstigen Erfindungen von Glaube und Gewalttätigkeit, von Harems- und Liebesintrigen. Wenn man mich sehr bedrängte, flüsterte ich ihnen ein, zwei Staatsgeheimnisse in die Ohren, die ich mir auf der Stelle einfallen ließ, oder staffierte den Sultan mit seltsamen Gewohnheiten aus, von denen niemand etwas wissen konnte. Wollten sie mehr darüber erfahren, zeigte ich mich geheimnisumweht, tat so, als könne ich unmöglich alles sagen, und hüllte mich in Schweigen, wodurch diese Toren, denen wir, ging's nach dem Hodscha, nacheifern sollten, noch neugieriger wurden. Nun wußte ich aber, daß sie flüsternd unter sich von dem sprachen, worin ich verwickelt war, von einem der Wissenschaften bedürfenden, großen und ganz geheimnisvollen Entwurf, von der Idee einer viel Geld verschlingenden, unbestimmten Waffe.

Wenn ich des Abends heimkehrte aus diesen Residenzen und Palästen mit den Traumbildern der schönen Körper vor Augen, die ich gesehen hatte, den Kopf voller Dünste vom Alkoholgenuß, dann fand ich den Hodscha an unserem zwanzigjährigen Tisch schaffend vor. Er hatte sich mit einem nie zuvor gezeigten Ungestüm in die Arbeit gestürzt, auf dem Tisch drängten sich Papiere zuhauf voll seltsamer, mir unverständlich bleibender Formen, voller Skizzen und Schrift, hingeworfen mit ruheloser Hand. Er wollte von mir wissen, was ich den ganzen Tag über getan und gesehen hatte, schnitt mir jedoch nach kurzer Zeit voller Ekel das Wort ab, weil er diese ganzen Vergnügungen schamlos und stupide fand, und begann, während er von »uns« und den »anderen« sprach, mir seinen Entwurf zu schildern.

Ein weiteres Mal hob er hervor, daß alles von dem abhinge, was in unseren Köpfen vorgehe, daß er seinen ganzen Entwurf darauf begründet habe, und sprach erregt von der Symmetrie oder der Vielfältigkeit des mit allem möglichen Kram gefüllten Kabinetts, welches wir Gehirn nannten, doch war mir unverständlich, wie er nun imstande sein würde, diese Waffe zu gestalten, an der seine, unsere ganzen Hoffnungen hingen. Und ich glaubte nicht daran, daß irgend jemand dies begreifen könne, auch nicht er selbst, obwohl ich manchmal so gedacht hatte. Er aber sagte, daß eines Tages jemand unsere Köpfe öffnen und alle seine Gedankengänge bestätigen würde. Er habe in den Tagen der Pest, wenn wir gemeinsam in den Spiegel schauten, eine große Wahrheit geahnt, jetzt aber hätte sich alles in seinem Verstande geklärt und siehe, aus dieser

Wahrheit ginge nun die Waffe hervor! Anschließend zeigte er mir, der ich von diesen bewegenden, wenn auch kaum begreiflichen Worten beeindruckt war, mit den Spitzen seiner unsteten Finger auf dem Papier ein seltsam undeutliches Gebilde.

Bei jedem Vorzeigen wuchs diese Form vor meinen Augen, und sie schien mich an irgend etwas erinnern zu wollen. Beim Betrachten jenes dunklen Fleckes auf der Zeichnung, den ich »diabolisch« nennen möchte, meinte ich, im nächsten Moment zu wissen, womit das Geschaute zu vergleichen war, doch ich schwieg, von einem plötzlichen Zaudern befallen, oder weil ich dachte, mein Verstand gaukle mir etwas vor. Immer sah ich so im Laufe jener vier Jahre dieses Gebilde, das in seinen Komponenten über die Papiere verstreut war, das im Werden stetig festere Konturen bekam und das der Hodscha schließlich verwirklichen konnte, nachdem es alles an Jahr um Jahr zusammengetragenem Geld und menschlichem Fleiß aufgezehrt hatte. Ich verglich es manchmal mit etwas täglich Gebrauchtem, manchmal mit etwas aus unserer Traumwelt, oder auch mit diesem oder jenem Geschauten, Erwähnten aus unseren gegenseitig geschilderten Erinnerungen, doch kam ich keinen einzigen Schritt weiter, um Klarheit in meinem Verstand zu schaffen, so mußte ich mich der Ungewißheit meiner Vorstellungen fügen und wartete vergeblich darauf, daß die Waffe mir ihr Geheimnis von selbst eröffnen würde. Auch noch vier Jahre später, als der kleine Fleck sich in eine bizarre Schöpfung vom Ausmaß einer großen Moschee verwandelt hatte, in einen formidablen Anblick, von dem ganz Istanbul redete, nach Meinung des Hodschas aber in eine wirkliche Kriegsmaschine, selbst dann war ich, während jeder sie mit irgend etwas gleichsetzen wollte, noch immer verloren zwischen den Einzelheiten, die mir der Hodscha in der Vergangenheit über die siegreiche Zukunft der Waffe geschildert hatte.

Bei meinen Besuchen im Saray gab ich mir Mühe, dem Sultan diese fürchterlich großartigen Einzelheiten zu wiederholen, und sprach wie jemand, der sich morgens vergeblich an einen Traum erinnern will, von jenen Rädern, Getrieben, der Kuppel, dem Pulver und den Hebeln, die der Hodscha mir, wer weiß wie oft, erklärt hatte. Es waren nicht meine Worte, auch fehlte ihnen die Glut, welche der feurigen Rede des Hodschas innewohnte, trotzdem sah ich, daß der Herrscher beeindruckt war. Und mich bewegte, daß dieser, wie ich meinte, durchaus vernunftbegabte Mann Hoffnung schöpfte aus dieser Masse ungewisser Wörter, aus dieser überschäumenden Sieges- und Rettungspoesie des Hodschas, die ich nur in groben Zügen wiederzugeben vermochte. Der daheimgebliebene Hodscha, das sei ich, erklärte der Padischah. Ich aber hatte endlich genug von seinen klugen Spielen, die mich reichlich durcheinanderbrachten. Wenn er sagte, ich sei der Hodscha, fand ich's besser, nichts zu verstehen, denn kurz darauf kam er mit der Behauptung, der Hodscha habe all diese Dinge von mir gelernt. Doch nicht mein jetziges träges Ich wär's, das dies getan, nein, schon vor langem hätte ich den Hodscha umgewandelt! Wenn wir doch nur von den Lustbarkeiten des gleichen Tages, von den Tieren, den Feierlichkeiten oder auch von den Vorbereitungen zur Parade der Gilden sprechen könnten! dachte ich bei mir. Jeder wüßte, äußerte der Sultan noch, daß ich derjenige sei, der hinter dem Entwurf der Waffe stünde.

Eben das ängstigte mich am meisten. Seit Jahren war der Hodscha nicht mehr in der Öffentlichkeit zu sehen, sie hatten ihn nahezu vergessen, ich war's, der ständig in den Residenzen, den Palästen, in der Stadt, in nächster Umgebung des Herrschers auftrat, ich war nun das Ziel ihrer Eifersucht! Nicht nur, weil das Einkommen aus den vielen Dörfern, Olivenhainen und Karawansereien der Konstruktion der Waffe zugute kam, über welche tagtäglich neue Gerüchte verbreitet wurden, oder weil ich dem Sultan so nahestand, sondern auch, weil wir mit dieser Waffe unsere Nasen in anderer Leute Angelegenheiten steckten, deshalb bedachten sie mich, den Ungläubigen, mit ihrem tödlichen Haß. Wenn ich die Ohren nicht mehr verschließen konnte gegen ihre Anwürfe, trug ich meine Sorgen dem Hodscha oder dem Herrscher vor.

Doch sie schenkten mir wenig Aufmerksamkeit. Der Hodscha hatte sich vollkommen in seine Pläne vergraben. Ich sehnte mich nach seinem Zorn wie ein Greis, der die Leidenschaft der Jugend zurückersehnt. Während er in jenen letzten Monaten den undeutlich dunklen Fleck auf den Papieren mit Einzelheiten fütterte und wachsen ließ, ihn verwandelte in den furchterregenden Plan zum Guß eines Monstrums, unglaublich viel Geld in die Gußformen steckte und den Stahl gießen ließ, so schwer, daß ihn niemals eine Kanonenkugel würde durchdringen können, hörte er nicht einmal hin, wenn ich ihm das böse Gerede weitergab, denn sein Interesse galt nur den Botschaftsresidenzen, wo man darüber sprach: Was für Menschen waren diese Gesandten, wie war's mit ihrem Verstand beschaffen, machten sie sich Gedanken über diese Waffe? Und das Wichtigste: Warum dachte der Sultan nicht daran, ständige Botschafter zum Repräsentieren des Reiches in jene Länder zu entsenden? Ich spürte, daß er diese Aufgabe für sich selbst wünschte, daß er unter den Leuten dort leben und von den Toren hier befreit sein wollte, doch er sprach nie offen über diesen Wunsch, selbst in solchen hoffnungslosen Stunden nicht, wenn der Entwurf ihm Schwierigkeiten machte, wenn der Stahlguß Risse zeigte oder wenn er glaubte, das Geld werde nicht ausreichen. Nur einige Male entschlüpfte ihm, daß er »ihre« Männer der Wissenschaft kennenzulernen wünschte, vielleicht würden sie die Tatsachen verstehen, die er über unsere Köpfe herausgefunden hatte. Er wollte Briefe tauschen mit diesen Wissenden jener fernen Länder, sei es in Venedig, in Flandern oder irgendeinem anderen Land, das ihm gerade einfiel. Welche unter ihnen waren die besten, wo wohnten sie, wie korrespondierte man mit ihnen, konnte ich das nicht von den Gesandten erfahren? Doch in jener letzten dem Vergnügen gewidmeten Zeit, in der mich die fast fertige Waffe herzlich wenig kümmerte, ließ ich diese Bitte, deren verzagter Ton unseren Feinden durchaus zur Freude gereicht hätte, in Vergessenheit geraten.

Auch der Padischah hatte seine Ohren gegen die üble Nachrede unserer Gegenspieler verschlossen. In den Tagen, als der Hodscha mutige Männer zum Ausprobieren der Waffe suchte, die sich in das Innere dieser fürchterlichen Stahlmasse hineinwagen mußten, damit im beizenden Gestank von rostigem Eisen das Räderwerk in Gang gesetzt werde, hörte der Sultan nicht einmal hin, wenn ich über das Gerede Klage führte. Er ließ mich wie immer des Hodschas Schilderungen wiederholen. Er glaubte an ihn, war mit allem zufrieden, bereute keineswegs, sich samt und sonders auf ihn verlassen zu haben. Für alle diese Dinge bedankte er sich bei mir. Wieder mit der gleichen Begründung natürlich – weil ich dem Hodscha alles beigebracht hatte. Auch er sprach, gleich dem Hodscha, vom Inneren unserer Köpfe und, gleichlaufend mit diesem Interesse, fiel ihm sofort jenes andere Thema ein: Genau wie einst der Hodscha, fragte mich nun der Sultan, wie man in jenem Lande dort, in meinem Lande leben würde.

Haufenweise erfand ich Geschichten für ihn. Ob diese ständig wiederholten, heutzutage für mich überwiegend glaubhaften Imaginationen wirklich Erlebtes aus meiner Jugend waren oder nur Traumerzählungen, die aus meiner Feder flossen, sooft ich am Tisch saß, um mein Buch zu schreiben, vermag ich jetzt nicht mehr festzustellen: Manchmal tat ich ein, zwei lustige Lügen dazu, dann gab es einige durch ständiges Hinzuerfinden gewachsene Märchen. Ich wiederholte auch stets, alle Kleider der Leute dort trügen sehr viele Knöpfe, weil den Padischah diese Einzelheit besonders reizte, und ich erzählte Geschichten, von deren Komponenten ich nicht sagen konnte, ob sie meiner Erinnerung oder meinen Träumen entstammten. Doch gab es einige auch nach fünfundzwanzig Jahren unvergessene Wahrheiten: Was wir, Eltern, Geschwister und ich, beim Frühstück unter den Linden gesprochen hatten! Doch das interessierte den Herrscher am allerwenigsten. Er hatte mir einmal gesagt, daß im Grunde genommen jedes Leben dem anderen gleiche. Mich hatte dieser Ausspruch, wer weiß warum, erschreckt, denn des Sultans Gesicht bekam einen teuflischen Zug, der mir bisher nie aufgefallen war, und ich wollte nach der Bedeutung dieses Wortes fragen. Ängstlich sein Mienenspiel betrachtend, kam mir der Wunsch: »Ich bin ich!« zu sagen. Mir schien, als könne ich all die Spielereien des Hodschas, des Sultans und jener intriganten Klatschmäuler, die aus mir jemand anders machen wollten, vereiteln und meine eigene Existenz friedlich weiterführen, wenn ich nur den Mut zum Aussprechen dieses unsinnigen Wortes fände. Doch wie alle jene, die vor jeder Ungewißheit zurückschrecken, die ihr ruhiges Gleichmaß in Gefahr bringen könnte, schwieg ich voller Furcht.

Dies hatte sich im Frühjahr ereignet, nachdem der Hodscha seine Waffe fertiggestellt hatte, aber noch nicht ausprobieren konnte, weil er die Leute nicht zusammenbrachte, um sie in Gang zu setzen. Wir waren höchst erstaunt, als der Padischah kurz darauf mit dem Heer nach Polen zog. Warum hatte er die Waffe, die unsere Feinde vernichtend schlagen konnte, nicht auf den Feldzug mitgenommen, warum nicht mich, traute er uns nicht? Wie alle in Istanbul Zurückgebliebenen, so meinten auch wir, der Sultan sei in Wahrheit nicht ausgezogen, um Krieg zu führen, sondern um zu jagen. Der Hodscha war's zufrieden, hatte er doch ein Jahr dazugewonnen, für mich aber gab es nichts zu tun, kein Vergnügen, so arbeiteten wir gemeinsam für die Waffe.

Es hatte uns viel Mühe gekostet, die Leute zum Bedienen der Maschinerie zu finden. Niemand mochte sich in das Innere dieses so schrecklich anzuschauenden Vehikels von ungewisser Bedeutung begeben. Er würde viel Geld bezahlen, gab der Hodscha bekannt, wir sandten Ausrufer in die Stadt, schickten Männer zu den Werften, zum Arsenal, ließen Leute suchen unter den Arbeitslosen, den Tagedieben und Abenteurern. Die meisten, die ihre Furcht überwanden und sich in den eisernen Hügel hineinwagten, um das Räderwerk anzuwerfen, hielten der Enge und Hitze des bizarren Insektes nicht stand und liefen wieder fort. Als wir gegen Ende des Sommers endlich die Maschine in Gang zu setzen vermochten, war alles hierfür jahrelang aufgesparte Geld gänzlich verbraucht. Unter den ängstlich staunenden Blicken und dem Siegesgeschrei der Gaffer begann sich die Kriegsmaschine ungelenk zu rühren, griff bebend von Kanonenschüssen eine imaginäre

Festung an und stand still. Das Einkommen aus den Dörfern und Olivengärten floß uns weiter zu, trotzdem war der Hodscha gezwungen, die von uns zusammengeholte Mannschaft fortzuschicken, weil sie zuviel kosten würde.

Der Winter verging mit Warten. Auf der Rückkehr vom Feldzug war der Padischah in seinem geliebten Edirne geblieben, nach uns krähte kein Hahn, wir waren allein. Niemanden gab es, den wir zur Morgenstunde im Palast mit unseren Geschichten unterhalten konnten, niemanden für mich zum Vergnügen des Nachts in den Residenzen. So waren wir auch ohne Tätigkeit. Ich versuchte, mir die Zeit mit den Sitzungen für mein Portrait zu vertreiben, das ein Maler aus Venedig anfertigte, oder mit Lektionen im Spielen der *Ud*. Der Hodscha lief alle naselang nach Kuledibi, wo seine Waffe unter der Obhut eines Wächters stand. Er konnte es nicht lassen, dem Gerät hie und da etwas hinzuzufügen, doch es wurde ihm bald zu langweilig. In den Nächten des für uns letzten gemeinsamen Winters sprach er nicht mehr von der Waffe und was er damit anstellen würde. Er war teilnahmslos geworden, doch nicht, weil er seine Leidenschaft verloren hatte, sondern weil *ich* keinen Funken der Anregung mehr in ihm entfachen konnte.

Mit Warten verbrachten wir den größten Teil der Nächte, wir warteten darauf, daß der Wind sich lege oder der Schnee aufhöre zu fallen, daß der *Boza*-Verkäufer das letzte Mal vorbeikäme, daß im Ofen das Feuer zu Asche würde, um neue Scheite aufzulegen, daß am Gegenufer des Goldenen Horns die letzte Lampe zitternd erlösche und der ausbleibende Schlaf endlich käme und der Morgenruf zum Gebet erschallen würde. In einer dieser Winternächte, während wir kaum sprachen und oft in Träumerei versanken, äußerte der Hodscha unvermutet, ich hätte mich sehr verändert, wäre ein ganz anderer Mensch geworden. Mein Magen zog sich zusammen, Schweiß netzte meinen Rücken. Ich wollte ihm entgegenhalten, daß er unrecht habe, wollte sagen, ich sei wie früher, wir wären uns gleich, er müsse mir wieder wie ehedem seine Aufmerksamkeit schenken, es gäbe noch unendlich viel für uns zu bereden, doch er hatte recht. Mein Auge hing an meinem Portrait, das ich am gleichen Morgen vom Maler geholt und an eine der Wände gelehnt hatte – ich war verändert: Fett geworden vom üppigen Tafeln, ein Doppelkinn zeigte sich, die Muskeln waren erschlafft, die Bewegungen verlangsamt. Doch schlimmer noch: auch mein Gesicht war ein vollkommen anderes geworden, ein schamloser Zug hatte sich vom Trinken und Küssen bei den Gelagen eingeschlichen in meine Mundwinkel, meine Augen waren trüb verhangen vom ungeregelten Schlaf, vom Trinken bis zur Bewußtlosigkeit, und wie alle die Einfältigen, welche mit ihrem Leben, der Welt und sich selbst zufrieden sind, lag in meinem Blick gemeine Überheblichkeit, doch ich wußte, mir war recht wohl in meinem neuen Zustand, und ich schwieg.

Später sah ich stets den gleichen Traum, solange, bis der Sultan uns mitsamt der Waffe zum Aufbruch ins Feld nach Edirne rufen ließ: Wir schienen auf einem Vergnügen zu sein, das in seinem Durcheinander den Istanbuler Festen glich – einem Maskenball in Venedig. Als die »Kurtisanen« ihre Masken lüfteten, erkannte ich in der Menge meine Mutter und meine Verlobte und nahm erwartungsvoll auch meine Maske vom Gesicht, damit sie mich erkennen sollten, sie aber verstanden einfach nicht, daß ich es war, den sie sahen, und wiesen auf jemanden hinter mir mit ihren an Stäben befestigten Larven, und beim Umschauen sah ich, daß dieser Mann, der mich als mich selbst erkennen könnte, der Hodscha war. Zuversichtlich trat ich näher zu ihm, damit er mich wahrnähme, da aber ließ der Mann, welcher der Hodscha war, seine Larve sinken, und darunter erschien, mich aus dem Traume reißend mit erschreckenden Schuldgefühlen, meine Jugend.

X.

Sogleich, nachdem wir Anfang des Sommers Nachricht erhielten, der Padischah erwarte uns mit der Waffe in Edirne, wurde der Hodscha tätig. Da begriff ich, daß er alles bereitgehalten und den ganzen Winter hindurch mit der entlassenen Mannschaft in Verbindung gestanden hatte. Drei Tage später waren wir abmarschbereit. Die Nachtstunden des letzten Tages verbrachte der Hodscha kramend zwischen alten Büchern mit lädierten Einbänden, halbfertigen Abhandlungen, vergilbten Notizen, seinem eigenen Zeug und diesem und jenem, geradeso, als würden wir in ein neues Haus umziehen. Er setzte die Glocke seiner verrosteten Gebetsstundenuhr instand, entstaubte seine astronomischen Geräte. Bis zum Morgen stöberte er umher zwischen Skizzen und Entwürfen für unsere in fünfundzwanzig Jahren verfaßten Bücher und konstruierten Apparaturen. Ich fand ihn, als der Tag heraufzog, beim Durchblättern der zerrupften, ausgeblaßten Seiten des kleinen Heftes, welches ich während der Vorbereitung unseres ersten Feuerwerks mit den Beobachtungen unserer Experimente gefüllt hatte, und er fragte mich zögernd, ob wir sie wohl mitnehmen sollten, ob sie wohl zweckdienlich sein könnten? Als er meinem verständnislosen Blick begegnete, schleuderte er die Sachen ärgerlich aus der Hand in einen Winkel.

Trotz allem standen wir uns auf diesem zehn Tage

währenden Zug nach Edirne sehr nahe, wenn auch nicht so nahe wie in den längst vergangenen Jahren. Vor allen Dingen war der Hodscha zuversichtlich. Unsere als Monstrum, Käfer, Teufel, wehrhafte Schildkröte, laufender Turm, Riesentölpel, Eisenhaufen, rollender Kessel, Gigant, Zyklop, Ungeheuer, finsterer Kerl bezeichnete Waffe, deren Anblick ganz nach des Hodschas Wunsch bei jedermann Entsetzen auslöste, machte mit seltsam fürchterlichem Knirschen und Lärmen schwerfällig ihren Weg, kam jedoch schneller voran, als er vermutet hatte. Der Hodscha war hocherfreut, den ganzen Weg entlang auf den Hügelkämmen die Neugierigen aus den umliegenden Dörfern aufgereiht zu sehen, wie sie die Hälse reckten nach der Maschine, der sie nicht wagten näherzukommen. Nachts, wenn Grillengezirpe die Stille zerlegte, wenn unsere Männer in ihren Zelten nach des Tages Müh' und Schweiß in tiefen Schlaf gesunken waren, erzählte mir der Hodscha von dem, was sein Riesenkind unseren Feinden antun könnte. Die alte Begeisterung war ihm abhanden gekommen, gleich mir machte auch er sich Sorgen darüber, was des Padischahs Gefolge und die Truppen von der Waffe halten würden und welchen Platz man dem Vehikel innerhalb der Schlachtordnung zuweisen mochte, aber immer noch konnte er ruhig und selbstsicher von »unserer letzten Gunst des Schicksals« sprechen, von unserer Möglichkeit, den Fluß des Geschehens in die von uns gewünschte Richtung zu lenken, und wichtiger noch, von den »anderen« und den »unsrigen«, welche stets seine Begeisterung wachhielten.

Mit feierlichem Gepränge zog die Waffe in Edirne ein, doch fand die Zeremonie bei niemandem freudigen Anklang, abgesehen vom Padischah und einigen würdelosen Schmeichlern seiner Umgebung. Wie einen alten Freund hatte der Herrscher den Hodscha empfangen, man munkelte von einem möglichen Krieg, doch gab es kaum Vorbereitungen oder Eile, und sie begannen damit, ihre Tage gemeinsam zu verbringen. Ich gesellte mich dazu, war stets dabei, wenn sie die Pferde bestiegen, um ins Dunkel der nahen Wälder zu tauchen und dem Zwitschern der Vögel zu lauschen, wenn sie den Tunca oder den Meric im Boot befuhren, um die Frösche zu beobachten, wenn sie Störche im Hof der Selimiye-Moschee liebkosten, die mit Adlern kämpfend verletzt worden waren und dort Zuflucht fanden, und auch, wenn sie wieder einmal nach unserer Waffe sahen, um sie auf ihre Vorzüge zu prüfen. Doch mir wurde schmerzhaft bewußt, daß ich zu ihren Gesprächen nichts beitragen konnte, nichts, dem sie aufmerksam zuhören würden, kein einziges überzeugendes Wort. Vielleicht war ich eifersüchtig darauf, wie vertraut sie miteinander waren. Aber auch, daß ich endlich genug hatte, wurde mir klar, denn immer noch sang der Hodscha das gleiche Lied, und ich sah mit Erstaunen, wie der Herrscher nach wie vor auf dieses erfundene Zeug vom Sieg hereinfiel, von der Überlegenheit der »anderen«, von der Notwendigkeit, uns endlich aufzuraffen und zur Tat zu schreiten, von der Zukunft und von dem Inneren unserer Köpfe.

Eines Tages im Mittsommer, während die Kriegsgerüchte sich mehrten, forderte mich der Hodscha auf, ihn zu begleiten, denn er brauche einen starken Mann bei sich. Wir liefen eilig durch Edirne, durch die Viertel der Zigeuner und der Juden, durch einige aschgraue, deprimierende Straßen, die ich früher schon durchwandert hatte, vorbei an den einander sehr ähnlichen Behausungen armer Muslime. Als mir die gleichen efeuberankten Häuser, eben noch zu meiner Linken, jetzt zu meiner Rechten ins Auge fielen, wurde mir klar, daß wir umherirrten, und so fragte ich jemand: Im Fildami-Viertel seien wir, hieß es. Unvermittelt klopfte der Hodscha an die Pforte eines Hauses. Ein Kind, wohl acht Jahre, mit grünen Augen, öffnete uns. »Die Löwen«, sagte der Hodscha, »die Löwen sind aus des Sultans Palast entwichen, wir suchen nach ihnen.« Er schob das Kind beiseite, betrat das Haus und ich folgte. Drinnen roch's nach Staub, Holz und Seife, wir stiegen hastig im Halbdunkel eine knarrende Treppe hinauf zu einer Diele, wo der Hodscha begann, wahllos die Türen zu öffnen. Im ersten Zimmer war ein abgezehrter Greis mit zahnlos offenem Munde eingenickt, und zwei lustige Kinder, die an seinem Bart zupften, um etwas zu fragen, erschraken beim Aufgehen der Tür. Der Hodscha schloß sie, öffnete eine andere; ein Haufen Steppdecken lag hier und neue Stoffe dafür. Noch vor dem Hodscha umschloß die Hand des Jungen, der uns eingelassen hatte, den dritten Türgriff, und er sagte: »Hier ist kein Löwe, nur meine Mutter und meine Tante!« Dennoch öffnete der Hodscha, und zwei Frauen, im bleichen Licht ihr Gebet verrichtend, kehrten uns den Rücken zu. Im vierten Zimmer befand sich ein Mann, der an einer Steppdecke nähte und mir ähnlich sah, denn er trug keinen Bart. Beim Anblick des Hodschas erhob er sich. »Warum bist du gekommen, du verrückter Kerl?« fragte er, »was willst du von uns?« »Wo ist Semra?« fragte der Hodscha zurück. »Sie ist vor zehn Jahren nach Istanbul gegangen«, sagte der Mann, »dort soll sie an der Pest gestorben sein. Warum konntest du nicht krepieren?« Ohne ein Wort stieg der Hodscha die Treppe hinab und verließ das Haus. Ich hörte, während ich folgte, des Kindes lautes Rufen und die Antwort von einer der Frauen: »Die Löwen sind gekommen, Mutter!« »Ach was, nur dein Onkel und sein Bruder!«

Zwei Wochen darauf ging ich zu früher Morgenstunde wieder dorthin, vielleicht, weil ich das Geschehene irgendwie nicht vergessen konnte, vielleicht auch, weil ich mich auf mein neues Leben und dieses Buch, welches Ihr immer noch so geduldig lest, vorbereiten wollte. Da mich das Zwielicht wohl täuschte, suchte ich Straße und Haus zuerst vergeblich, und als ich sie endlich wiederfand, wollte ich auch die Abkürzung suchen zum Hospital der Beyazit-Moschee, deren Richtung ich schon ungefähr geschätzt hatte. Doch meine Annahme, sie müßten damals diesen Abkürzungsweg genommen haben, konnte auch falsch gewesen sein, so daß ich deshalb einen im Schatten der Pappeln zur Brücke führenden Weg nicht zu finden vermochte; am Rande des von Pappeln gesäumten Pfades aber, den ich fand, gab es keinen Wasserlauf, an dessen Ufer man sich zum *Helva*essen hätte niederlassen können. Im Hospital schließlich fand sich nichts von dem wieder, was unsere Traumbilder gezeigt hatten, keine Spur von Schlamm und, obwohl es blinkend sauber war, gab es dort weder plätscherndes Wasser noch bunte Flaschen. Als ich einen in Ketten liegenden Kranken erblickte, konnte ich meine Neugier nicht mehr zügeln und fragte einen Arzt: Der Leidende, hörte ich, sei verliebt gewesen, darüber irre geworden und meine nun, gleich vielen der Irren, jemand anders zu sein; er wollte mir noch mehr erklären, doch ich wandte mich ab, ohne hinzuhören.

Ganz unerwartet fiel eines Tages gegen Ende des Sommers die Entscheidung zum Feldzug, an den wir nicht mehr geglaubt hatten: Die Polen konnten die Niederlage vom Jahr zuvor und die hohe Besteuerung als Folge davon nicht verwinden, so daß sie vermelden ließen: »Kommt her und treibt euren Tribut mit dem Säbel ein!« Im Laufe der nächsten Tage glühte der Hodscha vor Zorn, weil niemand daran dachte, der Waffe einen gebührenden Platz innerhalb der Marschordnung zu geben, weil niemand während des Kampfes das eiserne Ungetüm neben sich sehen wollte, weil niemand einen Vorteil erwartete von diesem Riesenkessel, und mehr noch – er würde als böses Omen betrachtet! Während der Hodscha am Tage vor dem Abmarsch über die Zukunft des Krieges orakelte, hatten, so schien es, unsere Gegner das Wort auf die Waffe gebracht und erklärt, sie könne in gleicher Weise sieg- wie auch fluchbringend sein. Als mir der Hodscha noch sagte, mehr als ihn selbst sähe man mich hinter diesem Fluch, da wurde mir angst. Der Sultan habe jedoch, um jeden Streit zu vermeiden, wissen lassen, daß er dem Hodscha und der Waffe vertraue, und erklärt, daß sie während des Feldzuges ihm selbst, seinen eigenen Truppen unterstellt sei. An einem der heißen Tage Anfang September verließen wir Edirne.

Jeder glaubte, daß die Jahreszeit für einen Krieg zu weit vorangeschritten sei, doch wurde kaum darüber gesprochen. Es war eine neue Erfahrung für mich, daß der Soldat auf dem Kriegszuge die bösen Vorzeichen genauso fürchtet wie den Feind, und manchmal noch mehr als diesen. Wir staunten, als man uns zum Zelt des Sultans rufen ließ am Ende des ersten Tages auf dem Zuge nach Norden durch die sauberen, wohlbestellten Dörfer und über die Brücken, deren Grundpfeiler bebten unter der Schwere der Waffe. Der Padischah war kindisch geworden wie seine Soldaten, er fragte, gleich ihnen, wie ein neugieriger Bub zu Beginn eines fesselnd unbekannten Spiels den Hodscha nach seiner Auslegung des Tagesgeschehens: Was hatte die rote Wolke vor der sinkenden Sonne zu bedeuten, was die tief vorüberstreichenden Falken, was verhieß der geborstene Rauchabzug eines Bauernhauses und was die nach Süden ziehenden Störche? Natürlich legte der Hodscha alles zum Guten aus.

Damit aber war unsere Arbeit noch nicht getan. Wir lernten jetzt beide, daß der Sultan in den Nächten während des Kriegszuges sich leidenschaftlich gerne spannende Schauergeschichten anhörte. Der Hodscha beschwor die überschäumende Poesie des einst dem Herrscher gewidmeten Buches, welches mir das liebste war, und malte ein düsteres Bild, ein abgrundhäßliches Gemälde, in dem es von Toten, blutigen Niederlagen, Mißerfolgen, Verrat und Elend nur so wimmelte, doch in einem Winkel ließ er, sichtbar für das schreckensweite Auge des Padischahs, die Flamme des Sieges leuchten: Wir müßten, um sie anzufachen, unseren Verstand gebrauchen, wir müßten uns so schnell wie möglich der »anderen« und der »unsrigen« gewahr werden, dazu noch des Inneren unserer Köpfe und all der anderen Dinge, die mir der Hodscha seit Jahren vorerzählte und die ich endlich vergessen wollte – wir müßten uns wachrütteln! Und jede Nacht steigerte er das Finstere, Häßliche und Entsetzliche an dieser geschmacklosen, mir längst übergewordenen Erzählung, vielleicht, weil er meinte, auch der Sultan könne sie satt haben. Doch entging's mir nicht, wie der Herrscher vor Freude erschauerte, wenn vom Innern unserer Köpfe die Rede war.

Die Jagdausflüge begannen in der Woche nach unserem Aufbruch zum Feldzug. Eine lediglich hierfür das Heer begleitende Mannschaft ritt voraus, erkundete die Umgebung, wählte ein passendes Gelände aus und setzte die Bauern in Bewegung, worauf dann der Padischah, wir beide und die Jäger die Marschkolonne verließen und fortritten zu einem für seine Gazellen berühmten Gehölz, zu den Hängen eines Berges, wo die Wildschweine umhertollten, oder auch zu einem Wald voller Hasen und Füchse im Überfluß. Nach diesen kleinen, unterhaltenden Jagdausflügen, die etliche Stunden währten, kamen wir unter Fanfarenklängen wie Sieger aus der Schlacht zur Marschformation zurück, und während das Heer den Padischah begrüßte, standen wir gleich hinter ihm. Ich liebte diese Paraden, die der Hodscha zornig verabscheute, und es gefiel mir, des Abends mit dem Sultan über die Jagd zu sprechen statt über den Vormarsch, den Zustand der Dörfer und Städtchen, durch welche das Heer zog, oder etwa die letzten Nachrichten vom Feinde. Danach aber begann der Hodscha, aufgebracht über das, wie er meinte, dumme und närrische Geschwätz, mit seinen Geschichten und Prophezeiungen, die jede Nacht etwas gewalttätiger wurden. Wie des Herrschers Umgebung, so verdroß es allmählich auch mich, daß er diesen Geschichten zum Angstbereiten, diesen Märchen vom Inneren unseres Verstandes Glauben schenkte.

Aber noch Schlimmeres sollte vor meinen Augen geschehen! Wieder waren wir auf der Jagd, man hatte ein nahes Dorf räumen lassen, dessen Bewohner im Walde verstreut mit lautem Blechgetrommel Hirsch und Wildschwein aufscheuchen und unserem Anstand zutreiben mußten, wo wir bewaffnet und beritten auf der Lauer lagen, doch hatten wir bis zum Mittag kein einziges Tier zu sehen bekommen. Um der drückenden Stimmung abzuhelfen, an der wohl auch die Mittagshitze schuld war, wollte der Padischah jene Nachtgeschichten vom Hodscha hören, die ihn stets erschauern ließen. Wir schritten langsam voran, dem fernen, manchmal unterbrochenen Blechgedröhne lauschend, als wir auf ein Christendorf stießen, wo wir Halt machten. Da sah ich, daß der Hodscha mit dem Herrscher zusammen auf eines der leeren Häuser wies, aus dessen spaltbreit offener Tür ein magerer Greis seinen Kopf steckte, und sie den Mann ergreifen und vor sich bringen ließen. Sie hatten eben wieder von den »anderen« und vom Inneren ihrer Köpfe gesprochen, jetzt sah ich die Wißbegierde auf ihren Mienen, sah, daß der Hodscha dem Alten über einen Dolmetscher Fragen stellte, und trat näher, von der Furcht befallen, mein Verdacht könne sich bestätigen.

Der Hodscha verlangte von dem Greis, ohne Nachdenken sofort zu antworten: Welches war die größte Sünde, die schlimmste Übeltat, die er im Leben begangen hatte? In seinem gebrochenen Slawendialekt, den der Dolmetscher für uns nur schwer übertragen konnte, murmelte der Bauer, er sei ein armer alter Mann ohne jede Sünde. Doch der Hodscha bedrängte ihn mit erstaunlicher Heftigkeit, von sich selbst zu sprechen. Der Greis aber gab erst dann ein Vergehen zu, als er sah, daß ihm der Sultan die gleiche Aufmerksamkeit wie der Hodscha schenkte: Ja, er sei schuldig, auch er hätte, wie das ganze Dorf, das Haus verlassen und teilnehmen müssen an der Treibjagd mit seinen Brüdern und Schwestern, doch er sei schwach und gebrechlich, nicht kräftig genug, den ganzen Tag im Wald herumzulaufen; als er dann Verzeihung erbittend mit der Hand auf sein Herz wies, wurde der Hodscha zornig und schrie: Nicht das, sondern seine wahren Sünden wolle er wissen, der Bauer aber konnte die stetig wiederholte Frage des Dolmetschers einfach nicht begreifen, er stand verloren da und preßte kummervoll die Hand aufs Herz. Man führte den Alten fort. Als ein anderer, den man herbrachte, die gleichen Dinge äußerte, wurde der Hodscha rot vor Wut. Um es diesem zweiten Mann leichter zu machen, schilderte er ihm meine Kindheitsvergehen wie die eines namenlosen Sünders als Beispiel von Schuld und

Übeltat, meine Lügen, um mehr geliebt zu werden als die Geschwister, meine geschlechtlichen Vergehen aus der Studentenzeit, und voll Scham und Ekel kamen mir unsere Tage der Pest in den Sinn, an die ich jetzt bei Niederschrift dieses Buches wieder mit Sehnsucht zurückdenke. Zuletzt schleppte man einen Krüppel heran, dessen geflüstertes Bekenntnis, er habe heimlich den im Fluß badenden Frauen zugeschaut, den Hodscha etwas beruhigte. Ja, seht, so verhielten sich »jene« ihren Sünden gegenüber, sie waren imstande, sich ihnen zu stellen; wir aber, die wir nun endlich wissen sollten, was in unseren Köpfen vorginge – etc. etc. Ich versuchte mir einzureden, der Padischah sei nicht besonders beeindruckt gewesen.

Doch seine Neugier war erwacht. Im Verlauf einer Hirschjagd zwei Tage später ließ er das gleiche aufs neue geschehen, vielleicht, weil er dem Drängen des Hodschas nicht widerstehen konnte, vielleicht auch, weil ihm die Verhöre weitaus besser gefielen, als ich vermutete. Wir hatten die Donau bereits überschritten und befanden uns wieder in einem christlichen Weiler, doch sprach man hier eine romanische Sprache. Der Hodscha stellte fast dieselben Fragen. An das Ungestüm unserer Pestnächte erinnerten sie mich, als ich ihn hatte überreden können, seine Untaten aufzuschreiben, und zuerst wollte ich die Antworten der Dorfbewohner nicht einmal hören, denn sie fürchteten sich vor den Fragen und dem Fragenden, vor dem mysteriösen Richter, den der Sultan schweigend unterstützte. Mir war abscheulich zumute, mehr noch als über den Hodscha war ich über den Herrscher entrüstet, der sich hatte verleiten lassen oder dem anziehenden Spiel nicht widerstehen konnte. Aber es dauerte nicht lange, und auch ich wurde von diesem häßlichen Wissensdrang ergriffen, dachte, was verliert man schon beim Zuhören, und gesellte mich dazu. Die meisten ihrer Vergehen, welche sie in einer für mich recht angenehm klingenden Sprache bekannten, waren einander ähnlich: einfache Lügen, kleine Betrügereien, ein, zwei Boshaftigkeiten, ein paar gebrochene Versprechen, höchstens einige kleine Diebstähle!

Abends behauptete der Hodscha, die Dorfleute hätten nicht alles gesagt, sondern die Wahrheit zurückgehalten; ich sei damals weiter gegangen, es müsse viel schwerere, wirkliche und wahrhaftige Sünden geben, wodurch sie sich von uns unterschieden. Er würde den Padischah überreden, würde auch notfalls Gewalt anwenden, um diese Wahrheiten herauszubekommen, um zeigen zu können, wie »sie« beschaffen waren und wie dagegen »wir«. Mit jedem folgenden Tag steigerte sich diese schändliche Gewalt, wurde sinnloser. Zu Beginn war alles recht einfach gewesen, wie bei Kindern, die mitten im Spiel ein paar grobe, doch harmlose Streiche verüben, und die Stunden der Befragung glichen einem kleinen *Ortaoyun*, einer Unterbrechung auf unseren lustigen, langen Jagdausflügen. Mit der Zeit aber wurden Zeremonien daraus, die all unsere Ausdauer, unsere Willens- und Nervenkraft aufzehrten, von denen wir irgendwie nicht mehr ablassen konnten. Ich sah Dorfleute, verwirrt vom Entsetzen über den Zorn des Hodschas, dessen Fragen und Gründe sie nicht begriffen, wobei sie's vielleicht hätten erklären können, wenn sie nur verstehen würden, was er wollte; zahnlose, müde Greise sah ich, auf dem Dorfplatz zusammengetrieben, die mit verzweifelten Blicken Hilfe von ihrer Umgebung, von uns erflehten, bevor sie stotternd ihre wirklichen oder eingebildeten Sünden zugaben; Jünglinge sah ich, die umhergestoßen, mißhandelt wurden, wenn man ihre Bekenntnisse und Schlechtigkeiten für ungenügend befand – und in meiner Erinnerung sah ich den Hodscha am Tische sitzend, wie er nach dem Lesen der Niederschrift: »Na warte, du!« gerufen und meinen Rücken mit seiner Faust bearbeitet hatte, ärgerlich und uneins mit sich selbst, weil ihm unverständlich blieb, wie ich ein solcher Mensch sein konnte. Jetzt aber wußte er schon etwas besser, wonach er suchte, zu welchem Ergebnis er gelangen wollte. Er probierte auch andere Methoden aus, schnitt häufig den Geständigen das Wort ab und warf ihnen Lüge vor, worauf dann der Schuldige von unseren Männern geschlagen wurde. Manchmal unterbrach er die Rede mit der Behauptung, ein Freund des Bekennenden habe gerade das Gegenteil gesagt. Einmal auch ließ er sie paarweise zu sich rufen, mußte aber feststellen, daß kaum tiefere Wahrheiten dabei zutage kamen und die Bauern sich voreinander schämten, trotz der Gewalt, die unsere Leute entschlossen anwendeten, und das machte ihn wieder zornig.

Zu der Zeit, als der ständige Regen begann, war das Geschehen auch mir fast zur Gewohnheit geworden. Ein morastiger Dorfplatz steht mir wieder vor Augen, auf dem man die pitschnaß gewordenen Einwohner warten ließ, stundenlang und für nichts geprügelt, obwohl sie kaum fähig und willig waren, etwas zu sagen. Unsere Jagdausflüge wurden immer freudloser und kürzer. Wir erlegten zwar hin und wieder noch zum Kummer des Padischahs eine Gazelle mit sanften Augen oder auch einen starken wilden Eber, doch niemand weilte mehr beim Jagen mit seinen Gedanken, jeder dachte an die Verhöre, die gleich der Jagd von langer Hand vorbereitet wurden. In den Nächten aber schüttete mir der Hodscha sein Herz aus, als fühle er sich schuldig für sein Tun im Laufe des Tages. Das Geschehen, die Gewalt vor allem ließen auch ihm keine

Ruhe, doch er wollte sein Wissen beweisen, ein Wissen, das uns allen von Nutzen sei, er wollte es auch dem Sultan vorzeigen können, und außerdem – war's nicht so, als ob jene Dorfbewohner etwas verbargen? Dann meinte er, wir müßten die gleichen Experimente in einem muslimischen Dorf durchführen. Doch hier blieb ihm der Erfolg versagt: Sie gaben bei der Befragung mehr oder weniger die gleichen Bekenntnisse ab wie ihre christlichen Nachbarn, erzählten auch ohne besonders starken Nachdruck die gleichen Geschichten. Es war einer dieser gräßlichen Tage, an denen der Regen nicht aufhören will, und der Hodscha murmelte vor sich hin, das seien keine wahren Moslems. Doch während man abends die Ereignisse des Tages explizierte, war ihm ersichtlich klargeworden, daß auch dem Sultan die Wahrheit nicht entgangen war.

Das wiederum steigerte bloß des Hodschas Ärger, und als letzten Ausweg wurde er noch gewalttätiger, so daß selbst der Sultan es kaum noch mit ansehen konnte, sich aber wie ich aus reiner Neugierde davon mitziehen ließ. Auf unserem Vormarsch immer weiter nach Norden waren wir aufs neue in eine Waldgegend gekommen, wo die Bewohner slawisch sprachen, und dort, in einem netten kleinen Dorf schlug der Hodscha vor unser aller Augen mit eigener Hand auf einen hübschen Jüngling ein, der sich an nichts weiter als ein paar kindliche Lügen erinnern konnte. So etwas würde er nie wieder tun! sagte er abends, von einem merkwürdigen Schuldgefühl übermannt, das ich durchaus übertrieben fand. Ein andermal war's mir, als sähe ich unter gelblichen Regengüssen von weitem die Frauen des Dorfes das Schicksal ihrer Männer beweinen. Auch unsere Leute, inzwischen zu Meistern geworden, hatten mehr als genug von dem, was geschah, sie kamen uns manchmal zuvor, holten einen der nächsten

Bekenner heran, der ihnen ins Auge stach, und noch vor dem Hodscha, der des Zornigwerdens müde zu sein schien, stellte der Dolmetscher selbst die ersten Fragen. Zuweilen aber stießen wir auf bemerkenswerte Opfer: In wirrer Angst vor unserer zunehmend legendären Gewalt, deren Ruf uns von Dorf zu Dorf vorauseilte, oder vor einer hehren Gerechtigkeit, die ihnen rätselhaft bleiben mußte, legten sie lange ausführliche Geständnisse ab, als hätten sie ganz heimlich seit vielen Jahren auf den Tag des Verhörs gewartet. Doch diese Dorfgeschichten von ehelicher Untreue oder dem armen Bauern, der seinen reichen Nachbarn beneidete, ließen den Hodscha nicht mehr aufhorchen. Immer wieder brachte er vor, es müsse eine tiefere Wahrheit geben, doch ich glaube, er zweifelte manchmal gleich uns daran, daß man sie jemals ergründen würde. Der Padischah spürte wie ich, daß er unsere Zweifel wohl ahnte, was ihn erboste, doch keineswegs davon abbrachte, weiterzumachen. Vielleicht sahen wir deswegen tatenlos zu, als er die Zügel ganz in die Hand nahm. Einmal schöpften wir Hoffnung, nachdem wir vor einem Regenschauer unter ein schützendes Vordach geflüchtet waren und zusahen, wie er bis auf die Haut durchnäßt wurde beim stundenlangen Verhören eines jungen Menschen, der sich in Haß auf seinen die Mutter mißhandelnden Stiefvater und seine Stiefgeschwister erging, doch später am Abend beschloß er das Thema und befand auch diesen Jüngling für ganz gewöhnlich und nicht des Erinnerns wert.

Nach Norden, immer weiter nach Norden waren wir vorgedrungen, der Heereszug schlängelte sich zwischen hohen Bergen hindurch, kam nur langsam voran auf den schlammigen Wegen der tiefen, finsteren Wälder. Ich liebte die dunkle Kühle, die den Fichten- und Buchengehölzen entströmte, den verdächtig schweigsamen Nebel, das Ungewisse. Obwohl niemand den Namen gebrauchte, befanden wir uns vermutlich in den Ausläufern der Karpaten, die ich als Kind einmal, von der Hand eines mäßig begabten Malers mit Hirschen und gotischen Schlössern verziert, auf einer europäischen Landkarte im Besitz meines Vaters betrachten konnte. Der Hodscha war krank, erkältet vom Regen, trotzdem drangen wir jeden Morgen in die Waldungen ein, verließen den Weg, der sich wand und drehte, als solle das Ziel möglichst spät erreicht werden. Vergessen schienen die Jagdausflüge, es war, als würden wir nicht, um ein Reh zu treffen, am Ufer eines Gewässers, vor den Schrunden eines Abgrundes die Zeit vertun, sondern vielmehr, um die für uns in Bereitschaft gehaltenen Dorfbewohner etwas länger warten zu lassen! Wenn wir die Stunde für gekommen hielten, suchten wir eines der Dörfer auf, taten, was wir nicht lassen konnten, um dann jedesmal dem Hodscha seiner Aufforderung gemäß rasch ins nächste Dorf zu folgen, ihm, der das gesuchte Juwel nicht finden konnte, seine Mißhandelten und Geschlagenen, seine eigene Verzweiflung aber zu vergessen wünschte.

Einmal wollte er experimentieren, und der Sultan, dessen unermüdliches Interesse ich bewundern mußte, hatte zwanzig Janitscharen kommen lassen, auf daß an sie dieselben Fragen gerichtet würden wie an das vor seinen Häusern ausharrende, verstörte Bauernvolk. Ein andermal wieder ließ er die Dorfbewohner zur Marschkolonne bringen, zeigte ihnen unsere Maschine, die, um mit des Sultans Soldaten Schritt zu halten, unter befremdlichem Knirschen auf den morastigen Wegen vorwärts getrieben wurde, erfragte ihre Ansicht darüber und ließ die Antworten durch einen Schreiber festhalten. Vielleicht, weil wir's wirklich nicht verstanden, wie er meinte, vielleicht auch, weil die nutzlose Gewalt ihn abgeschreckt hatte, oder auch wegen seiner nächtlichen Anfälle von Schuldbewußtsein, oder weil ihm das Geraune über die Waffe und das Geschehen im Walde unter den Paschas und in der Armee leid geworden war, vielleicht auch nur wegen seiner Krankheit – ich weiß es nicht, aber seine Kräfte waren erschöpft: Seine vom Husten heisere Stimme ertönte nicht mehr so machtvoll wie einst, seine Fragen, deren Antworten er schon längst wußte, klangen nicht mehr so lebhaft wie früher, und wenn er des Nachts vom Siege, der Zukunft, von der Notwendigkeit sprach, uns aufzuraffen und zu befreien, dann schien sein Glaube an das Gesagte gleich seiner Stimme stetig schwächer zu werden. Ich entsinne mich, daß wir ihn zuletzt unter dem wieder einsetzenden, schwefelblassen Regen sahen, wie er, selbst bar jeder Überzeugung, ein paar verdatterte slawische Bauern vernahm. Wir hatten uns entfernt, mochten nicht mehr zuhören, jene aber schauten im regenverwaschenen Geisterlicht mit leeren Blicken auf das benäßte Glas eines riesengroßen Spiegels im vergoldeten Rahmen, den der Hodscha von Hand zu Hand gehen ließ.

Dann hörten diese »Jagd«ausflüge auf. Nach dem Überschreiten des Stromes waren wir ins Land der Polen gekommen. Unsere Waffe kam auf den Wegen, die der abscheuliche Regen völlig aufgeweicht hatte, nicht mehr voran und reduzierte das Tempo der Marschkolonne, das jetzt hätte beschleunigt werden müssen. Zur gleichen Zeit mehrten sich auch die Gerüchte, daß diese bei den Paschas ohnehin höchst unbeliebte Kriegsmaschine ins Unglück führen, Fluch bringen würde, und das Geschwätz der Janitscharen, die an des Hodschas Experimenten teilgenommen hatten, würzte die Sache noch mehr. Wie immer beschuldigten sie weniger den Hodscha als vielmehr mich, den Ungläubigen. Wenn er mit seiner poetischen Beredsamkeit, die nun sogar dem Herrscher zuviel wurde, von der Unentbehrlichkeit der Waffe, von der Stärke des Feindes und von der Notwendigkeit sprach, uns aufraffen und zur Tat schreiten zu müssen, waren die Paschas, die im Zelt des Sultans seiner Rede lauschten, um so mehr davon überzeugt, daß wir Aufschneider waren und die Waffe unglücksträchtig sei. Der Hodscha wurde von ihnen als Kranker betrachtet, ein zwar auf Abwege geratener, jedoch kein hoffnungsloser Fall; der wirklich Gefährliche und eigentliche Schuldige, der Hodscha und Herrscher betört und all diese unglücksbringenden Dinge angezettelt hatte, das war ich. Wenn wir uns nachts in unser Zelt zurückzogen, sprach der Hodscha mit heiserer Stimme voll Ekel und Wut über sie wie über die Toren in alter Zeit, doch die freudige Hoffnung jener Jahre, von der ich geglaubt hatte, wir würden sie stets lebendig erhalten können, war uns gänzlich abhanden gekommen.

Trotz allem erkannte ich, daß er nicht so leicht zum Aufgeben bereit sein würde. Als unsere Waffe zwei Tage später in einen regenweichen, lehmigen Schlamm versank und inmitten der Marschkolonne steckenblieb, war alle meine Zuversicht dahin, der Hodscha aber nahm trotz seines schlechten Zustandes den Kampf auf. Niemand gab uns Leute, nicht einmal Pferde, er aber trat an den Sultan heran, fand an die vierzig Gäule, ließ Ketten lösen von den Geschützen und holte auch Männer zusammen. Gegen Abend dann, nach eines mühsamen Tages Arbeit, brachte er, wütend auf die Gäule einpeitschend, unseren Riesenkäfer unter den Blicken derer, die beteten, daß er für immer im Schlamm versunken bleiben möge, in Bewegung. Schließlich focht er spätabends noch gegen die

Paschas an, die uns loswerden wollten und erklärten, die Waffe sei nicht nur unheilbringend, sie würde auch an den soldatischen Kräften zehren. Doch ich spürte, er glaubte nicht mehr an den Sieg.

Nachts in unserem Zelt war's, als ich auf meiner *Ud* spielen wollte, die ich kurz entschlossen auf den Feldzug mitgenommen hatte, doch er nahm sie mir aus der Hand und warf sie beiseite. Sie wollten meinen Kopf, sagte er und fragte, ob ich das wüßte? Ich wußte es. Er wäre glücklich, wenn sie seinen Kopf anstelle des meinen fordern würden. Auch das konnte ich fühlen, sagte aber nichts. Von neuem griff ich nach meiner *Ud*, er hielt mich ab davon und verlangte, ich solle von dort, von meinem Lande sprechen. Als ich, wie beim Padischah, ein paar Geschichten erfand, wurde er böse. Er wollte die Wahrheit, die wirklichen Einzelheiten, und fragte nach meiner Mutter, meiner Braut und meinen Geschwistern. Während ich die »Wahrheit« schilderte, sprach er dazwischen, murmelte in seinem von mir gelernten Italienisch kurze abgehackte Sätze, heisere Wörter vor sich hin, deren Sinn ich nicht so recht verstand.

Ich spürte im Laufe der nächsten Tage, daß er sich beim Anblick der zerstörten feindlichen Schanzen, die unsere Vorhut erobert hatte, mit letzter Hoffnung an einige sonderbare, häßliche Vorstellungen klammerte. Mühsam suchten wir morgens unseren Weg durch eines der niedergebrannten Dörfer, als er am Fuße einer Mauer tödlich Verletzte liegen sah, von seinem Pferd stieg und zu ihnen hineilte. Ich meinte zuerst, er wolle helfen, hätte vorgehabt, sie nach ihren Verletzungen zu fragen, wenn der Dolmetscher bei ihm gewesen wäre, und ich schaute von ferne zu. Dann aber begriff ich, daß ihn irgend etwas erregte, und ich ahnte wohl auch den Grund dafür – er wollte sie etwas ganz anderes fragen! Die gleiche Aufregung hielt ihn am nächsten Tage gepackt, als wir mit dem Sultan gemeinsam die zerstörten Schanzen und kleinen Bastionen rechts und links des Weges inspizierten: Zwischen eingestürzten Gebäuderesten und von Kanonenkugeln durchsiebten Palisadenwänden entdeckte er einen Verwundeten, den man noch nicht geköpft hatte, und lief zu ihm hin. Ich folgte ihm, damit er keine Scheußlichkeiten begehe, da man annehmen könnte, ich habe ihn wissentlich dazu verleitet, vielleicht aber auch nur aus reiner Neugier. Wer so verwundet war, den Körper bleidurchlöchert, von Kugeln zerfetzt, der würde, so schien er zu glauben, geständig sein, bevor die Maske des Todes sein Antlitz überzog; und er, der Hodscha, war zum Fragen bereit, er würde jetzt von den Sterbenden die allertiefste Wahrheit erfahren, welche alles mit einem Schlage ändern sollte, dann aber sah ich, daß er die Verzweiflung des nahen Todes auf den Gesichtern als seine eigene erkannte und sich schweigend zurückhielt, wenn er ihnen ganz nahe war.

Als der Hodscha am Spätnachmittag jenes Tages erfuhr, daß die Festung Doppio noch immer nicht eingenommen worden war, was den Padischah in heftigen Zorn versetzte, begab er sich ebenso aufgebracht zum Herrscher. Zweifelnd kehrte er zurück, schien aber dennoch nicht zu wissen warum. Jetzt, habe er dem Sultan erklärt, wolle er die Kriegsmaschine im Kampf einsetzen, für diesen Tag habe er Jahr um Jahr daran gearbeitet. Der Padischah hatte ganz gegen meine Vermutung befunden, daß die Zeit dafür zwar gekommen sei, man aber noch abwarten müsse, was Hüseyin Pascha der Blonde erreichen würde, den man zuerst mit dieser Aufgabe betraut habe. Warum er dies wohl gesagt habe?! Es war eine dieser unverständlichen Fragen, bei denen ich nie wußte, ob er sie mir stellte oder sich selbst, und irgendwie kam mir der Gedanke, ich stünde ihm nicht mehr nahe genug und wäre seiner Unruhe überdrüssig; die Antwort aber gab er selbst: Weil sie fürchteten, er würde sich seinen Anteil am Siege holen!

Bis zur Mittagsstunde des nächsten Tages, als wir hörten, Hüseyin Pascha der Blonde sei noch immer nicht imstande gewesen, die Festung einzunehmen, verwandte der Hodscha die größte Mühe darauf, sich selbst von dieser seiner Antwort zu überzeugen. Weil ich mehr und mehr als Unheilbringer und Spion verschrien war, ging ich nicht mehr zum Zelt des Padischahs. Als sich der Hodscha des Nachts zum Deuten des Tagesgeschehens dorthin begeben hatte, war's ihm gelungen, dem Herrscher wieder etwas von Sieg und glücklicher Fügung vorzutragen, der auch daran zu glauben schien. Zurück in unserem Zelt, zeigte er sich zuversichtlich und überzeugt davon, daß sich nun endlich alles wenden würde. Ich hörte ihm zu, nicht so sehr seiner Zuversicht wegen als vielmehr, um seine mühselige Anstrengung zu ihrer Aufrechterhaltung zu beobachten.

Wieder erzählte er die alte Geschichte von »uns« und von »ihnen« und vom künftigen Sieg, doch hatte seine Stimme einen traurigen Unterton, den ich zum ersten Mal hörte. Wie von einer Kindheitserinnerung sprach er, um die wir beide wußten, weil wir sie gemeinsam erlebt hatten. Er sagte nichts, als ich die *Ud* ergriff, auch nichts zu meinem stümperhaften Gezupfe; von den schönen Tagen sprach er, die für uns kämen, wenn wir in Zukunft den Fluß des Geschehens nach unserem Willen lenken würden, aber wir wußten beide, daß er nur Vergangenes schilderte. Vor meinem Auge erschien das Bild friedvoller Bäume in einem stillen Hintergarten, hellerleuchteter, warmer Räume und einer gedeckten Tafel, um welche sich all die Verwandten drängten. Zum ersten Male seit vielen Jahren gab er mir Ruhe. Als er sagte, er liebe die Leute hier, die Trennung würde ihm schwerfallen, fühlte ich, er hatte recht. Und als er nach einigem Nachdenken über diese Menschen sich seiner Toren erinnerte und in Zorn geriet, gab ich ihm wieder recht. Sein guter Glaube in die Zukunft schien mehr als oberflächlich zu sein; vielleicht, weil wir beide ahnten, daß er bald ein neues Leben führen würde, vielleicht, weil ich dachte, wenn ich an seiner Stelle wäre, würde ich das gleiche tun – ich weiß es nicht.

Als wir am nächsten Morgen unsere Waffe zur Probe gegen eine der kleinen Feindbastionen einsetzten, bewegte uns beide dieselbe sonderbare Vorahnung, daß die Maschine nicht viel taugen würde. Die etwa hundert Männer, welche der Padischah zu unserer Hilfe abkommandiert hatte, gerieten gleich beim ersten Angriff der Waffe durcheinander und verschwanden. Manche wurden von ihr selbst erdrückt und zerstückelt, andere wieder erschlagen, als sich das Vehikel auf tölpelhafte Weise in den schlammigen Grund bohrte und sie dadurch seiner Deckung beraubt waren. Und was die aus Furcht vor dem bösen Omen geflüchtete Mehrzahl betraf, so gelang es uns nicht, sie nochmals für einen neuen Angriff Aufstellung nehmen zu lassen. Wir müssen wohl beide das gleiche gedacht haben.

Später, nachdem Hasan Pascha der Dicke mit seinen Soldaten die Befestigung innerhalb von einer Stunde ohne große Verluste eingenommen hatte, wollte der Hodscha sein tiefschürfendes Wissen wieder beweisen, von einer Hoffnung beseelt, die auch ich diesmal gut zu verstehen glaubte, doch die ganze Besatzung der Schanze war niedergemacht worden, nicht einmal Sterbende waren noch zwischen den verkohlten Mauerresten zu finden. Als er an einem Platz die aufgestapelten Köpfe sah, welche vor den Sultan gebracht werden sollten, wußte ich auch sogleich, was er sich dachte, mehr noch, ich fand seinen Wissendurst berechtigt, wollte nur nicht mehr mit ansehen müssen, daß er sich so weit vorwagte, und wandte ihm den Rücken zu. Ein wenig später, als ich meine Neugier nicht mehr bezwingen konnte und wieder hinschaute, entfernte er sich von den Köpfen. Wie weit er wirklich gegangen war, sollte ich nie erfahren.

Man sagte uns mittags bei der Rückkehr zur Marschformation, daß Doppio noch immer nicht eingenommen worden war. Der Sultan sei in Zorn entbrannt, spreche von einer Bestrafung Hüscyin Paschas des Blonden – mit der ganzen Armee würden wir dort hinziehen! Wenn die Festung bis zum Abend nicht falle, so hatte er den Hodscha wissen lassen, werde unsere Maschine am morgendlichen Sturmangriff teilnehmen. Inzwischen habe er einen Kommandanten enthaupten lassen, dem es den ganzen Tag über nicht gelungen war, eine kleinere Befestigung einzunehmen. Von dem Gerede über den Mißerfolg unserer Kriegsmaschine vor der Schanze oder über schlimme Vorzeichen sei er nicht im geringsten berührt gewesen. Der Hodscha sprach nicht mehr von seinem Anteil am künftigen Sieg, er sprach überhaupt nicht, doch ich wußte, woran er dachte: an das Ende der vormaligen obersten Sterndeuter; wie ich auch wußte, daß ihm dieselben Dinge durch den Kopf gingen wie mir, wenn ich von meiner Kindheit und den Tieren auf unserem Landgut tagträumte; und ich wußte, daß eine Siegesnachricht von der Festung auch ihm wie unsere letzte Gunst vom Schicksal erscheinen würde, er aber gleichzeitig nicht mehr an diese Gunst glaubte, ja, sie gar nicht wollte; ich wußte, daß der brennende Glockenturm des kleinen Kirchleins in einem aus Wut über die uneinnehmbare Festung zerstörten Dorf und danach die standhaft gemurmelten Gebete des Priesters auch bei ihm den Gedanken eines neuen Lebens weckten, und daß die Sonne, die auf unserem Wege nach Norden zur Linken hinter den waldigen Höhen versank, ihm wie mir das Gefühl der Vollkommenheit von etwas gab, das stille und sorgsam der Vollendung entgegenstrebte.

Nach Sonnenuntergang und nach dem Empfang der Nachricht, daß nicht nur Hüseyin Pascha der Blonde einen Rückschlag erlitten hatte, sondern von den Polen abgesehen auch noch die Österreicher, Ungarn und Kazachen Doppio zu Hilfe geeilt waren, erblickten wir die Festung selbst. Sie lag auf einem steilen Hügel, die sinkende Sonne warf eine zartschimmernde Röte auf die wimpelbesetzten Türme, doch sie war weiß, strahlend weiß und wunderschön. Mir kam der Gedanke, etwas so Schönes und Unerreichbares könne man eigentlich nur im Traume sehen. Ihr lauft in diesem Traume heftig erregt einen Weg entlang, der sich durchs Waldesdunkel windet, um zur Helle auf dem Hügel, zu dem weißen Bauwerk zu gelangen, als ob dort ein festliches Vergnügen wäre, an dem ihr teilnehmen wollt, ein Glück zu finden sei, das ihr nicht versäumen möchtet, und ihr glaubt, der Weg müsse jeden Augenblick zu Ende sein, doch er geht weiter, immer weiter. Ich hörte, auf der Ebene zwischen dem dunklen Wald und den aufragenden Hängen sei durch den ständig über's Ufer tretenden Fluß ein übler Sumpf entstanden, den die Fußtruppen zwar hätten überwinden können, doch wär's ihnen nicht gelungen, den Abhang zu ersteigen, trotz des Feuerschutzes, den die Artillerie gewährte, und ich begann, über den Weg nachzudenken, der uns hierher geführt hatte. Alles schien vollkommen zu sein, wie der Anblick der vogelumschwebten weißen Festung, der langsam finsterer werdenden Bergwand und des stillen dunklen Waldes, und ich erkannte nun viele der jahrelang wie zufällig erlebten Dinge als unabänderlich, ich wußte, daß unsere Soldaten niemals die weißen Türme der Festung erreichen würden, und daß der Hodscha genauso dachte wie ich. Wenn wir morgen früh zum Angriff übergingen, würde unsere Waffe im Sumpf versinken, mitsamt der dem sicheren Tode preisgegebenen Männer drinnen und draußen, und später würde man fordern, daß den Soldaten mein Kopf vor die Füße rolle, um sie und die Furcht und das Gerede vom Unheil zu besänftigen, und ich wußte sehr wohl, daß auch der Hodscha all dies voraussah. Ich erinnerte mich, ihm einmal vor langen Jahren zum Anreiz, über sich selbst zu sprechen, von einem Kindheitsgefährten erzählt zu haben, der sich gemeinsam mit mir in der Fähigkeit übte, zur gleichen Zeit das gleiche sagen zu können. Jetzt hegte ich keinen Zweifel, daß auch des Hodschas Gedanken um die gleiche Sache kreisten.

Er kam und kam nicht zurück vom Zelt des Padischahs, zu dem er sich erst spät nachts hinbegeben hatte. Da ich mir recht gut vorstellen konnte, was er sagen würde zu den Paschas dort und dem Sultan, der von ihm seine Auslegung des Tages und der Zukunft zu hören wünschte, lag der Gedanke nahe, man habe den Hodscha gleich an Ort und Stelle hingerichtet, und bald würden die Henker auch zu mir kommen. Dann wieder stellte ich mir vor, er habe das Zelt verlassen und sich, ohne mir Nachricht zu geben, direkt zu der Festung aufgemacht, deren weißes Mauerwerk im Dunkeln schimmerte, habe die Wachposten, den Sumpf und den Wald bewältigt und sei schon lange dort angekommen. Ohne besonders bewegt zu sein, dachte ich an mein neues Leben und wartete auf den Morgen, als er endlich kam. Daß seine Äußerungen vor den Versammelten meinen Vermutungen entsprochen hatten, konnte ich von ihnen selbst erst sehr viele Jahre danach erfahren, in ausgiebig langen, sehr vorsichtig geführten Gesprächen. Er gab mir jetzt keine Erklärungen, war sehr in Eile, ganz wie jemand, der vor Antritt der Reise in Aufregung gerät. Draußen herrsche dichter Nebel, sagte er, und ich hatte verstanden.

Bis zum Morgengrauen beschrieb ich ihm, was ich in meinem Vaterland zurückgelassen hatte, wie er mein Zuhause finden konnte, wie bekannt wir waren in Empoli und in Florenz, welche Temperamente meine Mutter, mein Vater und meine Geschwister besaßen. Ich erwähnte die kleinen, ganz besonderen Eigenarten, welche die Menschen voneinander unterscheiden. Während meiner Schilderungen fiel mir ein, daß ich ihm all dies schon vorher beschrieben hatte, bis hin zu dem großen Muttermal auf dem Rücken meines kleinen Bruders. Ich denke manchmal, sie spiegeln nicht die Wirklichkeit, sondern nur meine Einbildungen wider, wenn ich dem Padischah davon erzähle oder auch jetzt beim Schreiben dieser Buchzeilen, doch in jenen Augenblicken glaubte ich fest daran; es war doch Tatsache, das leichte Stottern meiner Schwester, auch die vielen Knöpfe an unseren Kleidern und ebenso, was ich beim Blick aus den rückwärtigen Fenstern unseres Hauses erblickt hatte. Gegen Morgen meinte ich, diese Geschichten hätten mich wohl deshalb betört, weil ich annahm, sie könnten sich schließlich doch einmal an der Stelle fortsetzen, wo sie innegehalten hatten. Ich wußte, daß der Hodscha das gleiche dachte und seiner Geschichte mit Freuden glaubte.

Ohne Hast und ohne ein Wort wechselten wir die

Kleider. Meinen Ring gab ich ihm und mein Medaillon, das ich all die Jahre hindurch vor ihm hatte verbergen können. Das Bildnis meiner Urgroßmutter befand sich darin und eine ganz von selbst weiß gewordene Haarlocke meiner Braut. Ich denke, es gefiel ihm, er legte es an. Dann verließ er das Zelt. Ganz allmählich verschwand er vor meinen Augen im Nebel. Es begann hell zu werden, ich war todmüde, schlüpfte in sein Bett und fiel in friedlichen Schlaf.

XI.

Mein Buch nähert sich dem Ende. Vielleicht aber hat der kluge Leser meine Geschichte ohnehin für abgeschlossen betrachtet und sie längst aus der Hand gelegt. Einmal bin ich der gleichen Meinung gewesen und hatte diese vor Jahren verfaßten Seiten in einen Winkel gestopft, um sie nie wieder herauszuholen und zu lesen. Mir stand der Sinn zu jener Zeit nach ganz anderen Dingen, ich wollte Geschichten zu meinem eigenen Vergnügen erfinden, nicht für den Padischah, von einem Kaufmann, der zum Wolf wird und unter die Wölfe geht, oder auch von Liebesabenteuern in den öden Wüsteneien und eisstarrenden Forsten mir unbekannter Länder, dieses Buch aber, diese Erzählung wollte ich vergessen. Obwohl es, wie ich wußte, nicht leicht sein würde nach all dem Gerede, das ich zu hören bekommen, nach alldem, was ich erlebt hatte, wäre es mir vielleicht gelungen, wenn mich nicht die Worte eines Besuchers vor zwei Wochen dazu verleitet hätten, es wieder ans Licht zu ziehen. Jetzt aber weiß ich, daß es mir das liebste aller meiner Bücher ist, und ich werde es beenden, wie's ihm gebührt, wie ich's gewünscht, wie ich's erträumt habe.

Mein Platz, den ich zum Vollenden des Buches an unserem alten Tisch eingenommen habe, erlaubt mir den Blick auf ein kleines Boot, das von Cennethisar nach Istanbul segelt, auf eine Mühle weit hinten zwischen den Olivenbäumen, auf fröhlich tobende Kinder unter Feigenbäumen am Ende des Gartens und auf die staubige Straße von Istanbul nach Gebze. Im Winter bei Schnee und Eis ist fast niemand dort zu sehen, im Frühjahr, im Sommer jedoch ziehen vor meinen Augen die Karawanen nach Osten, nach Anatolien hinein, bis nach Bagdad und nach Damaskus; am häufigsten holpern die schwerfälligen, grob gefügten Ochsenkarren dort vorüber, und manchmal läßt der Anblick eines Reiters, dessen Kleider ich der Entfernung wegen nicht ausmachen kann, meine Pulse schneller schlagen, doch wenn er sich nähert, muß ich erkennen, daß er nicht zu mir wollte. Niemand kommt in letzter Zeit, und ich weiß nun auch, daß niemand mehr kommen wird.

Doch ich beklage mich nicht, Einsamkeit ist mir fremd, ich habe viel Geld erspart in den Jahren als oberster Sterndeuter, habe geheiratet, bin Vater von vier Kindern und konnte wohl gerade rechtzeitig meine Tätigkeit aufgeben, weil mich mein Beruf heraufziehende Katastrophen zu spüren gelehrt hatte.

Lange, bevor die Heere des Sultans nach Wien zogen, bevor die Köpfe seiner närrischen Umgebung und der meines Nachfolgers als oberster Sterndeuter im Zorn über die Niederlagen rollen mußten, und bevor unser tierliebender Padischah entthront wurde, bin ich nach Gebze entflohen, habe dieses Landhaus errichtet und mich darin mit meinen geliebten Büchern, meinen Kindern und einiger Dienerschaft niedergelassen. Meine Frau, mit der ich als oberster Sterndeuter die Ehe schloß, ist viel jünger als ich, versteht sich bestens auf die Geschäfte des Hauses, die sie allein besorgt, wie auch diese und jene meiner Angelegenheiten, und läßt mich tagsüber in diesem Zimmer allein, damit ich, nunmehr fast siebzig Jahre alt, in Ruhe meine Bücher schreiben, meiner Phantasie freien Lauf lassen kann. So denke ich an *Ihn* nach Herzenslust, um ein passendes Ende für meine Geschichte, für mein Leben zu finden.

In den ersten Jahren wollte ich gerade dies stets vermeiden. Der Herrscher hatte einige Male bemerken müssen, als er von *Ihm* zu sprechen wünschte, daß mir dieses Thema keineswegs zusagte. Ich glaube, auch ihm war's im Grunde recht so, er wollte nur irgend etwas in Erfahrung bringen, was aber und wieviel, konnte ich niemals herausfinden. Er hatte mir gleich zu Beginn erklärt, ich müsse mich gar nicht schämen dafür, von *Ihm* beeindruckt gewesen zu sein, von *Ihm* gelernt zu haben. Er selbst hätte von Anfang an gewußt, daß alle Bücher, Kalender und Weissagungen, die er von mir empfangen hatte, von *Ihm* verfaßt worden seien, und er habe *Ihm* das auch offen gesagt, während ich daheim mit den Plänen für unsere später im Morast versunkene Waffe rang, außerdem sei ihm bekannt, daß *Er* mir dieses ebenso erzählt, wie ich *Ihm* gleichfalls alles berichtet hätte. Vielleicht waren uns beiden die Zügel zu jener Zeit noch nicht ganz entglitten, doch fühlte ich wohl, daß sich der Sultan auf festerem Grunde befand als ich. Der Padischah, so schien es mir damals, war klüger als ich, er wußte alles, was er wissen sollte, und er spiele mit mir, um mich ganz in die Hand zu bekommen. Dieser Eindruck mochte verstärkt worden sein durch meine Gefühle der Dankbarkeit, weil er mich gerettet hatte aus der im Sumpfe endenden Niederlage und vor dem Wüten der Soldaten, die aufgestachelt waren durch das ruchlose Gerede von einem Fluch. Hatte doch so mancher unter ihnen meinen Kopf gefordert, als die Flucht des Ungläubigen bekannt geworden war. Ich wäre wohl bereit gewesen, dem Herrscher alles zu gestehen, wenn er mich in jenen ersten Jahren ganz offen befragt hätte. Damals waren noch keine Gerüchte darüber aufgekommen, daß ich nicht ich selbst wäre, doch wünschte ich sehr, mit jemand über alles, was geschehen war, reden zu können, und ich sehnte mich nach *Ihm*.

Das Alleinsein in dem Hause, welches wir so viele Jahre gemeinsam bewohnt hatten, steigerte meine Rastlosigkeit. Ich hatte die Taschen voller Geld und gewöhnte mir damals an, regelmäßig den Sklavenmarkt aufzusuchen. Monatelang lief ich vergeblich hin, bis ich am Ende das Passende fand. Ein armer Kerl war's, den ich kaufte und heimbrachte, der im Grunde genommen weder mir noch *Ihm* besonders ähnlich sah. Nachts aber, als ich ihn aufforderte, mich alles zu lehren, sein Land und sein bisheriges Leben zu schildern, und mehr noch, seine Vergehen zu beichten, und ihn dann vor dem Spiegel stehen ließ, da fürchtete er sich vor mir. Es war eine schreckliche Nacht, der Arme tat mir leid, und ich nahm mir vor, ihn morgens freizulassen, doch mich packte der Geiz, ich brachte ihn zurück und verkaufte ihn wieder auf dem Sklavenmarkt. Danach beschloß ich zu heiraten und ließ meine Absicht im Viertel verlauten. Mit Freuden kamen sie angelaufen, weil sie dachten, ich würde am Ende einer der ihren werden und Ruhe hielte Einzug in der Straße. Mir war's recht, so wie sie zu sein, ich war guter Zuversicht und meinte, noch jahrelang Geschichten für meinen Padischah erfinden und friedlich mein Dasein fristen zu können. Mit großem Bedacht wählte ich meine Ehefrau, und in den Nächten spielte sie die *Ud* für mich.

Als das Gerede von neuem begann, hielt ich's zunächst für ein Spiel, das der Padischah mit mir trieb, und glaubte, es mache ihm Freude, meine Unruhe zu beobachten, mir verwirrende Fragen zu stellen. Wenn er anfangs aus dem Nichts heraus: »Kennen wir uns selbst? Der Mensch sollte wissen, wer er ist!« und ähnliche Dinge äußerte, war ich nicht weiter besorgt darüber und meinte, er habe dies angenommen von einem Neunmalklugen unter seinem ihn wieder umschwänzelnden närrischen Gefolge, einem, der sich mit der griechischen Philosophie beschäftigte. Als er mir auftrug, etwas über diese Dinge zu schreiben, überreichte ich ihm mein neuestes Buch, das von den Gazellen und den Sperlingen handelte, die glücklich waren, weil sie niemals über sich nachdachten und nicht wußten, wer sie waren. Nachdem ich hörte, er habe das Buch recht ernstgenommen und sich daran delektiert, wurde mir etwas leichter ums Herz, doch kamen mir gleichzeitig Gerüchte zu Ohren, ich würde den Sultan für dumm verkaufen, denn ich wäre demjenigen, dessen Stelle ich eingenommen, nicht einmal ähnlich, *Er* sei schlanker und feiner gewesen, ich aber wäre korpulent; und man habe durch meine Erklärung, ich könne nicht alles wissen, was er wußte, verstanden, daß ich ein Lügner war; und eines schönen Tages in einem Krieg würde auch ich erst Unheil verbreiten und dann gleich *Ihm* entfliehen, auch die Kriegsgeheimnisse dem Feinde verraten und damit zur Niederlage beitragen – und dergleichen Dinge mehr. Um mich vor dem Geschwätz zu schützen, das ich dem Sultan zu verdanken meinte, blieb ich allen Festlichkeiten fern, zeigte mich kaum noch in der Öffentlichkeit, verlor an Gewicht und suchte in behutsam geführten Gesprächen zu erkunden, was damals während der letzten Nacht im Zelt des Padischahs gesprochen worden war. Mein Weib gebar mir ein Kind nach dem anderen, mein Einkommen war gut, ich wollte das Gerede, *Ihn* und alles Vergangene vergessen und ganz in Frieden meinen Geschäften nachgehen.

Ich hielt's auch sieben Jahre lang aus, und wenn ich standhafter gewesen wäre, und mehr noch, nicht gespürt hätte, daß eine neue Säuberung unter dem Gefolge des Sultans anzustehen schien, dann wäre ich bis ans Ende weitergegangen, hätte die Pforten durchschritten, welche der Padischah mir aufgetan, und meine alte Persönlichkeit abgestreift, die ich vergessen wollte. Auf die mich anfangs noch beunruhigenden Fragen gab ich jetzt ungeniert Antwort: »Was liegt schon daran, wer einer ist«, sagte ich dann, »nur, was wir getan und was wir tun werden, ist von Bedeutung!« Durch diese Tür aber, so scheint's mir, betrat der Padischah das Kabinett meiner Gedanken. Als er mich aufforderte, ihm Italien zu schildern, das Land, wohin *Er* geflohen war, und ich darauf entgegnete, nicht viel darüber zu wissen, da wurde er zornig: Worüber *Er* auch immer zu mir gesprochen, das habe *Er* auch dem Sultan berichtet, und außerdem – weswegen war ich so ängstlich, genügte es doch, mich auf das zu besinnen, was *Er* beschrieben hätte! So kam es, daß ich *Seine* Kindheit und *Seine* schönen Erinnerungen, deren einige in diesem Buch enthalten sind, dem Sultan eins nach dem anderen von neuem erzählte. Zuerst, als es um meinen Gleichmut noch nicht geschehen war, hörte mir der Herrscher richtig zu wie einem, der wiedergibt, was ihm ein Dritter erzählte. Doch in den folgenden Jahren ging er weiter und lauschte nun meinen Geschichten so, als kämen sie geradewegs aus *Seinem* Munde. Und als er einzelnes wissen wollte, was nur *Ihm* allein bekannt sein konnte, verlangte er sogleich Antwort von mir, ohne Furcht und ohne Nachdenken:

Welches Vorkommnis hatte das Stottern *Seiner* Schwester zur Folge gehabt? Warum war *Er* nicht aufgenommen worden in der Universität zu Padua? Von welcher Farbe war das Kleid *Seines* Bruders gewesen, als *Er* in Venedig dem ersten Feuerwerk zuschaute? Während ich dem Padischah diese Einzelheiten so beschrieb, als hätte ich sie selbst erlebt, mochten wir uns auf einer Bootsfahrt befinden oder am Rande eines von Fröschen wimmelnden Seerosenteiches sitzen oder vor dem Silberkäfig mit den unanständigen Affen stehen, oder wir gingen durch einen der Gärten, gemeinsam von ihnen durchwandert und darum erfüllt von ihren gemeinsamen Erinnerungen. Dem Sultan gefiel das Erzählte und das Spiel mit den Blüten, die sich in unserem Gedächtnisgarten erschlossen, er fühlte sich stärker mit mir verbunden und sprach von *Ihm* wie einem sehnlich vermißten alten Freunde, der uns verraten hatte: Es wäre nur gut, daß *Er* geflohen sei, hörte ich bei dieser Gelegenheit, denn *Seines* manchmal schier unerträglichen Hochmutes wegen habe er oft erwogen, *Ihn* hinrichten zu lassen, trotz all des Vergnügens, das *Er* ihm, dem Herrscher, bereitet hätte. Was er mir dann noch erklärte, ließ mich erschrecken, weil ich nicht ausmachen konnte, wen von uns beiden er meinte, obwohl er nicht entrüstet, sondern in liebevoller Weise sprach: Er habe so manchen Tag befürchtet, *Seine* Überheblichkeit nicht mehr zu ertragen und *Ihn* deswegen umbringen zu lassen im Zorn, wie in der letzten Nacht, als er drauf und dran gewesen war, die Henker zu rufen! Ich aber, meinte er dann, wäre nicht so hochnäsig, ich würde mich selbst auch nicht für den klügsten und erfolgreichsten Menschen der Welt halten, mir wäre nie eingefallen, die Schrecken der Pest zu meinem eigenen Vorteil zu deuten, ich hätte niemand den nächtlichen Schlummer vergällt mit Geschichten von einem kindlichen König, der gepfählt worden war; es gäbe auch niemand, zu dem ich heimlaufen, dem ich weitergeben konnte, was ich über des Sultans Träume erfahren hatte, um mich darüber lustig zu machen, wie es auch niemand gäbe, den ich überreden könne, miteinander unsinnig-unterhaltsame Geschichten zu erfinden. Beim Zuhören war's mir, als betrachte ich mich und ihn im Traume von außen, und ich spürte angsterfüllt, daß nunmehr uns beiden die Zügel entglitten waren, doch schien der Sultan in diesen letzten Monaten nur darum ständig weiterzureden, damit ich endgültig meinen Verstand verliere: Ich wäre nicht wie *Er*, ich hätte nicht zugelassen, daß mein Denkvermögen sich fortreißen ließ von solchen Sophismen, die »uns« und »jene« auseinanderhalten wollen. Mein Teufel, der *Ihm* vor vielen, vielen Jahren am dunklen Firmament zum Sieg des Satans verholfen hatte, als damals der achtjährige Padischah, noch ohne uns zu kennen, vom anderen Ufer her unserem gemeinsam vollbrachten Feuerzauber zuschaute, dieser Teufel sei nun bei *Ihm*, sei mit *Ihm* gemeinsam in das Land gezogen, wo *Er* Frieden zu finden glaubte! Und später fragte der Sultan auf diesem stets gleich verlaufenden Gang durch die Gärten mit Bedacht: Mußte einer unbedingt Padischah sein, um begreifen zu können, daß die Menschen im Grunde genommen überall auf der Welt, unter jedem Wind und Wetter einander glichen? Furchtsam schwieg ich, er aber fragte nochmals, wie um meinen letzten Widerstand zu brechen, ob nicht die Tatsache, daß einer des anderen Stelle einnehmen könne, der beste Beweis dafür sei, daß dic Menschen an jedem Ort einander gleichen würden? So war denn nichts mehr zu ändern an den Dingen!

Ich hätte dies alles vielleicht geduldig ertragen können,

weil ich hoffte, es würde dem Sultan und mir gelingen, *Ihn* eines Tages zu vergessen, zudem wollte ich noch etwas an Geld zurücklegen; und was die Zweideutigkeit betraf, so war ich an dieses Gefühl inzwischen gewöhnt. Doch schließlich begann der Herrscher, die Pforten meines Geistes in grausamer Weise zu öffnen und zu schließen, als hätten wir, zu Pferd im Walde einem Hasen nachjagend, den Weg verloren und ritten aufs Geratewohl hin und her. Und er tat's zudem vor allen Anwesenden. Die Narren hatten wieder die Reihen seines Gefolges gefüllt, und ich fürchtete mich, weil ich das nahende Unheil spürte, weil mir ein Kehraus wahrscheinlich schien, bei dem wir alle um unser Hab und Gut kommen würden. An dem Tage aber, als der Herrscher von mir verlangte, über die Brücken von Venedig zu sprechen, die Spitzen der Decke auf dem Tisch zu beschreiben, an dem *Er* als Kind sein Morgenmahl eingenommen, und den Blick aus dem Fenster *Seines* Hauses in den dahinter liegenden Garten, der *Ihm* plötzlich einfiel, als *Er* Moslem werden sollte und deswegen ums Haar enthauptet worden wäre, und mir der Sultan dann noch befahl, all dies in einem Buche festzuhalten, als wär's mir selbst geschehen, da beschloß ich, so schnell wie möglich aus Istanbul zu fliehen.

Wir bezogen in Gebze, um *Ihn* vergessen zu können, ein anderes Haus. Ich fürchtete anfangs noch, man könne mir Männer nachsenden vom Saray, um mich zu holen, doch niemand fragte nach mir und meine Einkünfte blieben unberührt, sie hatten mich entweder vergessen, oder der Padischah ließ mich heimlich überwachen. Ich gab nichts darauf, meine Angelegenheiten waren geordnet, ich hatte dieses Haus gebaut, den Garten dahinter nach meinen Wünschen, einem inneren Antrieb folgend gestaltet, und vertrieb mir die Zeit mit dem Lesen von Büchern, mit dem

Schreiben unterhaltsamer Geschichten zu meinem eignen Ergötzen und – weniger um des Geldes wegen als vielmehr zum Zeitvertreib – mit dem Anhören meiner Besucher, die sich Rat holen wollten bei mir, als sie erfuhren, ich sei Sterndeuter gewesen. Mein Land, in dem ich von Kind auf lebe, lernte ich wohl zu der Zeit am besten kennen: Bevor ich jenen, die Krüppel waren, jenen, die der Verlust des Sohnes, des Bruders verstörte, den hoffnungslos Kranken, den Vätern sitzengebliebener Jungfern, den Zwergen, die beileibe nicht größer wurden, den eifersüchtigen Ehemännern, den Blinden, den Seeleuten oder den ausweglos in Liebe Entbrannten die Zukunft eröffnete, ließ ich mir ausführlich ihr Leben schildern und hielt des Nachts, was ich gehört, in meinen Notizen fest, damit es mir, wie bei diesem Buch, später für meine Geschichten dienlich sei.

Den Alten, der die Melancholie mit in meine Kammer brachte, lernte ich auch in jenen Jahren kennen. Er muß wohl zehn, fünfzehn Jahre älter gewesen sein als ich. Evliya wäre sein Name, sagte er, und ich schloß aus der Trauer in seinen Zügen sogleich, er müsse einsam sein, doch er selbst war anderer Meinung: Sein ganzes Leben habe er dem Reisen gewidmet und einem fast vollendeten Bericht seiner Fahrten, der zehn Bände umfasse, vor dem Sterben aber werde er noch Mekka und Medina bereisen, die Orte, welche Allah am nächsten sind, auch von dort wolle er berichten. Es gäbe allerdings eine Lücke in seinem Buch, die ihm Sorge bereite, denn er wünschte, dem Leser auch Italien zu schildern mit seinen Brunnen und Brücken, deren Schönheit allseits gepriesen würde, und frage mich, ob ich dieses Land beschreiben könne, nachdem er von meinem Ruf in Istanbul erfahren und mich deswegen aufgesucht hätte? Auf meinen Einwand, Italien nie gesehen zu haben, entgegnete er, dies ebensogut wie jeder andere zu wissen, doch hätte ich früher einen Sklaven von dort besessen, der mir alles berichtet haben soll, und wenn ich's nun ihm, Evliya, weitergab, würde auch er mir dafür kurzweilige Dinge mitteilen – wäre es nicht des Lebens beste Seite, gute Geschichten zu erfinden und guten Geschichten zu lauschen? Er hatte verlegen zögernd seiner Reisetasche eine Landkarte entnommen, die kümmerlichste Darstellung Italiens, die mir je vor Augen kam, und ich beschloß, zu erzählen.

Er wies alsdann mit seiner rundlichen Hand, die der eines Kindes glich, auf eine der genannten Städte, las Silbe für Silbe ihren Namen ab und verzeichnete mit aller Sorgfalt, was ihm meine Phantasie darüber zu sagen hatte. Für jede Stadt wünschte er sich zudem noch eine seltsame Geschichte. Einen ganzen Morgen lang zogen wir auf diese Weise dreizehn Nächte, durch dreizehn Städte von Norden nach Süden in diesem Land, das ich zum ersten Mal in meinem Leben zu sehen bekam. Dann brachte ihn ein Schiff von Sizilien nach Istanbul zurück. Höchst befriedigt von meinen Schilderungen beschloß auch er, mich zu erfreuen und beschrieb die sich im Himmelsgewölbe von Akka verlierenden Seiltänzer, die Frau in Konya, die einen Elefanten als Sohn gebar, die blaugeflügelten Stiere an den Ufern des Nil, die rosafarbenen Katzen, den Uhrenturm von Wien, seine dort für ihn gefertigten Vorderzähne, die er mir lachend zeigte, die sprechende Grotte vom Asowschen Meer und die roten Ameisen von Amerika. Eine wundersame Trauer übermannte mich, warum auch immer, bei diesen Erzählungen, mir war nach Weinen zumute, die rote Glut der sinkenden Sonne hatte mein Zimmer überflutet. Als Evliya wissen wollte, ob auch ich mit solch erstaunlichen Geschichten aufwarten könne, bat ich ihn, mit seinem

Gesinde über Nacht zu bleiben, weil ich eine wirkliche Überraschung für ihn hätte: Eine Geschichte, die ihm sicher gefallen würde, von zwei ihr Leben vertauschenden Menschen.

Nachdem sich alle zur Nacht zurückgezogen hatten und die von uns beiden erhoffte Stille über dem Hause lag, kehrten wir in meine Kammer zurück. Und erst in jenen Augenblicken ersann ich die Geschichte, zu deren Ende Sie jetzt gelangen! Was ich erzählte, schien nichts Erfundenes, sondern wirklich Erlebtes zu sein, es war, als ob mir ein anderer all diese Worte behutsam zuflüstern würde, und langsam bedächtig reihten die Sätze sich aneinander: »Von Venedig nach Neapel ging unsere Fahrt, als wir von türkischen Schiffen aufgebracht wurden...«

Am Ende meiner Geschichte lange nach Mitternacht trat tiefe Stille ein. Ich ahnte, daß auch mein Gast, gleich mir, an *Ihn* dachte, doch *Er* war ein anderer in Evliyas Gedanken als in den meinen, und ich zweifelte nicht daran, daß es sein eigenes Leben war, an das er dabei dachte! Mir aber ging's durch den Sinn, wie sehr ich mein Leben, *Ihn* und meine Geschichte liebte, zudem war ich stolz auf alles, was ich erlebt und erdichtet hatte: Der Raum, in dem wir jetzt saßen, war angefüllt mit den wehmütigen Erinnerungen all dessen, was wir beide sein wollten einst und was wir gewesen waren, und damals habe ich deutlich erfaßt, ich würde *Ihn* niemals vergessen können, was mich unglücklich machen würde bis an mein Lebensende. Mir war auch bewußt, daß ich niemals mehr allein leben konnte – schien doch nach Mitternacht mit meiner Geschichte der Schatten eines verlockenden Phantoms eingedrungen zu sein, was uns beide unruhig und neugierig machte. Nachdem mein Gast mich gegen Morgen durch sein wohlgefälliges Urteil über die Geschichte beglückt hatte, meinte er, dennoch in einigem widersprechen zu müssen. Ich hörte ihm aufmerksam zu, vielleicht, um der quälenden Erinnerung an meinen Zwillingsbruder entgehen und so schnell wie möglich wieder zu meinem neuen Leben zurückkehren zu können.

Genau wie in meiner Erzählung, sagte er, müßten wir nach dem Wundersamen und Erstaunlichen suchen, ja, es sei vielleicht das einzige, was wir gegen Überdruß und Langeweile in der Welt tun könnten, und weil er dies von den Kindes- und Schuljahren her mit ihrem ewigen Gleichmaß wüßte, sei ihm nie der Gedanke gekommen, sich ein Leben lang in seinen vier Wänden einzuschließen, weswegen er sein ganzes Dasein auf Reisen, auf endlosen Straßen nach Geschichten forschend verbracht habe. Wir müßten das Wundersame, das Erstaunliche draußen in der Welt suchen, nicht in uns selbst. Das Nachforschen in unserem Inneren, das lange, tiefgründige Nachdenken über uns selbst mache uns nur unglücklich. So wär's auch den Menschen in meiner Geschichte ergangen, aus diesem Grunde könnten die Helden ihr eigenes Sein nicht ertragen und wollten stets ein anderer sein. »Nehmen wir an, das Geschehen in dieser Geschichte sei wahr«, fuhr er fort und fragte dann, ob ich wohl glaubte, daß diese beiden, die ihre Plätze getauscht hatten, nun glücklich wären? Ich schwieg. Er rief mir darauf, wer weiß warum, eine Episode meiner Geschichte ins Gedächtnis zurück: Wir dürften uns nicht von solchen Hoffnungen, wie sie der einarmige spanische Sklave gehegt hatte, hinreißen lassen. Sonst würden auch wir durch das fortdauernde Schreiben jener Art von Geschichten, durch das ständige Suchen des Merkwürdigen in uns selbst zu jemand anders werden, und, Allah bewahre!, auch unsere Leser! Nicht einmal vorstellen wollte er sich eine so schreckliche Welt, in der die Menschen stets von sich selbst, von ihren Eigenheiten reden, wo auch ihre Bücher und Erzählungen nur davon sprechen würden!

Ich wollte es! Als der zierliche Alte, der mir im Lauf eines Tages liebgeworden war, im Morgengrauen seine Leute zum Aufbruch nach Mekka zusammenrief und sich behende auf die Reise begab, machte ich mich sogleich an diese Niederschrift. Vielleicht, um mir die Menschen jener kommenden schrecklichen Welt besser ausdenken zu können, tat ich alles mir Mögliche über mich selbst und *Ihn*, den ich von mir nicht zu trennen vermochte, in dieses Buch. Doch als ich dieser Tage von neuem las, was ich vor sechzehn Jahren aus der Hand gelegt hatte, wurde mir klar, allzuviel war das Mögliche nicht gewesen. Deswegen bitte ich meine Leser, die es nicht schätzen, daß der Mensch von sich selber spreche – und gar mit überströmenden Gefühlen! – um Verzeihung und füge meiner Schrift noch diese Seite hinzu:

Ich liebte *Ihn*, liebte *Ihn* in gleicher Weise wie das hilflos erbärmliche Bild meiner selbst, das mich heimsuchte in meinen Träumen, liebte *Ihn*, als würgten mich Schmach, Zorn, Schuld und Trauer dieser Traumerscheinung, als fühlte ich Scham vor einem qualvoll sterbenden wilden Tier, als sei ich erzürnt über des eigenen Sohnes Dreistigkeit, als würde ich voll törichtem Abscheu und törichter Freude mich selbst erkennen. Ich liebte *Ihn* wohl am meisten auf diese Art: wie ich gewöhnt bin an die insektengleich zwecklosen Bewegungen meiner Arme, wie mir die an den Wänden meines Verstandes tagtäglich widerhallend verlöschenden Gedanken vertraut sind, wie ich den unverwechselbaren Geruch der aus den Poren meines elenden Körpers dringenden Feuchtigkeit, mein spärliches Haar, meinen häßlichen Mund und auch meine rosige

Hand kenne, welche die Rohrfeder hält. Das war's, weswegen man mich nicht täuschen konnte. Niemals bin ich jenen Gerüchten aufgesessen, die nach der Niederschrift meines Buches entstanden, nachdem ich es fortgelegt hatte, um *Ihn* zu vergessen, bin auch niemals hereingefallen auf die Spielchen derer, die von unserem Ruhme hörten und davon profitieren wollten! Irgendein Pascha in Kairo habe *Ihn* unter seine Fittiche genommen, und *Er* sei dort mit neuen Entwürfen für eine Waffe beschäftigt! Bei der Niederlage vor Wien sei *Er* in der Stadt gewesen und hätte den Feind beraten, wie man uns am schnellsten besiegen könne! *Er* sei als Bettler verkleidet in Edirne gesehen worden, wo *Er* bei einer Rauferei, die *Er* selbst unter den Händlern anzettelte, einen Steppdeckenmacher erstochen habe und dann verschwunden sei! Imam solle *Er* sein in einer kleineren Moschee, weit fort in einem anatolischen Städtchen, *Er* habe eine *Muvakkithane* gegründet – die Berichtenden schworen, es sei die Wahrheit! –, und auch für einen Uhrenturm habe *Er* Geld zu sammeln begonnen! In Spanien, wohin *Er* sich begeben hatte, um der Pest zu folgen, sei *Er* reich geworden mit dem Verfassen von Büchern! Die höfischen Intrigen gar schrieb man *Ihm* zu, die unseren armen Padischah seinen Thron gekostet hatten! In den Dörfern der Slawen, wo *Er* nun endlich die wahren Beichten zu hören bekam, schriebe *Er* düster verzweifelte Bücher und würde in Ehren gehalten wie ein fallsüchtiger mythischer Priester! *Er* wandere durch Anatolien und verkünde *Seine* Absicht, die einfältigen Sultane von ihren Thronen reißen, ein Gesindel schleife *Er* hinter sich her, das *Er* behext habe mit Wahrsagerei und Poesie, und *Er* ließe auch mich zu sich rufen! Noch ganz andere Geschichten als diese erzählte man mir in diesen sechzehn Jahren, die ich Geschichten erzählend verbrachte, um *Ihn* zu vergessen, um mich den schrecklichen Menschen, den fürchterlichen Welten widmen zu können, um meine Phantasien zu genießen – doch Glauben schenkte ich keiner von ihnen! Ich weiß nicht, ob es wohl anderen in gleicher Weise ergeht: So manches Mal, wenn wir die vier Wände an den Hängen des Goldenen Horns einander zur Hölle machten, oder auch während des schier endlosen Wartens, zu einer der Residenzen oder in den *Saray* gerufen zu werden, oder wenn wir in Haß aufeinander schwelgten oder auch gemeinsam lachten beim Verfassen einer neuen Abhandlung für unseren Padischah – dann ließ uns manchmal beide zugleich eine Winzigkeit des täglichen Lebens aufmerken, vielleicht ein durchnäßter Hund, den wir morgens zusammen sahen, oder die geheime Geometrie in Farbe und Form an einer Leine voll Wäsche zwischen zwei Bäumen, oder ein lapsus linguae, welcher des Lebens Symmetrie offenbart! Diese Dinge sind's, nach denen ich mich heute am meisten sehne! Um mir alles noch einmal vorstellen zu können, die Nächte der Pestilenz, meine Kindheit in Edirne, die schönen, in den Gärten des Sultans verbrachten Stunden und das Erschauern des ersten Augenblicks, als ich vor des Paschas Tür *Sein* bartloses Antlitz erblickte, dieser Dinge wegen bin ich zurückgekommen auf das Buch meines Schattens, von dem ich vermute, daß es Jahre später, vielleicht Jahrhunderte nach meinem Tode ein Neugieriger lesen und sich dabei weitaus mehr sein eigenes Leben als das unsrige ausmalen könnte, und wenn es keiner liest, wird's mich kaum berühren, weswegen ich *Seinen* Namen, obwohl nicht sehr tief, darin verborgen habe. Jeder weiß, wir müssen von neuem erträumen, was uns an Leben und Träumen verlorenging, um sie zurückzugewinnen – ich glaube an meine Geschichte!

Mein Buch aber werde ich schließen mit der Beschreibung jenes Tages, an welchem diese Entscheidung fiel: Ich saß vor zwei Wochen wieder an unserem Tisch und ließ meine Gedanken um eine neue Geschichte kreisen, da sah ich von Istanbul her einen Reiter kommen. Vielleicht meiner schweigsamen Haltung wegen hatte mich niemand mehr aufgesucht in letzter Zeit, und es würde wohl niemand mehr kommen, um Nachricht zu bringen von *Ihm*, nun aber sah ich sofort, daß dieser seltsame Reisende mit Umhang und Schirm zu mir wollte. Ich hörte ihn schon, bevor er mein Zimmer betrat, er sprach Türkisch mit *Seinen*, wenn auch nicht so vielen Fehlern, ging aber gleich bei seinem Eintritt zum Italienischen über. Als er meine mürrische Miene sah und von mir keine Antwort erhielt, bemerkte er in seinem schlechten Türkisch, er hätte angenommen, ich kennte die italienische Sprache ein wenig. Meinen Namen und wer ich sei, habe er von *Ihm* erfahren. *Er* habe nach *Seiner* Heimkehr eine große Anzahl von Büchern verfaßt, über *Seine* unglaublichen Abenteuer unter den Türken, über den letzten die Tiere liebenden Padischah der Türken und seine Träume, über die Pest und die Türken, über unsere Sitten bei Hofe und über unsere Kriegsgebräuche. Wegen der großen Neigung für den bezaubernden Orient, die sich gerade auszubreiten begann unter den Aristokraten und besonders den vornehmen Damen, hätten *Seine* Bücher Anklang gefunden und wären viel gelesen worden, *Er* habe auch Lektionen an den Akademien gegeben und sei reich geworden. Und mehr noch – *Seine* einstige Verlobte, nunmehr Witwe, sei tief berührt gewesen von *Seinen* empfindsamen Werken, sie wäre ungeachtet ihrer Jahre *Seine* Frau geworden; den alten verfallenden Familiensitz aber, der verkauft worden war, den hätten sie zurückerworben und sich darin niedergelassen, hätten Haus und Garten in altem Zustand wieder hergerichtet. Das alles sei meinem Gaste bekannt, da er *Seine* Bücher bewunderte und *Ihn* in *Seinem* Hause besucht habe. Sehr feinsinnig sei *Er*, hätte meinem Besucher einen ganzen Tag gewidmet, seine Fragen beantwortet und die in seinen Büchern verzeichneten Abenteuer noch einmal erzählt. Er habe dabei recht ausführlich von mir gesprochen und schriebe nun an einem Buch, das *Er*: »Ein Türke, der mir gut bekannt« betiteln wolle. Mein ganzes Leben, von der Kindheit in Edirne angefangen bis zum Tage *Seines* Scheidens, würde *Er*, wohl fundiert von *Seinen* klug formulierten Urteilen über die Eigenarten der Türken, vor *Seinen* wißbegierigen italienischen Lesern ausbreiten. »Wieviel habt Ihr *Ihn* wissen lassen von Euch selbst!« rief mein Gast aus, um sich alsdann auf ganz bestimmte Dinge von dieser und jener Seite des gelesenen Buches zu besinnen, allein, um mir zu imponieren. Nachdem ich als kleiner Bub einen meiner Kindheitsgefährten aus dem Viertel erbarmungslos verprügelt hätte, sei ich beschämt von meiner Tat in Tränen ausgebrochen, ich wäre klug, hätte die ganze Astronomie, die *Er* mich gelehrt, in sechs Monaten begriffen, meine Schwester sei mir lieb und teuer gewesen, ich liebte meinen Glauben, verrichte vorschriftsmäßig die Gebete, ich mochte Kirschkonfitüren über alles, das Handwerk meines Stiefvaters, das Steppdeckenmachen fessele mich besonders, ich liebte, wie alle Türken, die Menschen sehr, und was noch dergleichen mehr. Ich wußte, ich konnte mich gegen diesen törichten Mann nach all der Aufmerksamkeit für meine Person nicht kühl verhalten, und weil Leute seiner Art neugierig waren, führte ich ihn durch mein ganzes Haus, zeigte ihm jeden einzelnen Raum. Später wünschte er noch, etwas über die Spiele meiner Söhne und ihrer

Gefährten zu lernen: Nicht nur die Regel für »Spatzeck« trug er in sein Merkheft ein, sondern auch die für »Blindekuh«, was er sich erklären ließ, für »Bockspringen« und »Langer Esel«, was ihm nicht besonders gefiel. Unterdessen ließ er mich wissen, daß *Er* ein großer Freund der Türken sei. Als ich ihn am Nachmittag, weil wir nichts anderes vorhatten, durch den Garten führte, anschließend auch durch Gebze, den armseligen Ort, und zu unserem dort vor Jahren mit *Ihm* gemeinsam bewohnten Haus, da sagte er wieder das gleiche. Neugierig auf unseren Vorratskeller, wanderte er später vorsichtig um die irdenen Töpfe mit Konfitüren und saurem Gemüse, um die Kannen mit Olivenöl und Essig herum, als er mein Gemälde von der Hand eines venezianischen Malers entdeckte. Da wurde er offener und bekannte, daß *Er* im Grunde genommen kein wirklicher Freund der Türken sei, und sprach, als gäbe er ein Geheimnis preis, von den häßlichen Dingen, die *Er* über die Türken geschrieben hätte: von unserem Niedergang, der schon begonnen habe, vom Inneren unseres Verstandes, der einem schmutzigen Schrank voller Krimskrams gliche, daß wir unverbesserlich wären, wir müßten uns als einzig rettender Ausweg ihnen sogleich unterwerfen, sage *Er*, danach aber würden wir für Jahrhunderte unfähig sein, etwas anderes zu tun als diejenigen nachzuahmen, deren Joch wir uns gebeugt hatten. »*Er* hat uns doch retten wollen!« warf ich ein, damit er einhalten möge, worauf er zurückgab, oh ja, *Er* habe deswegen sogar eine Waffe gebaut, wir aber hätten *Ihn* nicht verstanden, und das Vehikel sei an einem Morgen voller Nebel gleich dem Wrack eines dieser furchtbaren Piratenschiffe, die der Sturm aufs Felsenriff geworfen, in einen eklen Morast gesunken und dort für immer verblieben. Ja, fügte er dann noch hinzu, *Er* habe sich sehr gewünscht, uns retten zu können. Was aber keineswegs heißen sollte, daß *Er* frei sei von allem teuflisch Bösen. So seien sie nun mal, die genial Begabten! Er hielt mein Bildnis in der Hand und prüfte es eingehend, dabei murmelte er einige Worte über das Genie vor sich hin: Wenn *Er* nicht als Sklave bei uns, sondern frei im eignen Lande sein Leben geführt hätte, dann wäre aus *Ihm* der Leonardo des 17. Jahrhunderts geworden! Dann kam er wieder auf das Thema des Bösen zurück, das ihm so sehr behagte, und erzählte mir etwas von dem schlechten Gerede, das über *Ihn* im Umlauf war, wobei es um Geld ging, doch ich weiß nicht mehr, was es war. »Merkwürdig ist nur«, sagte er später, »daß *Er* in Eurem Wesen nichts berührt hat!« Nun, da er mich kennengelernt und liebgewonnen habe, könne er sein Erstaunen nicht verbergen darüber, wie es anginge, daß zwei Menschen, die jahrzehntelang einander nahestehen, doch einander so wenig gleichen, das scheine ihm unbegreiflich. Er verlangte nicht, wie ich befürchtet hatte, mein Bildnis von mir, fragte mich aber, nachdem er es wieder an seinen Platz gestellt hatte, ob er noch die Steppdecken sehen dürfe? Ich war überrascht: »Welche Steppdecken?« wollte ich wissen. Worauf er höchst verwirrt zurückfragte, ob ich meine Mußestunden nicht beim Steppdeckenmachen verbringen würde? In jenem Augenblick faßte ich den Entschluß, ihm mein Buch zu zeigen, das ich seit sechzehn Jahren nicht angerührt hatte.

Sofort geriet er in Aufregung, erklärte, das Türkische lesen zu können und selbstverständlich an jedem Buch in höchstem Maße interessiert zu sein, das von *Ihm* handelte. Wir gingen hinauf in mein Zimmer mit dem Blick auf den Garten dahinter. Er ließ sich nieder an unserem Tisch, ich fand, als sei es gestern gewesen, mein Buch dort wieder, wo ich's sechzehn Jahre zuvor hingetan hatte, und legte es, die Seiten aufgeschlagen, vor ihn hin. Er konnte das Türkische entziffern, wenn auch langsam. So vergrub er sich in mein Buch mit dem Vorsatz, sich dem Staunen zu ergeben, ohne die eigene, sicher vertraute Welt zu verlassen, was ich bei allen Weitgereisten erlebt und was mich stets in Zorn versetzt hatte. Ich ließ ihn allein, ging in den Garten hinunter und legte mich auf die Ruhebank aus Rohrgeflecht, ein Platz, der mir erlaubte, ihn durch das offene Fenster beobachten zu können. Heiterster Laune war er zunächst, rief mir aus dem Fenster zu: »Wie offensichtlich, daß Ihr nie einen Fuß auf italienischen Boden gesetzt habt!« Doch dann vergaß er mich. Drei Stunden saß ich im Garten, warf hin und wieder einen Blick zu ihm hinauf und wartete unterdessen, daß er zum Schluß des Buches käme. Als er das Ende erreichte, hatte er alles verstanden, seine Miene aber war gänzlich ratlos, einige Male rief er laut den Namen der weißen Festung über dem waffenverschlingenden Sumpf und begann sogar vergebens, mit mir Italienisch zu reden. Um seiner Verwirrung über das Gelesene Herr zu werden und sich ein wenig abzulenken, wandte er sich dem Fenster zu und schaute leeren Blickes hinaus. Ich aber sah mit Vergnügen, wie er zu Anfang wie alle anderen in solcher Lage in die unendliche Ferne blickte, auf einen Punkt, der nicht existierte, doch dann begann er, wirklich zu sehen, wie ich's erwartet hatte: Er sah, was der Rahmen des Fensters umschloß. Nein, sicherlich haben meine klugen Leser verstanden – so töricht, wie ich angenommen hatte, war er nicht. Begierig begann er, die Seiten des Buches umzuschlagen, er suchte, wie ich's vorausgesehen, und ich wartete wohlgelaunt, bis er's fand und las, was auch letztlich geschah. Noch einmal schaute er dann aus dem Fenster über dem Garten auf das, was der Blick ihm bot.

Und ich wußte natürlich sehr wohl, was er zu sehen bekam: Auf einem Tisch ein perlmuttverziertes Tablett mit Kirschen und Pfirsichen, hinter dem Tisch eine Ruhebank aus Rohrgeflecht, auf der Federkissen im gleichen grünen Farbton des Fensterrahmens ausgelegt waren; dort saß ich, nunmehr fast siebzig Jahre alt; und weiter hinten ein Brunnen, auf dessen Rand ein Sperling saß, unter Oliven- und Kirschenbäumen. Dazwischen bewegte sich ganz leise in einem fast unmerklichen Lüftchen eine Schaukel, die mit langem Strick an einem hohen Ast des Walnußbaumes festgebunden war.

1984–1985

Glossar

boza süßes Wintergetränk aus vergorener Hirse.

ebced ältere Anordnung des arabischen Alphabets, eine Zahlen-Buchstaben-Ordnung bzw. -Methode.

efendi Effendi – eine bestimmte historische Titulierung, etwas gehobener als die normale Anrede »Herr«.

ebru Marmoriertechnik besonders für die Innenseiten von Bucheinbänden, wurde zu hoher Künstlerschaft entwickelt, sogar zu eigenständiger dekorativer Bildkunst.

fetva Rechtsurteil, hier Todesurteil, das nur vom *şeyhülislâm*, dem obersten Richter der Scheria verhängt werden konnte und das auch der Sultan nur von ihm einholen konnte.

hamam Hammam – türkisches Bad.

helva sog. »türkischer Honig«, gefertigt aus Mehl, Sesamöl, Honig, oft mit Nußzusätzen und Zucker.

hoca an einer Medre(s)se ausgebildeter Geistlicher, Lehrer, Gelehrter.

medrese Medresse – islamische Hochschule für Theologie, Recht und Literatur (historisch).

muvakkithane einer zentral gelegenen Moschee angeschlossenes Atelier zur ständigen Kontrolle und Regulierung der Gebetszeiten.

ortaoyun außer einigen fest vorgeschriebenen Elementen im wesentlichen spontanes Volksschauspiel auf Straßen und Plätzen.

padişah Padischah – Sultan, Großherr.

paşa Pascha – osmanischer Titel für hohe Verwaltungsbeamte und Generäle.

pilav Reisgericht, evtl. mit variablen Zugaben.

rakı Raki – Anis-Branntwein, -Schnaps.

ramazan arab. ramadan – Fastenmonat.

saray Serail – Palast – bei der Bezeichnung des osmanischen Hofes großgeschrieben – Saray.

şeyhülislâm Scheich-ül-Islâm – stand rangmäßig direkt unter dem Sultan.

ud (oder *ut)* orientalische Laute

Titel werden im Türkischen nachgesetzt: Hüseyin Efendi, Hasan Hodscha u. ä., auch bei der rechtmäßigen ersten Frau des Sultans oder seiner Mutter (beide Frauen hatten sehr große Befugnisse): Turan Sultan, Kösem Sultan u. ä., wogegen als einzige Ausnahme beim Großherrn selbst der Titel vorgesetzt wird: Sultan Mehmet, Sultan Murat u. ä.

Polnische Bibliothek im Suhrkamp Verlag
Eine Auswahl

Epochen

Die Dichter Polens. Hundert Autoren vom Mittelalter bis heute. Ein Brevier von Karl Dedecius. Mit Porträtzeichnungen von Eryk Lipiński. st 2588 und Leinen. 240 Seiten

Polnisches Mittelalter. Ein literarisches Lesebuch von Antonia Jelicz. Übersetzt von Christiane Reitz und Joseph Bujnoch. Mit Nachdichtungen von Karl Dedecius. Übersetzt und nachgedichtet von Hans-Peter Hoelscher-Obermaier. 393 Seiten. Leinen

Polnische Renaissance. Ein literarisches Lesebuch von Wacłcaw Walecki. Übersetzt und nachgedichtet von Hans-Peter Hoelscher-Obermaier. 344 Seiten. Leinen.

Polnische Aufklärung. Ein literarisches Lesebuch von Zdzisław Libera. Übersetzt von Jh. Bernouilli, Karl Dedecius, Gerhard Dyrska, Bettina Eberspächer, Jochen Halbey, Hans-Peter Hoelscher-Obermaier, Olaf Kühl, J. R. Migula, Walter Schamschula, Peter Steger, Alois Woldan und Berit Woortmann. 435 Seiten. Leinen

Polnische Romantik. Ein literarisches Lesebuch von Hans-Peter Hoelscher-Obermaier. Vorwort von Maria Janion. 394 Seiten. Leinen

Polnischer Realismus. Ein literarisches Lesebuch von Henryk Markiewicz. 376 Seiten. Leinen

NF 256/1/9.00

Romane

Jerzy Andrzejewski. Asche und Diamant. Erstfassung. Übersetzt von Henryk Bereska. Nachwort von Andreas Lawaty. 404 Seiten. Leinen

Leon Kruczkowski. Rebell und Bauer. Übersetzt von Karl Dedecius. Nachworte von Karl Dedecius und Gotthold Rhode. 333 Seiten. Leinen

Andrzej Kuśniewicz. Tierkreiszeichen. Übersetzt von Renate Schmidgall. Nachwort von Hans-Peter Hoelscher-Obermaier. 325 Seiten. Leinen

Zofia Nałkowska. Die Ungeduldigen. Übersetzt von Ursula Kiermeier. Nachwort von Włodzimierz Bolecki. 294 Seiten. Leinen

Teodor Parnicki. Aetius, der letzte Römer. Übersetzt von Friedrich Griese. Nachwort von Małgorzata Czermińska. 468 Seiten. Leinen

Jarosław Marek Rymkiewicz. Polnische Gespräche im Sommer 1983. Übersetzt von Esther Kinsky. Nachwort von Włodzimierz Bolecki. 256 Seiten. Leinen

Władysław Terlecki. Die zwei Köpfe des Adlers. Übersetzt von Monika Wrzosek-Müller. Nachwort von Michael G. Müller. 276 Seiten. Leinen

Stefan Żeromski. Vorfrühling. Übersetzt von Kurt Harrer und Eckhard Thiele. Nachwort von Heinrich Olschowsky. 378 Seiten. Leinen

NF 256/2/9.00

Erzählungen

Hoffnung der Besiegten. Erzählungen des polnischen Realismus. Herausgegeben von Witold Kośny. Übersetzt von Karl Dedecius, Friedrich Griese, Witold Kośny, Olaf Kühl und Danka Spranger. 308 Seiten. Leinen

Jarosław Iwaszkiewicz. Die Fräulein von Wilko. Drei Novellen. Übersetzt von Klaus Staemmler. 335 Seiten. Leinen

Bruno Schulz. Die Mannequins und andere Erzählungen. Herausgegeben von Jerzy Jarzębski. Übersetzt von Josef Hahn. 331 Seiten. Leinen

Julian Stryjkowski. Asrils Traum. An den Weiden ... unsere Harfen. Zwei Erzählungen. Übersetzt von Karin Wolff. Nachwort von Ewa Kobylińska. 302 Seiten. Leinen

Jan Józef Szczepański. Japanische Blumen. Erzählungen und Betrachtungen. Herausgegeben und Nachwort von Andrzej Sulikowski. Übersetzt von Klaus Staemmler, Kurt Kelm, Karl Dedecius und Karol Sauerland. 330 Seiten. Leinen

Dichtung

Deutsche Gedichte über Polen. Herausgegeben von Elfi Hartenstein. 289 Seiten. Leinen

Czesław Miłosz. Gedichte 1933–1981. Übersetzt von Karl Dedecius und Jeannine Łuczak-Wild. Nachwort von Aleksander Fiut. 232 Seiten. Leinen

NF 256/3/9.00

Adam Mickiewicz. Dichtung und Prosa. Ein Lesebuch von Karl Dedecius. 364 Seiten. Leinen

Julian Przybós. Poesie und Poetik. Herausgegeben und übersetzt von Karl Dedecius. 284 Seiten. Leinen

Tadeusz Różewicz. Gedichte. Stücke. Herausgegeben von Karl Dedecius. Die Stücke übersetzte Ilka Boll, die Gedichte Karl Dedecius. 318 Seiten. Leinen

Juliusz Słowacki. Beniowski. Eine Versdichtung. Herausgegeben und übersetzt von Hans-Peter Hoelscher-Obermaier. 216 Seiten. Leinen

Wisława Szymborska. Hundert Freuden. Gedichte. Herausgegeben und übersetzt von Karl Dedecius. Vorwort von Elisabeth Borchers und Nachwort von Jerzy Kwiatkowski 223 Seiten. Leinen / st 2589. 230 Seiten

Kultur und Gesellschaft

Bedenke, bevor du denkst. 2222 Aphorismen, Sentenzen und Gedankensplitter der letzten hundert Jahre. Mit zeitgenössischen Illustrationen. Herausgegeben und übersetzt von Karl Dedecius. 321 Seiten. Leinen / st 2420. 320 Seiten

Der Monarch und der Dichter. Polnische Märchen und Legenden, gesammelt von Karl Dedecius. 262 Seiten. Leinen

Polen im Exil. Eine Anthologie. Herausgegeben von Krzysztof Dybciak. Übersetzt von Josef Bujnoch, Karl Dedecius, Armin Droß, Rolf Fieguth, Friedrich Griese, Elvira Grözinger, Gerda Hagenau, Hans-Peter Hoelscher-Obermaier,

NF 256/4/9.00

Rudolf von Jouanne, Veronika Körner, Andreas Lawaty, Winfried Lipscher, Brigitte Nenzel, Walter Panitz, Maryla Reifenberg, Christiane Reitz, Martin Remané, Walter Schamschula, Renate Schmidgall, Ulla Sörman, Klaus Staemmler, Ewald Trojansky, Hansjürgen Wille und Ludwig Zimmerer.
388 Seiten. Leinen

Polen zwischen Ost und West. Polnische Essays des 20. Jahrhunderts. Herausgegeben von Marek Klecel.
368 Seiten. Leinen / st 2590. 360 Seiten

Kazimierz Brandys. Warschauer Tagebuch. Die Monate davor. 1978–1981. Übersetzt von Friedrich Griese. Nachwort von Konstanty A. Jeleński. 371 Seiten. Leinen / st 2592. 370 Seiten

Maria Dąbrowska. Tagebücher 1914–1965. Auswahl und herausgegeben von Tadeusz Drewnowski. Übersetzt von Klaus Staemmler. 390 Seiten. Leinen / st 2591

Leszek Kołakowski. Narr und Priester. Ein philosophisches Lesebuch. Herausgegeben und Nachwort von Gesine Schwan. Übersetzt von Heinz Abusch, Wanda Bronska-Pampuch, Alexander Drożdżyński, Mikołaj Dutsch, Friedrich Griese, Eberhard Kozlowski, Peter Lachmann, Edith Marko-Stöckl, Christa Storck und Edda Werfel. 412 Seiten. Leinen

Janusz Korczak. Das Kind lieben. Ein Lesebuch von Erich Dauzenroth und Adolf Hampel. Übersetzt von Karl Dedecius, Armin Droß, Wolfgang Grycz, Winfried Lipscher und Katja Weintraub und von Shoshana Sachs. 291 Seiten. Leinen

NF 256/5/9.00

Stanisław Lem. Technologie und Ethik. Ein Lesebuch. Herausgegeben von Jerzy Jarzębski. Übersetzt von Friedrich Griese, Jens Reuter, Caesar Rymarowicz, Hubert Schumann, Klaus Staemmler und I. Zimmermann-Göllheim. 424 Seiten. Leinen

Sławomir Mrożek. Zabawa. Satire in lustloser Zeit. Auswahl und Nachwort von Andrzej Wirth. 327 Seiten. Leinen

Joachim Christoph Friedrich Schulz. Reise nach Warschau Eine Schilderung aus den Jahren 1791–1793. Mit Vignetten von Daniel Chodowiecki und einem Nachwort von Klaus Zernack. 370 Seiten. Leinen / st 2593

Aleksander Wat. Jenseits von Wahrheit und Lüge. Mein Jahrhundert. Gesprochene Erinnerungen 1926–1945. Übersetzt von Esther Kinsky. Vorwort von Czesław Miłosz. Herausgegeben von Matthias Freise. 707 Seiten. Leinen

Stanisław I. Witkiewicz. Verrückte Lokomotive. Ein Lesebuch. Mit Bildern des Autors. Herausgegeben von Andrzej Wirth. Übersetzt von Karl Dedecius, Friedrich Griese, Hildburg Heider, Janusz von Pilecki, Walter Tiel, Christa Vogel und Ryszard Zan. 348 Seiten. Leinen

NF 256/6/9.00

Uwe Johnson. Jahrestage. Aus dem Leben der Gesine Cresspahl. Einbändige Ausgabe. st 3220. 1728 Seiten

James Joyce. Ulysses. Roman. Übersetzt von Hans Wollschläger. st 2551. 988 Seiten

Franz Kafka. Der Prozeß. Roman. st 2837. 282 Seiten

Bodo Kirchhoff. Infanta. Roman. st 1872. 502 Seiten

Andreas Maier. Wäldchestag. Roman. st 3381. 315 Seiten

Magnus Mills. Die Herren der Zäune. Roman. Übersetzt von Katharina Böhmer. st 3383. 216 Seiten

Cees Nooteboom. Allerseelen. Roman. Übersetzt von Helga van Beuningen. st 3163. 440 Seiten

Juan Carlos Onetti. Das kurze Leben. Roman. Übersetzt von Curt Meyer-Clason. Mit einem Nachwort von Durs Grünbein. st 3017. 380 Seiten

Marcel Proust. In Swanns Welt. Auf der Suche nach der verlorenen Zeit. Übersetzt von Eva Rechel-Mertens. st 2671. 564 Seiten

Hans-Ulrich Treichel. Der Verlorene. Erzählung. st 3061. 175 Seiten

Mario Vargas Llosa. Tante Julia und der Kunstschreiber. Roman. Übersetzt von Heidrun Adler. st 1520. 392 Seiten

Martin Walser. Ein fliehendes Pferd. Novelle. st 600. 151 Seiten

Ernst Weiß. Der arme Verschwender. st 3004. 450 Seiten

NF 266/3/1.03

NF 454/1/1.03

Antonia S. Byatt
- Besessen. Roman. Übersetzt von Melanie Walz. st 2376. 632 Seiten
- Stilleben. Roman. Übersetzt von Susanne Röckel und Melanie Walz. st 3419. 496 Seiten

Guillermo Cabrera Infante. Drei traurige Tiger. Roman. Übersetzt von Wilfried Böhringer. st 2846. 541 Seiten

Clarín. Die Präsidentin. Roman. Übersetzt von Egon Hartmann. Mit einem Nachwort von F. R. Fries. st 1390. 864 Seiten

Sigrid Damm. Ich bin nicht Ottilie. Roman. st 2999. 392 Seiten

Tristan Egolf. Monument für John Kaltenbrunner. Roman. Übersetzt von Frank Heibert. st 3382. 528 Seiten

Laura Esquivel. Bittersüße Schokolade. Mexikanischer Roman um Liebe, Kochrezepte und bewährte Hausmittel in monatlichen Fortsetzungen. Übersetzt von Petra Strien. st 2391. 278 Seiten

Fattaneh Haj Seyed Javadi. Der Morgen der Trunkenheit. Roman. Übersetzt von Susanne Baghestani. st 3399. 416 Seiten

Marie Hermanson. Muschelstrand. Roman. Übersetzt von Regine Elsässer. st 3390. 304 Seiten

Bohumil Hrabal. Ich habe den englischen König bedient. Roman. Übersetzt von Karl-Heinz Jähn. st 1754. 301 Seiten

André Kaminski. Nächstes Jahr in Jerusalem. Roman. st 1519. 392 Seiten

Bodo Kirchhoff. Infanta. Roman. st 1872. 502 Seiten

NF 454/2/1.03

Amin Maalouf
- Leo Africanus. Der Sklave des Papstes. Roman. Übersetzt von Bettina Klingler und Nicola Volland. st 3121. 480 Seiten
- Der Mann aus Mesopotamien. Roman. Übersetzt von Gerhard Meier. st 3455. 320 Seiten
- Samarkand. Roman. Übersetzt von Widulind Clerc-Erle. st 3190. 384 Seiten

Angeles Mastretta. Emilia. Roman. Übersetzt von Petra Strien. st 3062. 413 Seiten

Eduardo Mendoza. Die Stadt der Wunder. Roman. Übersetzt von Peter Schwaar. st 2142. 503 Seiten

Haruki Murakami
- Hard-boiled Wonderland und das Ende der Welt. Roman. Übersetzt von Anneliese Ortmanns und Jürgen Stalph. Mit einem Nachwort von Jürgen Stalph. st 3197. 542 Seiten
- Wilde Schafsjagd. Roman. Übersetzt von Anneliese Ortmanns-Suzuki und Jürgen Stalph. st 2738. 306 Seiten

Manuel Puig. Der Kuß der Spinnenfrau. Roman. Übersetzt von Anneliese Botond. st 869. 299 Seiten

João Ubaldo Ribeiro. Brasilien, Brasilien. Roman. Übersetzt von Curt Meyer-Clason und Jacob Deutsch. st 3098. 731 Seiten

Mario Vargas Llosa
- Das grüne Haus. Roman. Übersetzt von Wolfgang A. Luchting. st 342. 429 Seiten
- Tante Julia und der Kunstschreiber. Roman. Übersetzt von Heidrun Adler. st 1520. 392 Seiten

NF 454/3/1.03